AF218577

MITOS DE CTHULHU

Primera selección

H. P. Lovecraft

Edimat Libros, SA

Copyright © EDIMAT LIBROS, SA
C/ Primavera,10, nave 35
28500 Arganda del Rey
MADRID-ESPAÑA
www.edimat.es

Reservados todos los derechos. El contenido de esta obra está protegido por la Ley, que establece penas de prisión o multas, además de las correspondientes indemnizaciones por daños y perjuicios, para quienes reprodujeren, plagiaren, distribuyeren o comunicaren públicamente, en todo o en parte, una obra literaria, artística o científica, o su transformación, interpretación o ejecución artística fijada en cualquier tipo de soporte o comunicada a través de cualquier medio, sin la preceptiva autorización.

ISBN: 978-84-9794-607-0
Depósito Legal: M-1314-2024

Título: Mitos de Cthulhu (Primera selección)
Autor: H. P. Lovecraft
Traducción e introducción: Javier Blanco Urgoiti
Diseño e ilustraciones de cubierta: Karakachoff Estudio

Impreso en España - *Printed in Spain*

INTRODUCCIÓN

H. P. LOVECRAFT

Vamos a comenzar por algo de lo que no es posible dudar: Howard Phillips Lovecraft fue un genio dotado con esa extraña capacidad, que poseen casi todos los de su clase, de no dejar indiferente: puede que a usted le guste más o menos o puede que no; puede que su mundo de ficción le enganche y le lleve a profundizar en su gigantesca creación o, quizá, le parezca un autor lineal, monolítico y previsible. No lo descarto, pero está fuera de toda cuestión que fue el creador de una de las más grandes, artificiosas, complicadas e intrincadas mitologías de la historia de la literatura, recogida en los «Mitos de Cthulhu». Aunque, a decir verdad, no fue Lovecraft el único en contribuir a la creación del mito, sino que fue todo un círculo de escritores, el Círculo Lovecraft, cuyos miembros desarrollaron este mundo de fantasía que partió, eso sí, de la imaginativa cabeza del escéptico Howard Phillips, más conocido como H.P. Su círculo lo formaron escritores, guionistas y admiradores de Lovecraft, entre los que estaban Frank Belknap Long, Robert Bloch, August Derleth, Henry Kuttner, Clark Ashton Smith, Donald Wandrei y Robert E. Howard, el creador de «Conan el Bárbaro», uno de los mejores amigos de Lovecraft al que, sin embargo, no llegó a conocer en persona.

H. P. Lovecraft llevó una vida pobre, trabajó de casi cualquier cosa que le saliera para ganarse el sustento, aunque de forma muy poco constante, porque la literatura no le daba para vivir. Hoy, en cambio, ha alcanzado una popularidad póstuma que lo ha convertido en un fenómeno global, yo casi diría que viral, si tenemos en cuenta su difusión por las redes sociales e Internet. Sus seguidores son legión, se conocen su mundo de ficción al dedillo y lo publican y difunden en webs, en páginas de Facebook, en perfiles de Instagram, en *wikis* participativas dedicadas exclusivamente al autor, a su círculo de amigos y a su creación. Es tanta la pasión que levanta que apuesto a que más de uno asegura haber encontrado, y leído, una copia del *Necronomicón,* del árabe loco Abdul Alhazred y que todos están de acuerdo en cuál es la pronunciación canónica de Cthulhu (a pesar de que el propio autor asegura que es la transcripción fonética aproximada de una especie de gargajeo gutural en un idioma extraterrestre).

SWEET HOME NEW ENGLAND

Howard Phillips Lovecraft, HP, nació en Providence, Estado de Rhode Island, Estados Unidos, el 20 de agosto de 1890. Allí, en la vieja, profunda y puritana Nueva Inglaterra, *land of the braves,* origen del país que es Estados Unidos, se desarrolla la base de toda su obra, incluso cuando sus personajes se van de expedición a la Antártida, como en *En las montañas de la locura* lo hacen partiendo de Nueva Inglaterra y por encargo de la ficticia Universidad de Miskatonic, de la ficticia ciudad de Arkham, del nada ficticio Estado de Massachussets. Quiero decir con esto que su ficción no es pura, sino que se mezcla con escenarios, universidades, ciudades y nombres y referencias que son reales, algunos coetáneos del propio Lovecraft y otros, anteriores, pero siempre con base en su Nueva Inglaterra natal. Incluso, Providence, su ciudad, goza de infinidad de referencias y descripciones dentro de su obra, siempre con tendencia a ponderar y exaltar su antigüedad, su legado, su vejez... Queda claro que Providence es una ciudad tradicionalista, caduca y, por supuesto, gótica.

Nueva Inglaterra, además, es un escenario magnífico para la clase de terror, o de ciencia ficción (o, más bien, la mezcla de ambos) que hace Lovecraft: es una región que, tradicionalmente, está ligada a lo sobrenatural, sobre todo después de los hechos acontecidos en la ciudad de Salem, Massachussets, entre 1692 y 1693, cuando más de ciento cincuenta personas fueron detenidas y acusadas de brujería y sometidas a juicios de lo más dudoso, en los que la presunción de inocencia, las garantías procesales y cualquier derecho que pudiera tener un reo, culpable o no, fueron deliberadamente pisoteados con el único fin de aplacar el miedo extendido en la población. Una lección, la de que la histeria es incompatible con la justicia, de la que la humanidad no acaba de aprender, a pesar de la larga fila de películas que se han filmado en Hollywood sobre los juicios de Salem.

Lovecraft tenía ocho años cuando murió su padre, Winfield Scott Lovecraft (1853-1898), aunque ya había perdido toda referencia paterna cinco años antes del fallecimiento de su progenitor, ya que WS Lovecraft se los pasó internado en el psiquiátrico de Providence, el Butler Hospital, aquejado de una neurosífilis, es decir, una sífilis no tratada que se extiende al sistema nervioso y que acaba matando al paciente o dejándolo en coma. La cuestión es que la figura paterna desapareció pronto de su vida y, aunque fue sustituida por la de su abuelo materno, Whipple Van Buren Phillips, son muchos los que opinan que su madre, Sarah Susan Phillips (1857-1921), ejerció una pésima influencia sobre el pequeño Howard, con la inestimable ayuda de sus hermanas, sus tías, Lillian Delora Phillips y Annie Emeline Phillips.

Los Phillips eran lo más cercano a lo que se puede llamar nobleza de Nueva Inglaterra, aunque venidos a menos, y su genealogía y su orgullo llegaba hasta los primeros colonos ingleses, los puritanos del Mayflower, algo que también marcó al joven Lovecraft, junto con la sobreprotección a la que fue sometido por parte de su madre y de sus «titas», que lo acabaron convirtiendo en un niño enfermizo, solitario, taciturno, con pocos amigos... Menos mal que, al menos, el abuelo le dio un poco de vidilla al chaval alentando su pasión por la lectura y, desde luego, por la escritura, aunque los primeros escritos de Lovecraft son poesías y unas novelas policíacas muy infantiles.

Tan dominado estaba por su madre, que no se decidió a casarse hasta después de su muerte, en 1921, aunque, por supuesto, sus «titas» no vieron con buenos ojos la unión. Se dice que Lovecraft era una persona asexual, incluso el famoso director de cine Guillermo del Toro rodó un documental sobre la vida del autor, *Lovecraft: fear of unknown,* donde se asegura, entre otras cosas, que era un hombre poco masculino y nada atraído por las mujeres. En 1924, se mudó a Nueva York y se casó con Sarah Green, una mujer de origen judío de mucho carácter (¿una sustituta de su madre?) cuya relación con HP apenas duró dos años. Las dificultades económicas, pues Lovecraft no conseguía vivir de la literatura y era incapaz de mantener mucho tiempo un trabajo, problemas de salud, la distancia entre ambos (Sarah se mudó a Cleveland por motivos laborales dejando a Howard en Nueva York), incluso el carácter elitista de Lovecraft, que, como se ha dicho, era un caballero anglosajón, hicieron imposible el matrimonio. Pese al divorcio, firmado en 1926, y frente a los que defienden la tesis de la asexualidad de Lovecraft, su exmujer declaró en una ocasión que «Howard es un amante excelente y adecuado».

DE VUELTA A PROVIDENCE

Aunque al principio de su estancia en Nueva York, Lovecraft mostró un entusiasmo inusitado por la Gran Manzana, lo cierto es que acabó odiando la ciudad. Sería falta de adaptación o la mencionada incapacidad para mantener un trabajo o para vivir de sus escritos, pero la cuestión es que en 1927 hizo el petate y se volvió a su querida y conocida Providence, en Rhode Island, a vivir de su pasado y a sumergirse en su imaginación, alimentada por el ambiente gótico de la vieja Nueva Inglaterra.

De esta época, son sus mejores obras: *La llamada de Cthulhu, En las montañas de la locura, El caso de Charles Dexter Ward*..., todas ellas publicadas en la revista «Weird tales» (Cuentos extraños) donde conoció a todos los autores de relatos de terror que, apasionados por la imaginación de Lovecraft, crearon el círculo que lleva su nombre y acrecentaron la mitología lovecraftiana. H. P., no sólo no tiene un duro, sino que, además, le cuesta vender sus relatos porque las revistas le piden cuentos cortos: no están interesados en novela, por más que las novelas de Lovecraft sean breves.

Pobre, sin recursos, se aloja en un pequeño cuarto en casa de una de sus tías, crece su sentimiento de frustración y se abandona a la soledad y al aislamiento que, de una manera u otra, siempre habían dominado su vida. Quizá sea esta circunstancia, y los largos paseos nocturnos, lo que contribuye de forma definitiva a que sean los años más fructíferos de su obra, a la que hay que añadir una extensa correspondencia con colaboradores y amigos donde se da rienda suelta a la creación de su universo.

H. P. Lovecraft muere en Providence el 15 de marzo de 1937, víctima de un cáncer intestinal. Los últimos años de su vida se dedica a escribir, editar los cuentos de otros por dinero e, incluso, a hacer de «escritor fantasma», es decir, de negro literario. Algo mágico tenía este escritor, desde luego, cuando, a pesar de que su literatura no le daba para vivir, levantó ese velo de admiración a su alrededor que se extiende a muchos otros autores y escritores posteriores, desde Stephen King, el reconocido maestro del terror, hasta el francés Michel Houellebeqc.

Sin embargo, Lovecraft es un precursor, un adelantado, alguien que llevó el terror tradicional, el de las brujas que vuelan con escobas, los aquelarres y los ritos demoníacos e, incluso, los vampiros, a un nivel más allá mezclándolo con una ciencia ficción que no es futurista, o no del todo, sino muy anterior a la humanidad, que representa un terror que está latente, durmiente, esperando el momento para despertar y acabar con el mundo tal y como lo conocemos. Ese terror lo representa el Gran Cthulhu, una especie indescriptible de ser monstruoso y espeluznante que mezcla atributos de animales de lo más dispar, al menos en sus descripciones, entre el pulpo, las trompas de elefante, el aspecto homínido, las garras de fiera... Cthulhu, cuya transcripción fonética es aproximada, porque en verdad el idioma que ellos manejan está hecho a base de gañidos y escritura jeroglífica, y toda su especie llegaron de las estrellas hace «eones» (del griego, «eternidad») y están esperando al alineamiento correcto para, con la ayuda de un hombre, poder despertar del sueño en el que están sumidos.

Como terror, lo que se dice terror, no provoca demasiado. Es posible que en su época sí fuera terrorífico y que los años no le hayan sentado demasiado bien, porque, claro, la sociedad ha evolucionado mucho en este siglo. Y sus miedos, más. Vivimos en un mundo muy escéptico en el que los personajes mágicos, generalmente, ya están bien ubicados en el mundo de la fantasía, racionalizados y, por tanto, no resultan una amenaza real. Hoy el terror se centra más en lo que no se ve, en lo intangible: la locura humana, lo irracional, una enfermedad que avanza sin remedio y, eso sí, zombis. Mucho zombi: la perfecta alegoría del destino al que, lentamente, está llegando la humanidad.

No es posible escribir un prólogo sobre Lovecraft sin hacer una referencia larga a Edgar Allan Poe, el gran escritor de Boston, Massachussets, padre del género de detectives, del suspense, gran renovador de la novela gótica, del terror, y uno de los precursores de la ciencia ficción. Coincide con Lovecraft en muchos elementos, salvo, por supuesto, en la forma de escritura: Poe es un escritor romántico que está ciertamente preocupado por el estilo, de hecho su influencia es reconocida por autores de la talla del norteamericano William Faulkner, el checo Franz Kafka, el argentino Jorge Luis Borges, el mencionado ruso Dostoievski o el alemán Thomas Mann, el universalmente conocido como Arthur Conan Doyle y su Sherlock Holmes o el cáustico Ambrose Bierce, del «Diccionario del diablo».

Poe se hizo célebre con el poema narrativo «El cuervo», publicado originalmente en el NY Evening Mirror, en 1845, que logra crear un ambiente sobrenatural, con mensaje moral, a través de un lenguaje estiloso, musical y pulcro que es su constante en otras grandes obras como *Los crímenes de la calle de la Morgue,* cuyo protagonista, Auguste Dupin es el antecesor de Sherlock Holmes, *El escarabajo de oro* o *Las aventuras de Arthur Gordon Pym.* La referencia a ellas en Lovecraft es constante.

Edgar Allan Poe murió relativamente joven, a los cuarenta años, aunque no se sabe muy bien de qué: quizá de una vida de abusos, quizá un paro cardíaco, quizá el alcohol y las drogas. La cuestión es que hay una nueva coincidencia morbosa, *post mortem,* entre ambos escritores que denota lo separados que estaban en su concepción literaria: sus lápidas no se limitan con rezar el nombre y la fecha de nacimiento y muerte. En la de Poe, sobre el mármol, en el lugar donde debería ir la cruz, un cuervo tallado parece que vigila la tumba de su creador, en clara referencia a su obra. En la de Lovecraft, aparte de los datos biográficos normales, sólo una frase: «Yo soy Providence».

La obra de H. P. Lovecraft (completada con la de sus seguidores miembros del Círculo que lleva su nombre) es extensísima y se mueve siempre dentro de este universo fantasioso, mezclado a ratos con referencias, personas, localizaciones y citas reales hasta el punto de que el lector, por muy culto que sea, va a perderse a buen seguro entre la realidad y la ficción.

Ya lo he dicho: era un genio, un adelantado, y no le va a dejar indiferente.

Que lo disfrute.

Los *Mitos de Cthulhu* son una creación literaria del escritor estadounidense H. P. Lovecraft, y complementado por otros escritores pertenecientes al Círculo de Lovecraft, que se ha convertido en un fenómeno cultural en el ámbito del horror y la ciencia ficción. Estos mitos forman parte de un universo ficticio en el que seres cósmicos, antiguos y poderosos, y entidades extraterrestres de naturaleza indescriptible, acechan en las sombras de la realidad.

En el centro de estos mitos se encuentra Cthulhu, una entidad monstruosa que yace en un sueño profundo en la ciudad sumergida. Lovecraft introdujo estos elementos en sus relatos para transmitir la idea de que el universo está poblado por seres que son completamente ajenos a la comprensión humana, y cuyas presencias pueden volverse desencadenantes de locura para aquellos que se encuentran con ellos.

Fue principalmente August Derleth, discípulo y corresponsal de H. P. Lovecraft, quien propuso el termino *Mitos de Cthulhu,* pese a que Lovecraft defendía la denominación de Yog-Sothería. Se nombran a continuación, una selección de relatos de H. P. Lovecraft que según Derleth, pertenecen a este ciclo literario:

Relatos *Mitos de Cthulhu* primera selección:

> *La llamada de Cthulhu.*
> *El caso de Charles Dexter Ward.*
> *El horror de Dunwich.*

Relatos *Mitos de Cthulhu* segunda selección:

> *El color en el espacio exterior.*
> *El que susurra en la oscuridad.*
> *En las montañas de la locura.*

MITOS DE CTHULHU

Primera selección

LA LLAMADA DE CTHULHU

(Encontrado entre los papeles del difunto Francis Wayland Thurston, de Boston)

«De tales poderes y criaturas, se puede concebir que haya supervivientes... Supervivientes de una época extraordinariamente lejana cuando... la conciencia se manifestó, quizá, en aspectos y formas abandonadas hace largo tiempo, antes de la marea de progreso de la humanidad... formas de las que sólo la poesía y la leyenda pudieron atrapar un recuerdo fugaz y que fueron llamadas dioses, monstruos, seres míticos de todas las clases y especies...».

ALGERNON BLACKWOOD.

CAPÍTULO PRIMERO

El horror en arcilla

En mi opinión, lo más merecedor de misericordia en el mundo es la incapacidad de la mente humana de correlacionar todos sus contenidos. Vivimos en una plácida isla de ignorancia en medio de los negros mares del infinito y hemos viajado tan lejos sin intención de hacerlo. Las ciencias, con su empeño de llevarse el agua a su molino, nos han perjudicado poco hasta ahora; pero un día, las piezas desunidas del conocimiento disperso serán colocadas y darán lugar a tan terrorífica visión de la realidad, y del espacio lleno de amenazas que ocupamos, que o bien nos volveremos locos ante tal revelación o bien tendremos que huir de la mortífera luz hacia la paz y la seguridad de una nueva era de tinieblas.

Los teósofos han averiguado la asombrosa grandeza del ciclo cósmico en el que nuestro mundo y la raza humana son sólo accidentes transitorios. Han insinuado extrañas supervivencias en tales términos que helarían la sangre si no estuvieran enmascarados por un suave optimismo. Pero no procede de ellos la única visión de eones prohibidos que me produce escalofríos cuando pienso en ella y me enloquece cuando sueño. Esa visión, como todos los destellos de la verdad, surgió del accidental ensamblaje de cosas separadas, en este caso, un viejo artículo de periódico y las notas de un profesor muerto. Espero que nadie más consiga hacer esta reconstrucción; por supuesto, si sobrevivo, yo no proporcionaré a sabiendas a nadie ni un eslabón de tan horrible cadena. Creo que el profesor también tenía la intención de guardar silencio con respecto a la parte que él sabía y que habría destruido sus notas si no le hubiera sobrevenido de formar súbita la muerte.

Mi conocimiento del asunto comenzó en el invierno de 1926-1927 con la muerte de mi tío abuelo George Gammell Angell, profesor emérito de Lenguas Semíticas en la Brown University de Providence, Rhode Island. El profesor Angell era ampliamente reconocido como una autoridad en inscripciones antiguas y era referencia constante para los directores de los más eminentes museos, que solían recurrir a él, razón por la que su muerte, a la edad de noventa y dos años, será recordada por muchos. A nivel local, sin embargo, el interés fue más intenso por la oscuridad de la causa de su fallecimiento. El profesor sufrió un ataque mientras regresaba del barco de Newport; cayó repentinamente, como dijeron los testigos, después de haber sido empujado por un negro con aspecto de marinero que salió de uno de los extraños y oscuros callejones de la empinada ladera que formaba un atajo desde el muelle hasta la casa del difunto en Williams Street. Los médicos no pudieron encontrar ninguna lesión visible, pero concluyeron, tras una densa discusión, que la causa debía de haber sido un trastorno desconocido del corazón, alimentado por el esfuerzo que supone para un hombre tan anciano el ascenso de una colina tan empinada. En ese momento no vi ninguna razón para disentir de este diagnóstico, pero después me sentí inclinado a dudar de él —y a más que dudar.

Como heredero y albacea de mi tío abuelo, porque murió viudo y sin hijos, se esperaba de mí que revisara sus papeles con cierta minuciosidad; y para ese propósito trasladé todos sus archivos y cajas a mi alojamiento en Boston. Gran parte del material que revisé sería publicado más tarde por la Sociedad Americana de Arqueología, pero había una caja que encontré extremadamente desconcertante, y que me sentí muy reacio a mostrar a otros ojos. Había sido cerrada y no encontré la llave hasta que se me ocurrió examinar el llavero personal que el profesor llevaba siempre en el bolsillo. Fue entonces cuando logré abrirla, pero sólo para encontrarme con una barrera mayor y más cerrada. ¿Cuál podría ser el significado de los bajorrelieves de arcilla extraña y las anotaciones inconexas, las divagaciones y los recortes que encontré? ¿Se había vuelto crédulo mi tío, en sus últimos años, de las imposturas más superficiales? Decidí buscar al excéntrico escultor responsable de esta aparente perturbación de la paz mental de un anciano.

El bajorrelieve era un rectángulo áspero de menos de una pulgada de grosor y aproximadamente cinco por seis pulgadas de área; obviamente de origen moderno. Sus diseños, sin embargo, estaban lejos de ser modernos en cuanto a atmósfera y sugerencia; porque, aunque los caprichos del cubismo y el futurismo son muchos y salvajes, a menudo no reproducen esa críptica regularidad que se esconde en la escritura prehistórica que era lo que ciertamente parecían ser la mayor parte de estos diseños; aunque mi memoria, a pesar de estar muy familiarizado con los documentos y colecciones de mi tío, no logró identificar a este alfabeto en particular, ni siquiera llegar a encontrarle alguna remota relación con otra escritura.

Sobre estos aparentes jeroglíficos había una figura de intención evidentemente pictórica, aunque su ejecución impresionista impedía una idea muy clara de su naturaleza. Parecía ser una especie de monstruo, o símbolo que representaba a un monstruo, de una forma que sólo una imaginación enferma podía concebir. Si digo que la mía, que es algo extravagante, produjo imágenes simultáneas de un pulpo, un dragón y una caricatura humana, no sería infiel al espíritu de esa cosa. Una cabeza de octópodo con tentáculos coronaba su cuerpo grotesco y escamoso, dotado con unas alas rudimentarias; pero fue el esbozo general del todo lo que lo se me hizo terriblemente espantoso. Detrás de la figura había una vaga sugerencia de un trasfondo arquitectónico ciclópeo.

Los textos que acompañaban a esta rareza, aparte de una pila de recortes de prensa, habían sido recientemente escritos por la mano del profesor Angell y sin ninguna pretensión de estilo literario. Lo que parecía ser el documento principal estaba encabezado por «El culto a Cthulhu» en caracteres minuciosamente impresos para evitar la lectura errónea de una palabra tan inaudita. El manuscrito se dividía en dos secciones, la primera de las cuales se titulaba «1925-Sueño y trabajo sobre el sueño de HA Wilcox, Thomas St. 7, Providence, Rhode Island», y la segunda, «Narración del Inspector John R. Legrasse, Bienville St. 121, Nueva Orleans, LA[1], en 1908 AAS Mtg. – Notas sobre los mismos y sobre el informe del Profesor Webb». Los otros documentos manuscritos eran todos notas breves, algunos de ellos relatos de extraños sueños de diferentes personas, otras citas de libros y revistas teosóficas (en especial *Atlantis y el continente perdido de Lemuria* de W. Scott-Elliot), y el resto comentarios sobre sociedades secretas y cultos secretos de antigua supervivencia, con referencias a pasajes de libros mitológicos y antropológicos como «La rama de oro», de Frazer, y «El culto a las brujas en Europa Occidental», de la señorita Murray. La mayoría de los recortes hacían referencia a raras enfermedades mentales y a un brote de locura maníaca colectiva que aconteció en la primavera de 1925.

La primera mitad del manuscrito principal contaba una historia muy peculiar. Parece que el 1 de marzo de 1925, un joven delgado y moreno, de aspecto neurótico y excitado, había ido a visitar al profesor Angell para dejarle el singular bajorrelieve de arcilla, que entonces estaba excesivamente húmedo y fresco. Su tarjeta de visita llevaba el nombre de Henry Anthony Wilcox y mi tío lo había reconocido como el hijo más joven de una familia excelente conocida por él, que había estudiado escultura en la Escuela de Diseño de Rhode Island y vivía solo en el edificio Fleur-de-Lys construido al lado de esa institución. Wilcox era un joven precoz de genio conocido, pero muy excéntrico, y desde la infancia había llamado la atención de la gente por las extrañas historias y sueños que solía relatar. Decía de sí mismo que era «psíquicamente hipersensible», pero la gente formal de aquella antigua ciudad comercial lo tenía por meramente «tipo raro». No se mezclaba mucho con los de su especie, se había ido alejando poco a poco de toda actividad social y ahora sólo se relacionaba con un

---

[1]   LA es la abreviatura oficial del Estado de Louisiana, de donde Nueva Orleans es la urbe más grande, aunque la capital del Estado es Baton Rouge. *(N. del T.)*

pequeño grupo de estetas de otras ciudades. Incluso el Club de Arte de Providence, en su afán por preservar el conservadurismo, lo había dejado ya por imposible.

En la visita, según se leía en el manuscrito del profesor, el escultor le pidió abruptamente aprovechar los conocimientos arqueológicos de su anfitrión para identificar los jeroglíficos del bajorrelieve. Hablaba de una manera tan somnolienta y forzada que parecía afectada y alienaba cualquier simpatía que se pudiera sentir por él; mi tío mostró cierta brusquedad en sus contestaciones, porque la frescura evidente de la tablilla implicaba un parentesco con todo menos con la arqueología. La réplica del joven Wilcox, que impresionó a mi tío lo suficiente como para hacer que recordara y anotara literalmente, fue una perorata fantásticamente poética que debió de caracterizar toda su conversación y que, más tarde, he podido comprobar que era muy propia de él. Dijo:

—La tablilla es nueva, en realidad, porque la esculpí anoche en un sueño de ciudades extrañas y son unos sueños más antiguos que la melancolía de Tiro o que la esfinge contemplativa o que la Babilonia rodeada de jardines.

Fue así como comenzó a relatar su historia de fábula que, de pronto, despertó un recuerdo dormido de mi tío y le hizo ganar un interés febril. La noche anterior había tenido lugar un ligero temblor, el terremoto de mayor intensidad de todos en Nueva Inglaterra desde hacía algunos años, y la imaginación de Wilcox se había visto profundamente afectada. Se fue a dormir y le había asaltado un sueño sin precedentes de grandes ciudades ciclópeas de titánicos bloques de piedra y monolitos arrojados desde el cielo, todo goteaba de un lodo verde y siniestro que parecía anunciar un horror latente. Los jeroglíficos cubrían las paredes y los pilares, y desde algún punto indeterminado había llegado una voz que no era una voz; una sensación de caos que sólo la imaginación podría transmutar en sonido, aunque lo intentó hacer mediante un revoltijo casi impronunciable de letras, «Cthulhu fhtagn».

Este revoltijo verbal fue clave para excitar el recuerdo y perturbar al profesor Angell, que comenzó a preguntar al escultor con minuciosidad científica y a estudiar con una intensidad casi frenética aquel bajorrelieve en el que el joven se había encontrado a sí mismo trabajando al despertar, solo y aterido, con su ropa de dormir aún puesta. Mi tío culpó a su vejez, dijo Wilcox después, por su lentitud en el reconocimiento de los jeroglíficos y el diseño pictórico. Muchas de sus preguntas parecían muy fuera de lugar para su visitante, especialmente aquellas que intentaban conectarlo con extrañas sectas o sociedades; y Wilcox no podía comprender las repetidas promesas de silencio que le ofreció a cambio de admitir que formaba parte de algún cuerpo religioso místico o pagano extendido. Cuando el profesor Angell se convenció de que el escultor ignoraba en realidad cualquier culto o sistema de conocimiento críptico, instó a su visitante a que le mandara informes de todos los futuros sueños que tuviera. Esto dio frutos regulares, ya que después de la primera entrevista el manuscrito registra llamadas diarias del joven, durante las cuales relataba sorprendentes fragmentos de imágenes nocturnas cuya carga era siempre una terrible visión ciclópea de piedra oscura y goteante, con una voz subterránea o una inteligencia que gritaba monótonamente impactos sensitivos, indescriptibles excepto como un galimatías. Los dos sonidos que se repiten con más frecuencia son los transcritos con las letras «Cthulhu» y «R'lyeh».

El 23 de marzo, según apuntaba el manuscrito, Wilcox dejó de informar de sus sueños; al preguntar por él en su alojamiento le revelaron que le había sobrevenido una especie extraña de fiebre y que se había trasladado a la casa de su familia en Watterman Street. Wilcox se había pasado la noche gritando, despertando a varios de los otros artistas que vivían en la residencia, y desde entonces su estado se debatía alternativamente entre la inconsciencia y el delirio. Mi tío telefoneó de inmediato a la familia, y desde ese momento estuvo pendiente del caso llamando a menudo a la oficina del doctor Tobey, en Thayer Street, quien estaba al cargo del caso. La mente febril del joven, aparentemente, estaba obsesionada con cosas extrañas que hacían que el doctor se estremeciera cuando hablaba de ellas. No era sólo una repetición de lo que antes había soñado, sino que se aludía insistentemente a una cosa gigantesca de «millas de altura» que caminaba o se movía pesadamente. En ningún momento describió completamente ese objeto, pero las frenéticas palabras sueltas que el doctor Tobey podía recordar convencieron al profesor de que debía de tratarse de la monstruosidad sin nombre que había intentado representar en la escultura de sus sueños. Cada vez que el joven hacía referencia a ese objeto, añadió el médico, era invariablemente el preludio de su recaída en la inconsciencia. Su temperatura, curiosamente, no era muy superior a lo normal; pero su estado era tal que hacía pensar antes en una violenta fiebre que en un trastorno mental.

A eso de las tres de la tarde del 2 de abril, la enfermedad de Wilcox desapareció de repente. Se sentó sobre la cama, con asombro por encontrarse en la casa de sus padres y sin una noción de lo que le había ocurrido en sueños, o en la realidad, desde la noche del 22 de marzo. El médico le dio el alta y Wilcox tardó solo tres días en estar de nuevo en su alojamiento, pero ya no le sirvió de más ayuda al profesor Angell. Todo rastro de sueños extraños había desaparecido tras su recuperación y, después de una semana de anotar trivialidades y explicaciones irrelevantes, mi tío dejó de tomar nota de sus visiones oníricas.

Aquí termina la primera parte del manuscrito, pero las referencias a algunas de las notas dispersas me dieron mucho material para pensar, tanto, de hecho, que mi persistente desconfianza hacia el artista sólo se explica por el escepticismo arraigado que formaba entonces mi filosofía. Las notas en cuestión eran aquellas descriptivas de los sueños de varias personas que cubrían el mismo período en que el joven Wilcox había tenido sus extrañas visiones. Mi tío, al parecer, había empezado rápidamente una extensa encuesta entre casi todos los amigos a los que podía interrogar sin impertinencia, pidiéndoles informes sobre sus sueños nocturnos y sobre cualquier visión excepcional que hubieran tenido con anterioridad. La información recibida fue, al parecer, muy variada, pero, al final, debió de haber recibido más respuestas de las que cualquier hombre común podría haber manejado sin una secretaria. Esta correspondencia original no se conservó, pero sus notas formaron un compendio completo y significativo. De promedio en la gente normal y de negocios —la tradicional «sal de la tierra» de Nueva Inglaterra— ofreció un resultado casi completamente negativo, aunque aparecen aquí y allá casos dispersos de visiones nocturnas incómodas, pero sin forma, siempre entre el 23 de marzo y el 2 de abril: el período de los delirios del joven Wilcox. Los hombres de ciencia se vieron un poco más afectados, si bien cuatro de los casos daban una descripción vaga de fugaces vislumbres de paisajes extraños y en un caso se menciona el temor a algo anormal.

Entre los artistas y poetas surgieron las respuestas pertinentes, y entiendo que el pánico se habría desatado entre ellos si hubieran podido comparar las notas. De hecho, al carecer de las cartas originales, sospeché que el compilador había hecho preguntas específicas y dirigido la correspondencia hacia lo que estaba decidido a resolver. Es por esta razón que yo seguí temiendo que Wilcox, que de alguna manera conocía los viejos datos que mi tío poseía, había estado embaucando al veterano científico. Las respuestas de los estetas cuentan una historia inquietante. Desde el 28 de febrero hasta el 2 de abril, una gran proporción de ellos había soñado cosas muy extrañas, pero la intensidad de los sueños era inconmensurablemente más fuerte durante el período del delirio del escultor. Más de la cuarta parte de los que participaron informaron de escenas y sonidos a medias similares a los que Wilcox había descrito; y algunos confesaron un miedo agudo a una gigantesca cosa sin nombre. Las notas describen con énfasis un caso particularmente triste. El sujeto, un arquitecto ampliamente conocido con inclinaciones hacia la teosofía y el ocultismo, se volvió violentamente loco en la fecha de la convulsión del joven Wilcox, y expiró varios meses después pidiendo con gritos incesantes que se le salvara de un habitante del infierno que se había fugado. Si mi tío se hubiera referido a estos casos por su nombre en lugar de meramente por su número, podría haber intentado corroborarlos y realizar una investigación personal; pero tal como fue, logré rastrear sólo unos pocos. Todos ellos, sin embargo, confirmaron el contenido de las notas en su totalidad. A menudo me he preguntado si todos los sujetos de la encuesta del profesor se sentirían tan perplejos como esta fracción. Mejor están sin haber recibido nunca una explicación.

Los recortes de prensa, como he dicho, tocaban casos de pánico, locura y excentricidad durante el período dado. El profesor Angell debió de haber contratado a una oficina de recortes, ya que la cantidad de extractos era enorme y las fuentes se distribuían por todo el mundo. Uno hablaba de un suicidio nocturno en Londres, donde una persona que dormía sola saltó por la ventana después de proferir un grito espantoso. Otro era una carta laberíntica al director de un periódico en América del Sur, en la que un fanático predecía un futuro terrible a partir de las visiones que había tenido. Había un despacho procedente de California que describía a una colonia de teósofos que vestía con túnicas blancas en masa para un «acontecimiento glorioso» que nunca llegaba, mientras que algunos artículos de la India hablaban con cautela de serios disturbios producidos por los nativos hacia finales de marzo. Las orgías de vudú se multiplican en Haití y los puestos avanzados africanos informaban de ominosos murmullos. Los oficiales estadounidenses en Filipinas encontraban inquietas a ciertas tribus por esta época y unos policías de Nueva York se habían visto atropellados por orientales histéricos la noche del 22 al 23 de marzo. En el oeste de Irlanda también corrían rumores salvajes e increíbles y un fantasioso pintor llamado Ardois-Bonnot colgó un «Paisaje onírico» blasfemo en el salón de primavera de París de 1926. Y eran tantos los problemas registrados en manicomios, que sólo un milagro pudo haber evitado que la clase médica haya notado extraños paralelismos y extrajera conclusiones mistificadas. En conjunto, se trataba de una escalofriante colección de noticias que yo, en aquellos días, dejé de lado con un racionalismo insensible que ahora apenas puedo imaginar. Pero entonces estaba convencido de que el joven Wilcox conocía con anterioridad los asuntos más antiguos mencionados por el profesor.

CAPÍTULO II

El relato del inspector Legrasse

Los asuntos más antiguos que habían hecho que el sueño y el bajorrelieve del escultor fueran tan importantes para mi tío formaban el tema de la segunda mitad de su largo manuscrito. Parece ser que el profesor Angell ya había visto antes los contornos infernales de la monstruosidad sin nombre, había estudiado antes sobre los jeroglíficos desconocidos y había escuchado las siniestras sílabas que sólo pueden ser transcritas como «Cthulhu»; y todo esto tan conmovedora y horriblemente relacionado que no es de extrañar que persiguiera al joven Wilcox con preguntas y solicitudes de datos.

Esta ocasión tuvo lugar diecisiete años antes, en 1908, cuando la Sociedad Americana de Arqueología celebró su reunión anual en San Luis. El profesor Angell, en correspondencia a alguien de su mérito y autoridad, había desempeñado un importante papel en las deliberaciones, y fue uno de los primeros en ser abordado por diversos profanos que, aprovechando el congreso, habían acudido para hacer preguntas y plantear problemas con la seguridad de que les serían contestadas y correctamente resueltos.

El jefe de aquellos profanos, que pronto se convirtió en el centro de atención de todos los congregados, era un hombre de mediana edad y aspecto normal que había llegado de Nueva Orleans en busca de una información específica que le resultaba imposible obtener de sus fuentes locales. Se llamaba John Raymond Legrasse y era inspector de policía de profesión. Trajo consigo el objeto que motivaba su visita: una estatua de piedra, de aspecto grotesco y repulsivo, aparentemente antiquísima, cuyo origen no era capaz de determinar. No debe creerse que el inspector Legrasse tuviera el menor interés en la arqueología. Al contrario, su deseo de información estaba empujado por consideraciones puramente profesionales. La estatuilla, el ídolo, el fetiche, o lo que fuera, había sido confiscada unos meses antes en los pantanos boscosos al sur de Nueva Orleans durante una redada a una supuesta reunión de vudú; y tan singulares y horribles eran los ritos relacionados con ella, que la policía no podía sino sospechar que habían tropezado con un culto oscuro totalmente desconocido para ellos e infinitamente más diabólico que incluso el peor de los círculos vudú africanos. De su origen, aparte de los cuentos erráticos e increíbles extraídos a los miembros detenidos de la secta, no se podía descubrir absolutamente nada; de ahí la curiosidad de la policía por cualquier tradición antigua que pudiera ayudarles a identificar el espantoso símbolo y, a través de él, rastrear ese culto hasta su fuente.

El inspector Legrasse apenas estaba preparado para la sensación que despertó su testimonio. Sólo la visión de aquella cosa fue suficiente para provocar en los hombres de ciencia allí reunidos tal estado de tensión y emoción que no tardaron mucho en apiñarse a su alrededor para observar la diminuta figura, cuya absoluta extrañeza y aire de antigüedad genuinamente abismal insinuaba perspectivas poderosamente arcaicas y sin explorar. Ninguna escuela conocida de escultura había alentado tal terrible objeto, pero siglos o, incluso, milenios parecían inscritos en la superficie oscura y verdosa de aquella piedra única.

La figura, que finalmente pasó lentamente de mano en mano para que pudiera llevarse a cabo una observación más al detalle de la misma. Tenía una altura de unos dieciocho a veinte centímetros y estaba esculpida por un artesano dotado de una enorme pericia. Representaba a un monstruo con un aspecto vagamente humano, pero con cabeza de pulpo, cuya cara era un amasijo de tentáculos, el cuerpo cubierto de escamas lucía un aspecto gomoso, unas garras poderosas tanto en las extremidades delanteras como en las traseras y unas alas largas y estrechas en la espalda. Aquel ente, del que parecía emanar una maldad terrible y antinatural, era de cuerpo algo abotargado y estaba sentado en cuclillas, con aire maligno, sobre un pedestal cubierto de caracteres indescifrables. Las alas tocaban con la punta la parte trasera del pedestal, ocupado en el centro por el cuerpo, mientras que las alargadas y curvas garras de las dobladas patas inferiores se agarraban a la parte delantera y se extendían por el borde del pedestal una cuarta. La cabeza de pulpo se encontraba levemente inclinada hacia delante, de manera que sus tentáculos faciales rozaban con sus puntas la parte posterior de las grandes garras delanteras que, a su vez, estaban agarradas a las rodillas elevadas de la criatura en cuclillas. La figura mostraba un aspecto anormalmente vívido, e incluso sutilmente terrible, ya que su origen era del todo desconocido. Era del todo indiscutible que su antigüedad era incalculable, pasmosa; tanto que no había forma de encontrarle siquiera una relación con cualquier otra forma artística primitiva conocida. De hecho, tampoco se le veía relación con ninguna época. Estaba totalmente al margen.

El propio material con el que había sido esculpida resultaba un misterio, ya que aquella roca verdinegra de aspecto maleable con manchas y vetas doradas o brillantes no se parecía a nada conocido por la geología o la mineralogía. El alfabeto que cubría la base era igualmente ignoto y ninguno de los presentes pudo siquiera lanzar una pista sobre cuál podría ser su origen lingüístico, a pesar de encontrarse allí la mitad de los expertos mundiales en esa materia. Estas inscripciones, así como la estatuilla y su material, formaban parte de algo remoto y terriblemente ajeno a la humanidad tal y como la conocemos; algo que sugiere la existencia de antiguos ciclos de vida idólatras en los que nuestro mundo no tiene cabida.

No obstante, una vez que todos los presentes, negando con la cabeza, hubieron confesado su derrota ante el problema planteado por el inspector, salió un hombre entre los allí reunidos que percibió una extraña familiaridad en la monstruosa figura y la escritura, y que contó de inmediato con cierta timidez lo poco que sabía. Esta persona era el difunto William Channing Webb, profesor de antropología en la Universidad de Princeton, y explorador de reconocido prestigio. El profesor Webb había participado cuarenta y ocho años atrás en una expedición a Groenlandia e Islandia tras la pista de inscripciones rúnicas que, finalmente, no llegaron a hallar. Mientras remontaban la costa occidental de Groenlandia se encontraron con una extraña tribu de esquimales cuyo culto degenerado, una peculiar manera de adoración al diablo, le hizo sentir escalofríos dado que sus ritos eran exageradamente sanguinarios y repulsivos. Era una religión de la que los demás esquimales apenas sabían, y que sólo se mencionaba con un enorme terror, ya que procedía de épocas remotamente antiguas y anteriores a la creación de nuestro mundo. Además de ritos indescriptibles y sacrificios humanos, también se practicaban otros extraños ritos de carácter consuetudinarios dedicados a un demonio supremo anciano o *tornasuk*. El profesor Webb tenía anotada una transcripción fonética esmerada de aquellos ritos que había tomado de labios de un anciano *angekok* o hechicero-sacerdote, en la que reflejó en alfabeto latino aquellos sonidos lo mejor que pudo. Pero lo que pareció más relevante en aquel momento fue el fetiche que aquella religión adoraba y alrededor del cual bailaban los fieles a la hora en que la aurora se alzaba por encima de los acantilados helados. Este era, afirmó el profesor, un tosco bajorrelieve de piedra, compuesto por una horrible figura y de ciertas inscripciones misteriosas y, según recordaba, era una versión más tosca pero parecida, en sus características esenciales, a la escultura inhumana que había circulado entre los reunidos.

Esta revelación, recibida por los presentes con sorpresa e incertidumbre, despertó un especial interés en el inspector Legrasse, quien inmediatamente dirigió un aluvión de preguntas al informante. Los adoradores del culto de los pantanos que sus hombres habían detenido, ya le habían hecho un relato del ritual y él había tomado nota, pero suplicó al profesor que recordase lo más fielmente que fuera capaz las sílabas que anotó durante su convivencia con aquellos diabólicos esquimales. Procedieron entonces a una comparación exhaustiva de los detalles y se produjo un silencio aterrador cuando el detective y el científico concluyeron que la frase que era común en ambos rituales demoníacos era prácticamente la misma, a pesar de pertenecer a mundos tan diferentes y distantes entre sí. Lo que cantaban a sus ídolos gemelos, tanto los hechiceros de los esquimales como los sacerdotes de los pantanos de Louisiana era, en esencia, algo similar a esto (las divisiones entre palabras se han supuesto en base a los cortes que tradicionalmente se hacían en la frase al cantarla voz alta):

Ph'nglui mglw'nafh Cthulhu
R'lyeh wgah'nagl fhtagn.

Legrasse tenía una ventaja frente al profesor Webb, ya que en varias ocasiones los mestizos que mantenía en la cárcel le habían repetido el significado de las palabras que los viejos oficiantes recitaban. El verso se traduciría a algo parecido a esto:

En su morada de R'lyeh,
el difunto Cthulhu espera soñando.

Respondiendo a la exigencia generalizada y urgente, el inspector Legrasse procedió a relatar, de la forma más completa posible, su experiencia con los adoradores de los pantanos; un relato que mi tío, tal y como puedo ver, consideró de una profunda trascendencia. La historia participaba de los más locos sueños de mitómanos y teósofos, y demostraba el asombroso grado de imaginación cósmica poseído por aquellos mestizos y parias, algo que era lo que menos se hubiera podido esperar de ellos.

El 1 de noviembre de 1907, la policía de Nueva Orleans fue llamada a acudir con urgencia a la región pantanosa y lacustre al sur de la ciudad. Los ocupantes ilegales de la zona, en su mayoría primitivos pero amables descendientes de los hombres de Lafitte, estaban absolutamente aterrorizados por culpa de algo desconocido que se les había acercado en silencio durante la noche. Al parecer se trataba de vudú, pero era una clase de vudú más terrible del que había conocido antes, tanto que desde que el maléfico tam-tam había comenzado su lejano e incesante retumbar, habían desaparecido algunas mujeres y niños en el interior de los negros y encantados bosques por los que ninguno de los colonos se atrevía a adentrarse. Se oían gritos de locura y chillidos de angustia, cantos que helaban la sangre y fuegos que bailaban endemoniados, y según añadió el aterrado mensajero, la gente no podía soportarlo por más tiempo.

Así, un destacamento de veinte policías, emprendieron la marcha en dos carruajes y un automóvil, a última hora de la tarde, acompañados por el asustado colono, que les hizo de guía. Cuando acabó el camino transitable siguieron a pie y durante kilómetros chapotearon en silencio a través del oscuro bosque de cipreses en el que la luz del día nunca penetraba. Las retorcidas raíces y lianas llanas de musgos de Florida les impedían el paso y, de vez en cuando, montones de piedras enmohecidas o los restos de paredes en ruinas intensificaban, con su sola presencia, la sensación opresiva que los árboles deformados y los calveros fangosos contribuían a crear. Al cabo de un tiempo, divisaron un asentamiento de colonos que no era más que un miserable montón de cabañas, y sus histéricos moradores corrieron a refugiarse alrededor del grupo de policías que portaban faroles que se balanceaban. El apagado ritmo del tam-tam podía oírse ahora muy, muy a lo lejos; pero, a ratos, cuando el viento variaba su dirección, llegaban alaridos aterradores. Un resplandor rojizo parecía filtrarse a través de la pálida maleza más allá de las interminables avenidas negras del bosque. A pesar de su miedo a quedarse de nuevo solos, los aterrados colonos se negaron rotundamente a dar un sólo paso en la dirección de aquella escena de culto impío, de modo que el inspector Legrasse y sus diecinueve hombres se adentraron sin guía alguno en las negras arcadas de horror por las que ninguno de ellos había cruzado con anterioridad.

La región por la que ahora la policía se adentraba había tenido siempre mala fama, era prácticamente desconocida por el hombre blanco e inexplorada por este. Había rumores de que existía un lago oculto que jamás había sido visto por ojos mortales, en el que habitaba un enorme y amorfo pulpo blanco de ojos brillantes; y los colonos hablaban en voz baja sobre unos diablos con alas de murciélago que salían volando de cavernas en el interior de la tierra para adorarlo a la medianoche. Aseguraban que aquello había habitado allí desde antes de D'Iberville, desde antes de La Salle, desde antes de los indios, e incluso desde antes que las bestias y las aves que poblaban ese bosque. Aquel monstruo era una pesadilla en sí mismo, y su sola visión traía consigo la muerte. Además, se aparecía en sueños a los hombres, razón por la que estos sabían lo suficiente como para mantenerse alejados. La orgía vudú se estaba celebrando en los márgenes de la zona más execrable, pero era eso lo que tenía aterrorizados a los colonos, ya que la zona era lo suficientemente mala de por sí, más que los escalofriantes ruidos y las desapariciones.

Sólo la poesía o la locura podían hacer justicia a los ruidos que escucharon los hombres de Legrasse a medida que avanzaban por el negro pantano hacia el resplandor rojizo y el apagado son del tam-tam. Se oían rasgos vocales propios de los humanos y rasgos propios de las bestias, pero nada resulta tan terrible de escuchar como la procedencia de los unos cuando tiene su fuente en los otros. La furia animal y el libertinaje orgiástico se mezclaban el uno con el otro hasta alcanzar una dimensión demoníaca, en medio de un éxtasis de aullidos y graznidos que desgarraban la noche de aquellos bosques y repartían su eco por toda su extensión como si se tratase de pestilentes tormentas nacidas de lo más profundo del infierno. De vez en cuando aquel ruido desordenado se detenía y, de lo que parecía ser un coro bien entrenado, surgían roncas voces entonando una horrible fórmula ritual:

Ph'nglui mglw'nafh Cthulhu
R'lyeh wgah'nagl fhtagn.

Cuando los hombres habían ya alcanzado un lugar en el que la vegetación era menos espesa, se encontraron de golpe con la visión de un terrible espectáculo. Cuatro de ellos se tambalearon, uno se desmayó y otros dos dejaron escapar un grito desquiciado que, por suerte, quedó disimulado por el furioso escándalo que procedía de aquella orgía. Legrasse arrojó agua de los pantanos en la cara del desmayado, y todos se quedaron allí de pie, temblando, casi hipnotizados por el horror.

En un claro natural del pantano había un islote cubierto de hierba de algo menos de un acre, no tenía árboles y estaba relativamente seco. En ella, saltaba y se retorcía una indescriptible horda humana monstruosa que nadie, salvo Sime o Angarola[2] hubiera sido capaz de retratar. Totalmente desnudos, aquellos engendros híbridos rugían, vociferaban y se contorsionaban alrededor de una enorme hoguera circular en cuyo centro, visible a través de ocasionales aberturas en la cortina de llamas, se alzaba un enorme monolito de granito de unos dos metros y medio de altura, sobre el cual descansaba la horrenda estatuilla, de forma que, dada su extrema pequeñez, quedaba bastante desproporcionada. En torno a las llamas, en diez cadalsos perfec-

---

[2] SIDNEY SIME (1867-1941) y ANTHONY ANGAROLA (1893-1929) fueron dos famosos ilustradores, británico el primero, estadounidense el segundo. *(N. del T.)*

tamente distribuidos para formar un círculo, se exhibían los cuerpos atrozmente mutilados y colgados boca abajo de los desdichados colonos que habían desaparecido. Entre el círculo que formaban los cuerpos y el de las llamas, los participantes en la bacanal saltaban y rugían moviéndose sin fin de izquierda a derecha.

Uno de los policías, un hispano un tanto exaltado, ya fuera por producto de la sugestión o sólo por el eco, comenzó a creer que había oído respuestas antifonales al ritual procedentes de algún lugar remoto y oscuro, en lo más profundo de aquel bosque de ancestrales leyendas y horrores. Más tarde acudí a interrogar al hombre, Joseph D. Gálvez se llamaba, pero lo único que demostró fue ser molestamente imaginativo. Llegó hasta el extremo de insinuar que había escuchado el batir de unas enormes alas apenas perceptible, y de haber vislumbrado unos ojos brillantes y una gigantesca masa blanca más allá de los árboles lejanos, pero yo concluía que lo que le pasaba era, en realidad, que había escuchado demasiada superstición local.

La parálisis que el horror había causado en los hombres de Legrasse tras presenciar semejante aberración fue relativamente breve. El deber era lo primero, y aunque debía de haber más de un centenar de mestizos celebrantes en aquella multitud, los policías sacaron sus armas de fuego y se lanzaron resueltos contra aquella nauseabunda barahúnda. Durante unos cinco minutos el caos y el estruendo fueron más allá de toda descripción. Se libró una auténtica batalla campal y se abrió fuego, si bien muchos de los idólatras se dieron a la fuga. Pero al final el inspector Legrasse pudo contar hasta cuarenta y siete detenidos de hosco semblante, a los que obligó a vestirse rápidamente y a formar entre dos filas de policías. Cinco de los adoradores resultaron muertos y dos más, que habían resultado heridos de gravedad, fueron transportados en improvisadas camillas por sus compañeros. El propio Legrasse se encargó de retirar cuidadosamente la efigie que yacía sobre el monolito.

Tras un trayecto en condiciones de extremo cansancio y tensión, los detenidos fueron interrogados en la comisaría, donde se concluyó que todos ellos eran de muy baja extracción social, mestizos y enajenados mentales. La mayoría eran marineros, negros y mulatos procedentes casi todos de las Indias Occidentales y del archipiélago portugués de Cabo Verde, que aportaban una nota de colorido vudú al heterogéneo culto. Después de los primeros interrogatorios, enseguida se puso de manifiesto que en todo aquello había algo mucho más profundo y ancestral que el simple fetichismo negro: a pesar de su ignorancia y su degradación, aquellos seres estaban aferrados con sorprendente unanimidad y firmeza a la idea central de su culto repugnante.

Su adoración según declararon, estaba dedicada a los Grandes Primigenios, seres que existen desde mucho antes que los hombres y que llegaron a este joven mundo desde los cielos. Los Primigenios abandonaron la superficie del planeta, desapareciendo en el interior de la tierra o bajo las aguas del mar, pero sus cuerpos sin vida le revelaron en sueños al primer hombre sus secretos y fue entonces cuando se creó aquel culto, que ya jamás desapareció. Este era tal culto, y los prisioneros afirmaban que siempre había existido y que continuaría haciéndolo, oculto en lejanas tierras baldías y lugares lúgubres a lo largo y ancho del mundo hasta el momento en que el sumo sacerdote Cthulhu se alzase desde su lóbrega casa en la invulnerable ciudad de R'lyeh, bajo las aguas, y volviese a poner la tierra bajo su dominio. Algún día les convocaría a todos, cuando las estrellas estuvieran en posición. Sus adoradores esperaban desde siempre su avenida, cuando esto sucediera y acudirían a liberarlo.

Entretanto, nada más podían decir. Guardaban algún secreto oculto que ni siquiera la tortura era incapaz de extraer. La humanidad ya no era la única vida inteligente del planeta, ya que había formas que salían de las entrañas de la tierra para visitar a sus escasos feligreses. No se trataba de Primigenios, a los que ningún hombre había visto jamás. El ídolo esculpido era una representación del gran Cthulhu, pero nadie sabía decir si los demás Primigenios eran o no parecidos a él. Nadie era ya capaz de leer las antiguas inscripciones, pero los mensajes eran transmitidos de viva voz. El cántico ritual no era el ya mencionado secreto, ya que este último nunca era pronunciado en voz alta, sino susurrado. El cántico sólo significaba: *En su morada de R'lyeh el difunto Cthulhu espera soñando.*

Sólo a dos de ellos se les consideró lo suficientemente cuerdos como para ser condenados a la horca, mientras que el resto fue internado en diversas instituciones. Todos negaron haber participado en los asesinatos rituales, afirmando que los crímenes habían sido realizados por unos seres de alas negras que habían llegado hasta ellos desde su inmemorial templo en el interior del bosque embrujado. No pudo obtenerse ninguna información coherente acerca de esos misteriosos cómplices. Casi todo lo que la policía pudo averiguar provino, principalmente, de un anciano mestizo llamado Castro, que decía haber viajado hasta extraños puertos y haber hablado con los líderes inmortales del culto en las montañas de China.

El viejo Castro recordaba retazos sueltos de una horrible leyenda que haría palidecer las elucubraciones de los teósofos, y que la humanidad y el mundo pareciesen algo de reciente creación y de existencia temporal: hubo, en épocas remotas, otros Seres inteligentes que vivían en grandes ciudades y dominaron la Tierra durante milenios. Castro contó que, según le habían relatado a él aquellos chinos inmortales, aún podían encontrarse vestigios en forma de ciclópeas piedras en algunas islas del Pacifico. Estos Seres desaparecieron muchas eras antes de la aparición del hombre, pero existen ciertas artes capaces de hacerlos revivir cuando las estrellas estén de nuevo en la posición propicia dentro del ciclo de la eternidad. Efectivamente, ellos provenían de las estrellas y habían traído consigo sus imágenes.

Estos Primigenios, continuó Castro, no estaban compuestos del todo de carne o sangre. Tenían forma, como demostraba aquella efigie esculpida en las estrellas, pero esa forma no estaba hecha de materia. Cuando las estrellas estuvieran en la posición correcta, Ellos podían saltar de un mundo a otro a través del firmamento; pero cuando las estrellas no eran propicias, Ellos no podían vivir. Pero, aunque ya no viviesen, tampoco morirían realmente. Todos yacen en su morada de piedra en la gran ciudad de R'lyeh, protegidos por los hechizos del omnipotente Cthulhu a la espera del día en que las estrellas y la Tierra les sean de nuevo favorables para una gloriosa resurrección. Llegado ese momento, debería llegar una fuerza del exterior para liberar sus cuerpos: los hechizos que los preservan intactos, al mismo tiempo, les impedirían dar el primer paso, por lo que no podrían hacer otra cosa que yacer despiertos en la oscuridad y pensar mientras transcurrían millones y millones de años. Su forma de comunicación, a través de la transmisión del pensamiento, les permite estar al tanto de cuanto acontece en el universo. Incluso ese mismo día, estaban hablando desde sus tumbas. Cuando, después de una época de caos infinito, llegaron los primeros hombres, los Primigenios se pusieron en contacto con los más sensitivos de entre los humanos, moldeando sus sueños, ya que solamente de esa manera era posible que su idioma alcanzara las mentes orgánicas de los mamíferos.

Entonces, prosiguió Castro en un susurro, aquellos primeros hombres instituyeron el culto en torno a unos pequeños ídolos que les mostraron los Grandes Primigenios, ídolos traídos de épocas remotas desde oscuras estrellas. Ese culto no desaparecerá nunca hasta que las estrellas vuelvan a estar en posición y los sacerdotes ocultos consigan despertar al gran Cthulhu de su tumba para que resucite a sus súbditos y recobre su dominio sobre la Tierra. Serán tiempos fácilmente reconocibles, porque entonces la humanidad se habrá vuelto como los Primigenios, libre y salvaje, estará más allá del bien y del mal, dejará a un lado la ley y la moral; y todos los hombres gritarán y matarán, y gozarán con júbilo. Entonces, los Primigenios liberados les enseñarán nuevas formas de gritar y de matar, de solazarse y disfrutar, y la Tierra entera arderá en un holocausto de éxtasis y libertad. Mientras tanto, el culto, mediante los ritos adecuados, debe mantener vivo el recuerdo de aquellas antiguas costumbres y escenificar la profecía de su regreso.

En otros tiempos, algunos hombres escogidos habían hablado en sueños con los Primigenios sepultados, pero un día, algo sucedió. La gran ciudad pétrea de R'lyeh, con sus tumbas y monolitos, se hundió bajo el mar en aguas tan profundas, llenas del misterio primigenio, que los pensamientos no pueden atravesarlas, y se había cortado aquella comunicación espectral. Pero no era posible matar el recuerdo, y los sumos sacerdotes afirman que la ciudad se elevará de nuevo sobre las olas cuando las estrellas estén en posición. Entonces saldrán de la tierra los negros espíritus que en ella habitan, enmohecidos y tenebrosos, cargados de un rumor siniestro sacado de cavernas situadas debajo del mismo fondo del mar. Pero el viejo Castro no quiso hablar acerca de Ellos. De pronto, se calló y ya no hubo astucia o sutileza alguna capaz de extraer de él una sola palabra más al respecto. Curiosamente tampoco quiso decir nada sobre el tamaño de los Primigenios. Del culto dijo que, según pensaba, su núcleo yacía en medio de las arenas intransitables del desierto de Arabia donde Irem, la Ciudad de los Pilares, sueña oculta e intacta. La secta no tenía relación con los cultos de las brujas de Europa y resultaba prácticamente desconocido más allá de sus propios integrantes. Ningún libro había siquiera insinuado su existencia, aunque los chinos imperecederos afirmaban que el *Necronomicón* del árabe loco Abdul Alhazred contenía ciertos dobles significados que los iniciados podían interpretar a su manera, especialmente los polémicos versos:

> *Que no está muerto lo que puede yacer eternamente,*
> *y con los eones extraños hasta la muerte puede morir.*

Legrasse, profundamente impresionado y no poco perplejo, había intentado informarse en vano acerca de las afiliaciones históricas del culto. Aparentemente, cuando Castro afirmó que este era completamente secreto, había dicho la verdad. Los estudiosos de la Universidad de Tulane no pudieron arrojar luz alguna acerca de este culto ni sobre la estatuilla y, en aquel preciso momento, el inspector había llegado hasta las máximas autoridades del país para encontrarse únicamente con el relato de Groenlandia que había relatado el profesor Webb.

El interés febril que el relato de Legrasse despertó durante la asamblea, corroborado por la propia estatuilla, tuvo algún reflejo en la correspondencia que después intercambiaron los asistentes, aunque en las publicaciones oficiales de la sociedad los comentarios fueron más bien escasos. La prudencia es el principal instrumento de aquellos que se están acostumbrados a enfrentarse con frecuencia a charlatanes e impostores. Legrasse prestó la estatuilla durante un tiempo al profesor Webb, pero le fue devuelta cuando este falleció y hoy sigue en su poder, tal y como he podido comprobar hace no mucho. Es un objeto auténticamente terrible, e inequívocamente similar a la tablilla que el joven Wilcox esculpiera en sueños.

No es de extrañar que mi tío se entusiasmase con el relato del escultor, pues ¿qué ideas no le llegarían a la cabeza, tras lo que Legrasse había averiguado de aquel culto, si escuchase a un joven sensitivo decir no sólo que había soñado con esa estatuilla y con los precisos jeroglíficos de la imagen hallada en los pantanos y de la tablilla de Groenlandia, sino que en sueños le habían llegado al menos tres palabras exactas de las que eran parte de la fórmula que recitaban tanto los diabólicos esquimales como los mestizos de Louisiana? Resultaba del todo natural que el profesor Angell iniciara de inmediato una investigación con la mayor minuciosidad, aunque yo, personalmente, seguía sospechando que al joven Wilcox le había llegado el culto a los oídos de alguna manera y que se había inventado una serie de sueños para darle énfasis a aquel misterio y prolongarlo a costa de mi tío. Las descripciones de los sueños y los recortes recopilados por el profesor venían a corroborar los hechos sin dar espacio a demasiadas dudas, pero mi mente racional y la extravagancia de todo este asunto me llevaron a adoptar lo que a mi juicio eran las conclusiones más sensatas. De ese modo, tras leer detenidamente una vez más el manuscrito y cotejar las notas teosóficas y antropológicas acerca del culto con el relato de Legrasse, viajé hasta la residencia del escultor en Providence para decirle lo que pensaba de él por haber embaucado de aquella manera a un sabio cortés de tan avanzada edad.

Wilcox aún vivía solo en el edificio Fleur-de-Lys de Thomas Street, una horrible imitación victoriana de la arquitectura bretona del siglo XVII, con una fachada de estuco colocada entre las preciosas casas coloniales que ocupaban la antigua colina, a la sombra de la más hermosa torre georgiana de toda América. Lo encontré trabajando en su estudio y, nada más ver las obras que había allí, hube de admitir que su genio de escultor era profundo y auténtico. Estoy convencido que, pasado su tiempo, será recordado como uno de los grandes artistas de lo decadente, porque había logrado ya reflejar en arcilla, y algún día lo haría también en mármol, las pesadillas y fantasías que sólo Arthur Machen evoca en su prosa, y Clark Ashton Smith plasma en su verso y su pintura.

Moreno, enfermizo y de aspecto descuidado, se volvió lánguidamente al llamar yo a la puerta y me preguntó qué quería sin levantarse. Manifestó cierto interés cuando le dije quién era, pues mi tío había despertado su curiosidad al investigar sus extraños sueños, pero nunca le había explicado la razón del estudio. No quise ampliar su conocimiento acerca del asunto, pero con cierta sutileza intenté sonsacarle algo.

En poco tiempo, me convencí de que era absolutamente sincero, pues al relatar sus sueños lo hacía de una manera que no daba pie al engaño. Estos sueños, y los residuos que habían dejado en su subconsciente, habían influido profundamente en su arte, cosa que me confirmó al mostrarme una morbosa estatua cuyo contorno estaba dotado de un poder de sugestión que me hizo estremecer. Wilcox no recordaba haber visto el original de la figura, salvo en su propio bajorrelieve, pero había moldeado el perfil con sus propias manos de manera inconsciente. Se trataba sin duda de la gigantesca figura sobre la que había desvariado en su delirio. También me quedó claro, sin pasar demasiado tiempo, que en realidad desconocía completamente el culto secreto, salvo por lo que le hubiera podido dejar caer mi tío en sus charlas así que me esforcé en averiguar de qué manera habría podido llegar a experimentar tan extrañas impresiones.

Hablaba de sus sueños de una manera extraña y poética, haciéndome ver con terrible intensidad la húmeda ciudad ciclópea de piedra verdosa y cubierta de lodo, cuya geometría, comentó curiosamente, era completamente errónea, y consiguiendo que pudiese escuchar, con pavorosa expectación, la incesante y cuasi mental llamada que surgía de las profundidades: *Cthulhu fhtagn, Cthulhu fhtagn*.

Estas palabras formaban parte de aquel terrible rito que hablaba del sueño despierto del difunto Cthulhu en su cripta pétrea de R'lyeh, y, a pesar de mi seguridad racional, sentí un profundo estremecimiento. Estoy convencido de que Wilcox había oído hablar de alguna manera del culto, pero lo había olvidado en medio de aquel amasijo que formaba sus no menos extrañas lecturas y su imaginación. En consecuencia, y a causa de su predisposición a impresionarse, había dado con una expresión subconsciente de aquello en sus propios sueños, en el bajorrelieve y en la terrible estatua que tenía entonces en mis manos. Si había sometido a mi tío a un engaño había sido, en todo caso, de forma inocente e involuntaria. El carácter del joven era amanerado y algo antipático al mismo tiempo y, a pesar de que no despertaba mi simpatía, tenía que reconocer tanto su genio como su honestidad. Me despedí de él amistosamente y le deseé todo el éxito que su genio prometía.

El asunto de la secta aún me fascinaba, hasta el punto de imaginar que alcanzaría la fama personal por mis investigaciones acerca de su origen y conexiones. Visité a Legrasse en Nueva Orleans y charlé con él y con otros policías acerca de aquella antigua redada en el bosque. Vi la terrorífica escultura e, incluso, pude interrogar a algunos prisioneros mestizos que aún seguían con vida. Por desgracia, el viejo Castro había muerto años atrás. Aunque lo que escuché de viva voz no fue más que una confirmación más detallada de lo que mi tío había escrito en sus notas, comprobé personalmente de qué manera tan evidente podía llegar a estimularme, ya que estaba seguro de que me ponía tras la pista de una religión auténtica, antiquísima y secreta, cuyo descubrimiento haría de mí un antropólogo de renombre. Mi actitud entonces, como desearía que continuara siendo, era la de un absoluto escéptico, de modo que descarté, con una perversidad inexplicable, todas las coincidencias existentes entre las notas relativas a sueños y los extraños recortes reunidos por el profesor Angell.

Algo que empecé a sospechar, y que me temo ahora sé a ciencia cierta, es que la muerte de mi tío no fue ni mucho menos natural. Se derrumbó en un estrecho y empinado callejón que ascendía desde los viejos muelles infestados de mestizos extranjeros, tras un descuidado empujón que le propinó un marino negro. No puedo evitar recordar que los sectarios de Louisiana eran de sangre mezclada y querencia marinera, y no me sorprendería averiguar en algún momento que existen ciertos métodos secretos para asesinar tan antiguos como los ritos y las creencias esotéricas. Es verdad que Legrasse y sus hombres no han sufrido daño alguno, pero en Noruega ha muerto cierto marinero que fue testigo de cosas extraordinarias. ¿No sería plausible que, tras recoger los testimonios del joven escultor, las averiguaciones de mi tío hubieran llegado a oídos siniestros? Creo que el profesor Angell murió porque sabía demasiado. Que yo desaparezca de igual manera está aún por ver... Porque ahora yo sé mucho.

CAPÍTULO III

La locura que llegó del mar

Si alguna vez los cielos quisieran concederme un favor, les pediría que borrasen de mi memoria para siempre las consecuencias que derivaron de aquella vez en que, de forma inopinada, fijé mi mirada en un trozo suelto de periódico que había sido empleado para forrar un estante. Era difícil que mi rutina cotidiana se hubiera podido tropezar con algo así, ya que se trataba de un ejemplar antiguo de un rotativo australiano, el Sidney Bulletin del 18 de abril de 1925. Había escapado incluso a la búsqueda de la agencia de recortes de prensa que, justo por esas mismas fechas, estaba recopilando material para la investigación de mi tío.

Hacía tiempo que había abandonado mis investigaciones acerca de lo que el profesor Angell había llamado el «Culto de Cthulhu». Me hallaba de visita a un amigo que vivía en Paterson, Nueva Jersey, un hombre culto que trabajaba de conservador del museo local, además de mineralogista de renombre. Un día, examinando los ejemplares de reserva, almacenados desordenadamente sobre los estantes de una habitación en el depósito del museo, una extraña fotografía publicada en uno de los viejos periódicos desplegados bajo las piedras captó mi atención. Tal y como he dicho era el Sidney Bulletin, pues mi amigo conocía a gente en todos los lugares, y la foto en cuestión era un grabado en sepia de una horrible imagen de piedra idéntica a la que Legrasse había confiscado en el pantano.

Retiré impacientemente las preciosas piezas que cubrían el artículo y lo leí en detalle, pero me dejó algo decepcionado al comprobar lo reducido de su extensión. Sin embargo, lo que se sugería era de excepcional importancia para la investigación que yo había intentado mantener y que ya empezaba, por aquel entonces, a languidecer. Arranqué cuidadosamente el artículo. Decía lo siguiente:

«MISTERIOSO HALLAZGO DE UN BARCO ABANDONADO EN ALTA MAR

El *Vigilant* llega a puerto remolcando un yate neozelandés armado y desaparejado.

Un superviviente y un muerto hallados a bordo.

Relato de una desesperada lucha y muertes en alta mar.

Marinero rescatado se niega a dar detalles sobre extraña experiencia.

Encontrado en posesión de misterioso ídolo.

Prosiguen las investigaciones.

El carguero *Vigilant* de la naviera Morrison, procedente de Valparaíso, atracó esta mañana en el muelle de Darling Harbour, remolcando al desaparejado y averiado, aunque fuertemente armado, yate de vapor *Alert de Dunedin* (Nueva Zelanda), que fue avistado el 12 de abril a 34°21' de latitud sur y 152°17' de longitud oeste, con un superviviente a bordo y un muerto.

El *Vigilant* zarpó de Valparaíso el 25 de marzo y desvió su rumbo considerablemente en dirección sur, el 2 de abril, por causa de un fuerte temporal que provocaba una marejada de olas excepcionalmente grandes. El 12 de abril el barco fue avistado cuando navegaba a la deriva. Aparentemente estaba desierto, pero al abordarlo hallaron a un único superviviente en unas condiciones cercanas al delirio, así como otro hombre que parecía llevar muerto más de una semana.

El superviviente estaba abrazado a un horrible ídolo de piedra de unos 30 centímetros de altura, sobre cuyo origen, de naturaleza desconocida, las autoridades de la Universidad de Sidney, la Royal Society y el Museo de College Street se muestran absolutamente desconcertadas. El hombre declara haberla encontrado en el camarote del yate, en el interior de un pequeño relicario.

Tras recobrar el sentido, el superviviente relató una historia extraña de piratería con una sangrienta masacre. Se llama Gustaf Johansen, es noruego y posee cierta educación, era el segundo de a bordo de la goleta *Emma* de Auckland, que zarpó de El Callao el 20 de febrero con once hombres.

El *Emma,* según cuenta, se vio retrasado, y desviado de su rumbo hacia el sur, por culpa de la gran tempestad del 1 de marzo, y el 22 del mismo avistó al *Alert* a 49°51' de latitud sur y 128°34' longitud oeste, con una extraña tripulación formada por canacos y mestizos de feroz aspecto. El capitán Collins, al mando del *Emma,* se negó a acatar la orden de virar en redondo, momento en que la extraña tripulación comenzó a abrir fuego sobre la goleta sin previo aviso, desde una batería pesada de bronce que formaba parte de su armamento.

El superviviente relató que los hombres del *Emma* plantaron batalla y, aunque la goleta comenzó a hundirse debido a que fue alcanzada por los disparos por debajo de la línea de flotación, tuvieron tiempo de abordar a la nave enemiga y lucharon contra la salvaje tripulación sobre su misma cubierta. Se vieron forzados a matar a toda la tripulación enemiga, que era superior en número, pues su manera de luchar era detestable y desesperada, si bien torpe.

Tres de los hombres del *Emma,* incluido el capitán Collins y el primero de a bordo Green, murieron. Los ocho restantes, con el segundo de a bordo Johansen al mando, se pusieron al frente del yate capturado, retomando su rumbo original para averiguar la razón por la que les habían ordenado dar media vuelta.

Al día siguiente, según parece, desembarcaron en una pequeña isla que no figuraba en sus cartas, donde murieron seis de los tripulantes, aunque Johansen da muestras de reticencia para contar esta parte de la historia y se limita a decir que cayeron por un precipicio.

Más tarde, según parece, él y el último de sus compañeros llegaron al yate y trataron de tripularlo, pero se vieron alcanzados por la tormenta del 2 de abril.

De lo sucedido entre ese día y el del rescate, que tuvo lugar el 12 de abril, el hombre recuerda poco, ni siquiera cuándo murió William Briden, su compañero. Su muerte no parece responder a ninguna causa evidente, siendo un estado excesivo de excitación y la exposición a las privaciones las razones más probables.

La información recibida por cable desde Dunedin señala que el *Alert* es un mercante de cabotaje muy conocido allí, por su mala reputación en los muelles. Era propiedad de un extraño grupo de mestizos cuyos frecuentes encuentros e incursiones nocturnas a los bosques llamaban mucho la atención. Al parecer, la tormenta y los temblores de tierra que tuvieron lugar el 1 de marzo, precipitaron que se hubiera hecho a la mar apresuradamente.

Nuestro corresponsal en Auckland señala que tanto el *Emma* como su tripulación gozaban de una excelente reputación, y describe a Johansen como un hombre serio y confiable.

El almirantazgo iniciará mañana mismo una investigación de los hechos en la que se hará lo posible para persuadir a Johansen de que hable con mayor claridad de todo lo sucedido hasta ahora».

Esto era todo, ilustrado con la fotografía de la infernal estatua, ¡pero qué cantidad de ideas comenzó a fluir en mi cabeza! Había dado con un nuevo tesoro de información alrededor del Culto de Cthulhu y una clara prueba de que tenía extraños seguidores tanto en el mar como en tierra. ¿Por qué motivo la tripulación mestiza ordenó virar al *Emma* mientras navegaba en posesión de aquel horrible ídolo? ¿Cuál era esa misteriosa isla en la que murieron los seis tripulantes del *Emma* y sobre la que el segundo Johansen se mostraba tan reservado?

¿Qué puso a averiguar la investigación iniciada por el almirantazgo y qué es lo que se sabía en Dunedin acerca del maléfico culto? Y lo más sorprendente de todo, ¿qué innegable significación maléfica tenían aquellas fechas y que relación profunda y natural guardaban con los diversos cambios en el curso de los acontecimientos que tan minuciosamente había registrado mi tío?

El día 1 de marzo —es decir, nuestro 28 de febrero según el huso del Meridiano de Greenwich— fue cuando tuvieron lugar la tormenta y el terremoto. El *Alert* y su apestosa tripulación salieron a toda velocidad de Dunedin como arrastrados por una apremiante llamada, al tiempo que poetas y artistas, al otro lado del mundo, empezaron a soñar sobre de una extraña y rezumante ciudad y un joven escultor moldeaba en sueños la forma del propio Cthulhu. El 23 de marzo se produjo el desembarco de la tripulación del *Emma* en la isla desconocida que se saldó con seis muertos; en esa misma fecha, los sueños de aquellos hombres especialmente sensitivos adquirieron una gran viveza y sintieron el tormento de la persecución de que fueron objeto por parte de una maléfica criatura. Mientras, un arquitecto enloquecía y un escultor se veía de pronto en un profundo delirio. ¿Y qué hay de la tormenta del 2 de abril, fecha en que se acabaron todos los sueños sobre una ciudad maligna y en que Wilcox salió ileso de las extrañas fiebres que lo mantenían en un estado de hipnosis? ¿Qué deducir de todo aquello? ¿Y de todas las historias del viejo Castro acerca de los Primigenios, sumergidos bajo las aguas y venidos de las estrellas, y de su reino que está por llegar, el fiel culto de sus acólitos y su dominio de los sueños? ¿Quizá estuviera tambaleándome al borde de horrores cósmicos más allá de la comprensión humana? Si esto es así, tal horror no podía estar sino en la mente, ya que, de alguna manera, cualquier monstruosa amenaza que hubiera podido cernirse sobre la humanidad tuvo su fin el 2 de abril.

Aquella tarde, tras unos rápidos preparativos y enviar unos cuantos telegramas, me despedí de mi anfitrión y cogí un tren a San Francisco. En menos de un mes me encontraba en Dunedin, donde averigüe poco sobre los miembros de aquel extraño culto, salvo que solían pasar el rato en las viejas tabernas del puerto. Los chismes que escuché en los muelles no merecen una especial mención, aunque corría un rumor acerca de un viaje que los mestizos habían realizado al interior durante el cual se pudo apreciar en las lejanas colinas un resplandor rojizo y escuchar un apagado tamborileo.

En Auckland averigüé que tras el infructuoso interrogatorio en Sidney, a Johansen se le había encanecido completamente su rubia cabellera y que, después, había vendido su casita en West Street y cogido un barco con su mujer en dirección a su antigua residencia en Oslo. De la pavorosa que había sufrido no contó nada a sus amigos que no hubiera relatado a los oficiales del Almirantazgo, y todo lo que pude conseguir de ellos fue su dirección en Oslo.

Después de aquello me marché a Sidney donde no obtuve nada nuevo ni de los marinos ni de los magistrados del Vicealmirantazgo. Pude ver el *Alert,* que había sido vendido para su uso comercial, en Circular Quay, en Sidney Cove, pero tampoco logré sacar nada de su reservada tripulación. La figura acurrucada con cabeza de pulpo, alas escamosas y el pedestal cubierto de jeroglíficos, se conservaba en el Museo de Hyde Park. Gracias a que pude estudiarla durante algún tiempo, encontré en ella la misma exquisita y siniestra talla, el mismo misterio y antigüedad y el mismo material desconocido propios de la versión, algo más pequeña, de Legrasse. Según me dijo el conservador del museo, los geólogos se habían topado con un monstruoso enigma, ya que llegaron a jurar que en el mundo no había ninguna roca como aquella. Fue cuando me di cuenta con un escalofrío del sentido que tenía lo que el viejo Castro le había declarado a Legrasse acerca de los Primigenios: «Vinieron de las estrellas y trajeron consigo sus imágenes».

Nunca antes me había impactado tanto un asunto de esta naturaleza, así que me decidí a visitar al segundo Johansen en Oslo. Embarqué con destino a Londres, donde cogí otro barco en dirección a la capital noruega donde desembarqué en un día de otoño en los muelles bien cuidados que había a la sombra del Egeberg.

Descubrí que la casa de Johansen estaba situada en la vieja ciudad del rey Harold Haardrada, que conservó el nombre de Oslo durante los siglos en que la capital estuvo disfrazada con el nombre de Cristianía. Hice el corto recorrido en taxi y, con el corazón palpitante, llamé a la puerta de un pulcro y antiguo edificio con fachada de estuco. Una mujer de gesto triste y vestida de negro respondió a mi llamada, pero me dejó consternado y estupefacto cuando me dijo en un inglés entrecortado que Gustaf Johansen había fallecido.

No había sobrevivido mucho tiempo a su regreso, me dijo su viuda, ya que los extraños sucesos de 1925 en alta mar le habían debilitado. A ella no le había contado más de lo que había declarado públicamente, pero había dejado un largo manuscrito —sobre «asuntos técnicos», según dijo él— escrito en inglés, sin duda, para protegerla del peligro que podría suponer un examen casual del mismo. Paseaba por un estrecho callejón cercano al muelle de Gothenburg, cuando un fardo de papeles caído desde la ventana de un desván le había derribado. Dos marinos de Lascar le ayudaron a ponerse en pie, pero murió antes de que la ambulancia llegara al lugar. Como los médicos no pudieron detectar una causa para su muerte, dictaminaron que se debía a algún problema de corazón y a su débil constitución.

En ese momento comencé a sentir un terror que me roía las entrañas y que ya nunca me abandonará hasta el día en que muera, ya sea «accidentalmente» o de cualquier otra forma. Tuve que convencer a la viuda de que mi conexión con los «asuntos técnicos» de su marido era suficientemente profunda como para otorgarme el derecho a tomar posesión del manuscrito. Me llevé el documento y comencé a leerlo en el barco de regreso a Londres.

Se trataba de algo sencillo e inconexo —resultado del esfuerzo de un sencillo marino por escribir un diario *a posteriori* de aquellos hechos—, en el que quedaba reflejado un afán por recordar lo sucedido día a día en el terrible último viaje. No puedo transcribirlo palabra por palabra, con todos sus turbios y redundantes pasajes, pero contaré lo suficiente como para que se comprenda por qué el ruido de las olas rompiendo contra el casco del barco se me hizo tan insufrible que tuve que taponarme los oídos con algodón.

Johansen, gracias a Dios, no lo sabía todo, aunque había visto la ciudad y al monstruoso ser, pero yo nunca volveré a dormir tranquilo cuando piense en los horrores que acechan incesantemente a la vida en el tiempo y en el espacio, y en las blasfemias impías que proceden de antiguas estrellas que descansan bajo las olas y que son objeto de idolatría por parte de un culto de pesadilla dispuesto y decidido a liberarlas por la Tierra cuando quiera que otro terremoto haga emerger su monstruosa ciudad pétrea de nuevo hacia el aire y la luz de la superficie.

El viaje de Johansen había comenzado tal y como le había contado al almirantazgo. La goleta *Emma,* con carga de lastre, zarpó de Auckland el 20 de febrero y había sufrido en toda la fuerza de la tormenta desencadenada por el terremoto que debió atraer desde el fondo del mar a aquellos horrores que provocaron aquellas pesadillas en los hombres. De nuevo bajo control, la embarcación navegaba a buen ritmo cuando fue intervenida, bombardeada y hundida por el *Alert* el 22 de marzo, episodio que el piloto describe con un comprensible sentimiento de frustración. Al referirse a los mestizos sectarios que iban a bordo del *Alert* lo hace dando claras muestras de terror. A su parecer, había en ellos algo especialmente abominable que casi hacía que exterminarlos fuera un deber, tanto que Johansen mostraba cierta ingenua perplejidad ante la acusación de crueldad lanzada contra la tripulación del Emma durante el proceso que dirigió el tribunal al cargo de la investigación. Ya en el barco capturado y bajo el mando de Johansen recorrieron de vuelta el rumbo trazado por los mestizos empujados por la curiosidad, hasta que al poco avistaron un gran pilar de piedra que sobresalía del mar, en un punto situado a 47°9' de latitud sur y 126°43' de longitud oeste. Llegaron a una costa de lodo, fango y ciclópea mampostería que no podía ser otra cosa que la sustancia tangible del terror supremo de la Tierra: la ciudad muerta y de pesadilla de R'lyeh, construida hacía incontables eones por seres repugnantes que procedían de las estrellas oscuras. Allí yacían el Gran Cthulhu y sus hordas, ocultos bajo sepulturas cubiertas de fango verdoso, enviando de nuevo, tras incalculables ciclos temporales, aquellos pensamientos que extendían el miedo por los sueños de los hombres más sensibles, al tiempo que apremiaban a sus acólitos a comenzar un peregrinaje precipitado para liberarlos y restaurar su poder sobre la Tierra. Johansen no conocía nada de esto, ¡pero bien sabe Dios que ya vio suficiente!

Es de suponer que lo que realmente había emergido de las aguas no era más que la corona de la horrible ciudadela y del monolito bajo el que el Gran Cthulhu estaba enterrado. Cada vez que pienso en cuánto debe de estar gestándose allá en las profundidades, me dan ganas de poner fin a mi existencia. Johansen y sus hombres sintieron un enorme respeto por la majestuosidad de aquella rezumante Babilonia de antiguos demonios, y ya se debieron hacer una idea por sí mismos de que nada de aquello pertenecía a este ni a ningún otro planeta benigno. La aterrada descripción de Johansen refleja perfectamente en cada una de sus líneas su asombro ante el impensable tamaño de aquellos verdosos bloques de piedra, la altura vertiginosa del gran monolito esculpido y la desconcertante presencia de colosales estatuas y bajorrelieves, que mostraban exactamente la misma extraña imagen que la encontrada en el relicario a bordo del *Alert*.

Sin tener conocimiento de lo que era el futurismo, Johansen consiguió en su escrito alcanzar algo muy parecido a este con su forma de describir la ciudad ya que, en lugar de centrarse en una estructura o en un edificio concreto, se extendía en dar impresiones generales acerca de los gigantescos ángulos y las superficies de piedra... Superficies demasiado grandes como para poder considerarse normales o propias de este mundo, e impías dados sus jeroglíficos e imágenes terroríficas. El comentario sobre el tamaño de los ángulos viene a colación porque me recordó a algo que Wilcox me había contado sobre sus terribles sueños. Wilcox aseguraba que la geometría que percibió de aquel lugar onírico era anormal, no euclidiana e impregnada de sensaciones repugnantes pertenecientes a otras dimensiones, a otras esferas distintas de la nuestra. Ahora era un simple marinero quien ofrecía esa misma percepción.

Johansen y sus hombres desembarcaron en la empinada orilla cubierta de lodo de aquella monstruosa acrópolis y treparon por algunos de sus titánicos bloques rezumantes, que no tenía ninguna semejanza a escalera humana alguna. El mismo sol del cielo parecía desvirtuado cuando se contemplaba a través de los efluvios y vapores que brotaban de aquella perversión mojada por el agua del mar, y una sensación de amenaza retorcida e incertidumbre parecía acechar malignamente entre los ángulos disparatadamente esquivos de roca labrada, en los que una segunda mirada mostraba una superficie cóncava allí donde, un minuto antes, se había visto una convexa.

Los exploradores se vieron invadidos por un miedo indeterminado antes de ver nada distinto que rocas, lodo y abundantes algas marinas. Todos ellos hubieran huido despavoridos de no haber temido el desprecio de los otros, por lo que, sin ningún entusiasmo, siguieron buscando inútilmente algún recuerdo que poder llevarse del lugar, aunque fue un esfuerzo inútil.

Un portugués, que se llamaba Rodrigues, fue el primero que alcanzó la base del monolito, llamando a gritos a los demás para que vieran lo que allí había encontrado. Los otros le siguieron y observaron con curiosidad una inmensa puerta esculpida con el ya familiar bajorrelieve, una forma con aspecto de cefalópodo y de dragón al mismo tiempo. Esta era, según palabras de Johansen, como una enorme puerta de granero y todos estuvieron de acuerdo en que se trataba de una puerta, pues a su alrededor se veía un dintel ornado, un umbral y unas jambas, aunque no podrían decir a ciencia cierta si se presentaba antes ellos plana como una trampilla o si estaba inclinada al modo de las puertas de los sótanos. Tal y como Wilcox había dicho, la geometría del lugar era completamente incorrecta. No se podía asegurar que el mar y la tierra estuviesen en posición horizontal, razón por la que la posición relativa de todo lo demás era fantasmagóricamente variable.

Briden intentó presionar la puerta de piedra sobre varios lugares sin conseguir abrirla. Donovan tanteó delicadamente por los bordes, apretando cada punto a medida que avanzaba. Trepó con las manos interminablemente sobre aquella grotesca moldura de piedra —aunque a aquello sólo se le podía llamar escalada siempre y cuando la superficie no estuviera en posición horizontal—, mientras el resto de los hombres se preguntaban asombrados cómo era posible que una puerta, en todo el universo, pudiera tener esas dimensiones. Entonces, suave y lentamente, el panel de media hectárea comenzó a ceder hacia adentro en su parte superior, y pudieron comprobar que se balanceaba. Donovan se deslizó o se empujó de alguna manera hacia abajo, a lo largo de la jamba, para regresar junto a sus compañeros, y todos permanecieron atónitos en la contemplación del extraño retroceso de aquel labrado portal monstruoso. En aquella fantasía de distorsión prismática, la puerta se deslizaba anómalamente en sentido diagonal, de modo que todas las leyes de la materia y la perspectiva parecían trastornadas.

La abertura dio paso a una negra oscuridad casi palpable. Sin embargo, aquella oscuridad tenía una cualidad positiva, ya que ocultaba parte de una muralla interior que, de lo contrario, se habría puesto al descubierto. La oscuridad surgió como humo acumulado durante infinitos siglos de su confinamiento, eclipsando incluso al sol a medida que escapaba agitando sus membranosas alas hacia un encogido y contrahecho cielo. De las profundidades recién liberadas emergía un hedor que resultaba insoportable. Al poco, Hawkins, que era muy fino de oído, aseguró haber escuchado un chapoteo de cieno, nauseabundo, allá abajo. Todos prestaron atención, y aún seguían haciéndolo cuando una monstruosidad babeante apareció en medio de un estrépito, y a tientas coló su gelatinoso cuerpo verde a través de la negra puerta tras el aire fétido de aquella ciudad de locura.

Mientras escribía este pasaje, se notaba por su letra que el pobre Johansen desfallecía. Contaba que, de los seis hombres que jamás regresaron al barco, dos habían muerto en ese mismo momento de puro miedo. Era imposible describir a aquel ser, no había palabras para expresar tales abismos de inmemorial y delirante locura, tan abominable contradicción de la materia, la fuerza y el orden cósmico. ¡Era una montaña que caminaba y se tambaleaba! ¡Dios del cielo! ¡Qué prodigio que, al otro lado del mundo, la telepatía hiciera enloquecer a un gran arquitecto y delirar de fiebre al joven Wilcox en ese preciso instante! El ser representado en los ídolos, aquel engendro verde y macilento venido de los astros, había despertado para reclamar lo que era suyo. Las estrellas se habían alineado y lo que un culto milenario había fracasado en conseguir por medio de preparativos, lo había logrado un grupo de insensatos marineros por puro accidente. ¡Tras millones de millones de años el Gran Cthulhu se alzaba de nuevo, ávido de goce!

Tres de los hombres fueron apresados por las blandas garras del monstruo antes siquiera de que nadie pudiera darse la vuelta. Que Dios les conceda el descanso, si es que el descanso existe en el universo. Eran Donovan, Guerrera, y Ångstrom. Los otros tres marineros se abalanzaron en una frenética huida hacia el bote sobre interminables panorámicas de piedra encostrada de musgo verde sobre el que Parker resbaló y, según jura Johansen, fue tragado por uno de los ángulos de la mampostería que no debería estar ahí; un ángulo que era agudo pero que se comportaba como si fuera obtuso. De este modo, sólo Briden y Johansen consiguieron llegar al bote y remar desesperadamente hacia el *Alert* mientras la descomunal monstruosidad se deslizaba sobre las rocas fangosas, y vacilaba entre tropiezos al llegar al borde de las aguas.

A pesar de haber desembarcado todos, la caldera del *Alert* aún tenía presión, por lo que sólo fueron necesarios unos momentos de afanosas prisas, del timón a los motores, para volver a ponerlo en marcha. Lentamente, en medio de los retorcidos horrores de aquella indescriptible escena, el barco comenzó a mover las mortíferas aguas, mientras que, en la roca de aquella playa sepulcral, que no era de este mundo, el titánico ser procedente de las estrellas lanzaba espumarajos y atroces bufidos como Polifemo maldiciendo al barco de Ulises. Pero, más atrevido que el cíclope mitológico, el Gran Cthulhu se deslizó a las aguas y comenzó a perseguir al barco dejando tras de sí una estela de grasa y levantando con sus brazadas olas de verdadera dimensión cósmica. Al volver la vista atrás, Briden enloqueció; comenzó a reír de manera estridente y ya no dejó de hacerlo, a intervalos irregulares, hasta que la muerte fue a buscarle por la noche al camarote, mientras Johansen deambulaba delirando por la cubierta.

Pero Johansen sabía que no podía rendirse. Era consciente de que el ser seguramente daría caza al *Alert* antes de que este alcanzara su velocidad máxima, por lo que, a la desesperada, decidió poner los motores a toda máquina, corrió como una bala por la cubierta y giró bruscamente el timón. Su acción formó un fuerte remolino y una corriente de espuma en aquella fétida salmuera que había por agua, y mientras la presión del motor se incrementaba, el valiente noruego enfiló la proa hacia el ser gelatinoso que les perseguía y que se elevaba sobre la inmunda espuma de las aguas como si fuera la popa de un galeón demoníaco. La horrible cabeza de cefalópodo, de retorcidos tentáculos, estaba ya muy cerca del bauprés del robusto yate, pero Johansen continuó implacable enfilándolo hacia el monstruo.

Se produjo un estallido que sonó como si una vejiga reventase, una fangosa fetidez como cuando se raja un pez luna, el hedor de mil tumbas abiertas, y un sonido que el cronista no pudo transcribir al papel. Durante un instante el barco se vio envuelto por una nube acre y cegadora, y después sólo quedó un mefítico remolino a popa, en medio del cual —¡Dios nos proteja!— la dispersa plasticidad del innombrable engendro de las estrellas recuperaba difusamente su odiosa forma original, a una distancia que crecía por momentos a medida que el *Alert* aumentaba su velocidad.

Así es como acabó todo. Tras ese día Johansen, obsesionado con el ídolo, se ocupó de su sustento y el del maníaco de risa enloquecida que tenía a su lado. Tras su hazaña, ya no trató de navegar, pues semejante reacción le había restado una parte de su alma y ánimo. Después llegó la tormenta del 2 de abril, y con ella los turbios nubarrones en que se sumió su consciencia. Sintió un remolino espectral a través de líquidos abismos de infinidad, de vertiginosas distancias entre universos giratorios sobre la cola de un cometa, y de histéricos saltos desde el fondo de los abismos a la luna, y de la luna a los fondos de los abismos, todo ello animado por un histriónico coro de retorcidos y jocosos dioses ancianos y de los burlones diablillos de color verde, con alas de murciélago, surgidos del infierno.

Tras el sueño, llegó el rescate, el *Vigilant,* el tribunal del almirantazgo, las calles de Dunedin y el largo viaje de regreso a su hogar en la vieja casa a la sombra del Egeberg. No podía contar nada, si no quería que lo tomaran por loco. Escribiría sobre aquello que sabía antes de que la muerte le alcanzara, pero su mujer no debía enterarse de nada. La muerte sería un regalo de los cielos con tal de que borrase sus recuerdos.

Ese fue el manuscrito que pude leer y que ahora he metido dentro en una caja de latón junto al bajorrelieve y los papeles del profesor Angell. Con todo esto, irá también este testimonio mío, esta prueba de mi sano juicio, donde he reconstruido lo que espero que nadie vuelva jamás a concebir. He contemplado todo el horror que puede contener el universo y, después de esto, incluso el cielo primaveral y las flores estivales serán puro veneno para mí. Sin embargo, estoy convencido de que mi vida no se prolongara mucho. Igual que se fue mi tío, igual que se fue el pobre Johansen, un día me iré yo. Sé demasiado y el culto aún sobrevive.

Supongo que Cthulhu continúa con vida, en aquel abismo de piedra que le había protegido desde que el sol era joven. Su maldita ciudad está de nuevo sumergida, ya que el *Vigilant* pasó por esas aguas de nuevo tras la tormenta de abril; pero sus pastores en la tierra todavía rugen y saltan y matan alrededor de monolitos rematados por ídolos en lugares solitarios. El Gran Cthulhu, sin duda, debió quedar atrapado por el hundimiento mientras estaba en el interior de su negro abismo, porque, de no ser así, el mundo estaría ahora gritando de miedo y furia. ¿Quién sabe lo que acontecerá al final? Lo que ha emergido puede hundirse y lo que se ha hundido puede emerger de nuevo. La mayor de las blasfemias aguarda y sueña en las profundidades, y la decadencia se abre paso entre las tambaleantes ciudades de los hombres. El día llegará. ¡No quiero ni puedo pensarlo! Sólo me gustaría que, si no sobrevivo a este manuscrito, mis albaceas antepongan la prudencia a la audacia, y se aseguren de que nadie más llegue a fijar su atención en él.

EL CASO
DE CHARLES DEXTER WARD

Puédense preparar y conservar sales esenciales de animales de manera que un hombre hábil puede tener en su aposento un arca de Noé entera, y levantar de sus cenizas, cuando así le plazca, la hermosa figura de un animal; y por semejante procedimiento, de las sales esenciales de polvo humano, puede un filósofo, sin caer en la nigromancia criminal, llamar la figura de cualquier antepasado, sirviéndose del residuo de su incineración.

BORELLUS.

CAPÍTULO PRIMERO

Un resultado y un prólogo

1

No hace mucho que desapareció de un hospital privado para enfermos mentales cercano a Providence, en Rhode Island, un peculiar individuo que atendía al nombre de Charles Dexter Ward y que fue allí internado, muy a su pesar, por su afligido padre, que había visto cómo su locura pasaba de ser una simple excentricidad a una siniestra manía que implicaba tanto tendencias homicidas como un profundo y extraño cambio en el aparente contenido de su imaginación. Hasta los doctores confesaron su considerable perplejidad ante el caso, puesto que ofrecía anomalías generales de carácter fisiológico y psicológico.

En primer lugar, el paciente tenía un aspecto extrañamente mayor de lo que correspondería a sus veintiséis años. Es cierto que el desequilibrio mental acelera el envejecimiento; pero el rostro de este joven había adoptado un sutil matiz que sólo adquieren los muy ancianos. En segundo lugar, sus funciones orgánicas mostraban un desequilibrio nunca antes visto por la ciencia médica. La respiración y el ritmo cardíaco manifestaban asimetría sorprendente; había perdido la voz y apenas podía emitir sonidos más elevados que un susurro; la digestión se le prolongaba de manera increíble y estaba reducida al mínimo, y las reacciones del sistema neurológico a estímulos convencionales no tenían precedente alguno en ningún registro conocido, ni normal ni patológico. Tenía la piel extremadamente seca y fría y la estructura celular del tejido parecía exageradamente tosca e inconexa. Incluso le había desaparecido una marca enorme de color oliváceo que tenía en la cadera derecha de nacimiento y, en su lugar, le había brotado en el pecho un lunar o mancha negruzca muy característica y que no tenía antes. En general, todos los médicos coincidieron en que los procesos metabólicos de Ward se habían ralentizado de manera inaudita.

Psicológicamente, Charles Ward representaba también un caso único. Su enfermedad mental no guardaba parecido con ninguna de las recogidas en los tratados más modernos y exhaustivos, y se combinaba con una fuerza mental que lo habría convertido en un genio o en un líder si no hubiese derivado en maneras grotescas y extrañas. El doctor Willett, el médico de la familia Ward, afirmaba que, a tenor de sus respuestas a preguntas al margen de la esfera de su locura, su capacidad intelectual había aumentado desde su ingreso. Es verdad que Ward era un erudito y siempre fue un estudioso de la Antigüedad, pero ni siquiera sus obras tempranas más brillantes exhiben la prodigiosa comprensión y profundidad que llamaba la atención a los médicos en los últimos reconocimientos. Tan lúcido y poderoso parecía el juicio del joven, que, de hecho, fue difícil conseguir la autorización legal para poder internarlo en el hospital; y no fue sino por las pruebas que aportaron terceros sobre el peso de sus numerosas lagunas y anomalías intelectuales lo que, a pesar de su inteligencia, permitió por fin su internamiento. Hasta el momento mismo de su desaparición fue devorador de lecturas y tan buen conversador como le permitía su escasa voz; los observadores más expertos predecían que no tardaría mucho en dejar de estar en custodia, aunque desde luego no pudieron prever que se fugaría.

2

Sólo al doctor Willett —que había traído a Charles Ward al mundo y lo había visto crecer y desarrollarse física y psicológicamente desde entonces—, parecía asustarle el pensar en su futura libertad. La razón es que había pasado por una vivencia terrible y realizado un descubrimiento no menos terrible que no se atrevía a compartir con sus escépticos colegas. De hecho, la relación de Willett con el caso suponía un pequeño misterio también. Fue el último en hablar con el paciente antes de su fuga y de aquella última conversación salió sumido en una mezcla de horror y alivio que muchos recordaron cuando se enteraron de la huida de Ward tres horas más tarde. La fuga misma es otro de los enigmas sin resolver del hospital del doctor Waite: que la ventana estuviera abierta, a diez metros del suelo, difícilmente puede considerarse una explicación, y no obstante es innegable que tras la charla con Willett, el joven Ward había desaparecido. Willett no dio explicaciones públicas, aunque, curiosamente, parecía más tranquilo que antes de la fuga. Lo cierto es que hay quien opina que estaría dispuesto a revelar más datos si creyera que iban a creerle. Había visto a Ward en su habitación, pero poco después de marcharse, los enfermeros llamaron a la puerta en vano. Cuando entraron, el paciente no estaba y sólo encontraron la ventana abierta, la fría brisa de abril y una nube de fino polvo gris azulado que a punto estuvo de asfixiarles. Es cierto que los perros comenzaron a aullar justo un momento antes y que, después, se calmaron súbitamente, a pesar de que no habían cobrado ninguna pieza. Enseguida avisaron por teléfono al padre de Ward, que se mostró más triste que sorprendido. Cuando el doctor Waite le llamó personalmente, el doctor Willett ya había hablado con él y ambos negaron tener noticia o relación alguna con la fuga. Sólo a través de algunos amigos íntimos del doctor Willett y de Ward padre se han conocido algunas pistas, demasiado descabelladas y fantasiosas para darles crédito. La realidad sigue siendo que el loco ha desaparecido y sin dejar rastro, hasta el momento.

Charles Ward mostró interés por la Antigüedad desde niño, sin duda influido por la venerable ciudad en que vivía y por las muchas antigüedades que abarrotaban hasta el último rincón de la vieja mansión de sus padres en Prospect Street, en lo alto de la colina. Con los años, su devoción por lo antiguo aumentó, de modo que la historia, la genealogía, el estudio de la arquitectura colonial, el mobiliario y la artesanía acabaron por eclipsar a todo lo demás en su abanico de intereses. Al considerar su locura, conviene tener en cuenta esta inclinación, pues, aunque no forma su núcleo esencial, sí desempeña un importante papel en la superficie. Las lagunas de información que llamaron la atención de los médicos estaban todas en el ámbito de la modernidad y, tal como demostró uno de los interrogatorios con habilidad, habían sido invariablemente contrarrestadas con un despliegue disimulado de conocimiento de cuestiones del pasado, de modo que daba la impresión de que el paciente se trasladara literalmente a una época anterior mediante alguna oscura forma de autohipnosis. Lo raro era que Ward parecía haber perdido ya su interés por esas antigüedades que tan bien conocía, algo que, por lo visto, había sucedido por pura familiaridad, y dedicaba todos sus esfuerzos en comprender los hechos más corrientes del mundo moderno, que habían sido total e inconfundiblemente suprimidos de su conciencia. Hacía lo posible por ocultar tal cosa, pero para cualquiera que lo observara era evidente que todas sus lecturas y conversaciones estaban inspiradas por el frenético deseo de empaparse de conocimientos sobre su propia vida y el contexto práctico y cultural corriente del siglo XX, que debería poseer de forma natural, ya que nació en 1902 y se educó en escuelas de nuestro tiempo. Ahora los médicos quisieran saber cómo, en vista de esa disparidad de datos vitales, se las arreglará el fugado para sobrevivir en el complicado mundo de hoy en día; la opinión predominante es que está oculto en algún lugar modesto y tranquilo hasta que pueda recobrar información sobre la vida moderna.

Tampoco se ponen de acuerdo los médicos sobre el inicio de la demencia de Ward. El doctor Lyman, eminente autoridad de Boston, la sitúa entre 1919 y 1920, durante el último año de estancia del muchacho en la Moses Brown School, cuando abandonó de pronto el estudio del pasado para embarcarse en el estudio de lo oculto y se negó a presentarse a los exámenes con la excusa de que tenía cosas mucho más importantes que averiguar por su cuenta. Ciertamente así lo corrobora el cambio de costumbres de Ward y sobre todo su continua búsqueda en los archivos de la ciudad y en los antiguos cementerios de cierta tumba excavada en 1771: la tumba de un antepasado llamado Joseph Curwen, algunos de cuyos documentos afirmaba haber encontrado detrás del enmaderado de una casa muy antigua en Olney Court, en Stampers' Hill, que, según se sabe, construyó y habitó Curwen. En general, es innegable que en el invierno de 1919 a 1920, se produjo un profundo cambio en Ward, a partir del cual interrumpió sus indagaciones históricas y se dedicó a profundizar en materias ocultas tanto aquí como en el extranjero, con la única variación de esa extraña e insistente búsqueda de la tumba de su antepasado.

No obstante, el doctor Willett discrepa sustancialmente de esta opinión, basándose en su trato constante y cercano con el paciente y en ciertas investigaciones y descubrimientos pavorosos que hizo hacia el final. Dichas investigaciones y descubrimientos le han marcado de tal modo que no puede hablar de ellos sin balbucear y le tiembla la mano cuando intenta ponerlos por escrito. Willett admite que el cambio acontecido en 1919-1920 podría señalar el inicio de una progresiva decadencia que culminó en la horrible y extraña enajenación de 1928, pero apunta que sus observaciones personales le obligan a hacer más distinciones. Aunque admite sin reparos que el muchacho siempre fue inestable de temperamento y con tendencia al entusiasmo exagerado en su respuesta a los estímulos que lo rodeaban, se niega a aceptar que la primera alteración señalara el verdadero paso de la cordura a la demencia, y la atribuye en cambio a la propia afirmación de Ward de que había descubierto o redescubierto algo cuyo efecto en el pensamiento humano iba a ser profundo y maravilloso.

La verdadera locura, estaba convencido, le sobrevino con un cambio posterior: después de que descubriera el retrato de Curwen y sus documentos antiguos; después de que hiciese varios viajes a no se sabe qué lugares en el extranjero donde recitó terribles invocaciones en circunstancias extrañas y secretas; después de que recibiese respuesta a dichas invocaciones y escribiese una desquiciada carta bajo inexplicables y angustiosas circunstancias; después de la oleada de vampirismo y de las inquietantes habladurías de Pawtuxet, y de que de la memoria del paciente se empezaran a extinguir imágenes contemporáneas al tiempo que su voz se fue tornando débil y su aspecto físico sufría las sutiles modificaciones que muchos advirtieron *a posteriori*.

Fue entonces, apunta con agudeza el doctor Willett, cuando los rasgos de la pesadilla quedaron indeleblemente ligados a Ward; y el médico se estremece cuando asegura que existen pruebas sólidas que corroboran con bastante precisión la afirmación del joven respecto a su crucial descubrimiento. En primer lugar, son testigos dos espabilados albañiles que presenciaron el hallazgo de los antiguos documentos de Joseph Curwen; en segundo lugar, el muchacho mostró en una ocasión dichos documentos y una página del diario de Curwen al doctor Willett, y todos y cada uno de ellos parecían auténticos. El agujero donde Ward afirmaba haberlos encontrado era real y, además, Willett tuvo ocasión de hojearlos por última vez en un lugar cuya existencia es probable que sea imposible de demostrar. Por otro lado, hay que tener en cuenta las coincidencias y los enigmas de las cartas de Orne y Hutchinson, la cuestión de la caligrafía de Curwen y lo que descubrieron los detectives sobre el doctor Allen; y a todo eso hay que añadir el terrible mensaje en diminutas letras medievales hallado en el bolsillo de Willett cuando volvió en sí tras la pavorosa vivencia que le hizo perder el sentido.

Pero lo más concluyente de todo son los resultados temibles que obtuvo el doctor de cierto par de fórmulas en el curso de sus últimas investigaciones, resultados que prácticamente demostraron la autenticidad de los documentos y de sus monstruosas implicaciones, al tiempo que los arrancaron para siempre del conocimiento humano.

3

Hay que considerar la vida de Charles Ward anterior a su demencia como algo tan perteneciente al pasado como las antigüedades que tanto amaba. En otoño de 1918, había empezado el último curso en la Moses Brown School, ubicada muy cerca de su casa, empujado por su entusiasmo por la instrucción militar de la época. El viejo edificio principal, levantado en 1819, había cautivado siempre su sensibilidad por lo antiguo y el espacioso parque en que se halla la academia atraía su aguda pasión por el paisaje. Llevaba una escasa vida social; pasaba las horas en casa, paseando por el campo, en la instrucción o atendiendo a sus clases, en busca de datos históricos y genealógicos en el Ayuntamiento, en el Parlamento, en la biblioteca pública, en el Ateneo, en la Sociedad Histórica, en las bibliotecas John Carter Brown y John Hay de la Universidad de Brown y en la recién inaugurada biblioteca Shepley de Benefit Street. Uno todavía puede recordarlo tal y como era en esos días: alto, delgado y rubio, con ojos despiertos y ligeramente encorvado. Era algo descuidado en el vestir, lo que ofrecía de él una impresión más de torpeza inofensiva que de atractivo.

En sus paseos siempre se sumergía en el pasado. Se las arreglaba para reconstruir, a partir de los miles de reliquias de una ciudad antigua y cautivadora, un retrato real y coherente de los siglos pretéritos. Su casa era una gran mansión georgiana en lo alto de la escarpada colina que se alza justo al este del río y desde las ventanas traseras de sus laberínticas alas, se dominaba, no sin vértigo, los apiñados campanarios, cúpulas, tejados y torres de la ciudad y las purpúreas montañas que se levantan en la lejanía. Era su casa natal, la misma por la que la niñera lo había sacado de paseo en su cochecito atravesando el precioso pórtico clásico de la fachada de ladrillo, por delante de la pequeña granja blanca construida hacía doscientos años y ahora ya engullida por la ciudad, en dirección a los edificios majestuosos de la universidad, por su calle umbría y lujosa, cuyas viejas mansiones de ladrillo y casas de madera con estrechos pórticos de columnas dóricas soñaban sólidas y suntuosas en medio de los espaciosos patios y jardines.

Recorrían también la melancólica Congdon Street, un poco más abajo de la empinada colina, con todas sus casas orientadas al este sobre altas terrazas. Allí las casitas de madera eran aún más antiguas, pues al expandirse la ciudad lo había hecho escalando la colina. En esos paseos, Ward se había empapado del colorido de una pintoresca ciudad colonial. La niñera se sentaba a menudo a charlar con policías en los bancos de Prospect Terrace, y eso hacía que uno de los primeros recuerdos del niño fuera un difuso mar de tejados, cúpulas y campanarios que se ve al oeste y las lejanas montañas que vio una tarde de invierno desde aquel mirador, violáceas y misteriosas bajo un febril y apocalíptico atardecer de rojos, dorados, púrpuras y verdes exaltados. La gran cúpula de mármol del parlamento resaltaba con su gigantesca silueta y un haz de luz se deslizaba por un claro entre las nubes coloreadas que cubrían el cielo inflamado, para rozar de irrealidad la estatua que remataba la cúpula.

Sus famosos paseos comenzaron cuando ya se había hecho mayor; al principio, siempre acompañado de su impaciente niñera, y luego solo, en profunda meditación. En cada paseo se fue aventurando más lejos por la colina y llegando a niveles más antiguos y pintorescos de la ciudad vieja. Bajaba con agilidad por la empinada Jenckes Street con sus muros y saledizos coloniales hasta la esquina de la sombría Benefit Street, donde había una antigua casa de madera con dos entradas adornadas con pilastras jónicas y, a un lado, un tejado en mansarda con los restos de un primitivo corral y la casona del juez Durfee, con sus decadentes vestigios de grandeza georgiana. Era un barrio que empezaba a parecer depauperado, pero los gigantescos olmos arrojaban una sombra refrescante sobre el lugar y al muchacho le gustaba pasear por allí, en dirección sur, más allá de las hileras de casas anteriores a la Revolución, con sus grandes chimeneas y sus entradas neoclásicas. Las del lado este estaban construidas sobre bases elevadas con barandillas y dos tramos de escaleras de piedra, y el joven Charles podía imaginarlas tal como eran antes, cuando la calle estaba recién construida y los tacones rojos y las pelucas realzaban los escalones pintados cuyos signos de deterioro se hacían ahora tan evidentes.

Al oeste, la colina bajaba en una pendiente casi tan pronunciada como antes, hasta la antigua Town Street, que los fundadores habían construido a la orilla del río en 1636. Hasta ella llegaban innumerables callejuelas con sus casas inclinadas y abigarradas de gran antigüedad; pero, a pesar de lo mucho que le atraían, tardó en decidirse a internarse entre su arcaica verticalidad por miedo a que todo resultase ser una pesadilla o la entrada a terrores desconocidos. Seguir por Benefit Street se le antojaba mucho menos temible, pasar la verja de hierro del cementerio recóndito de Saint John, la parte trasera de la Colony House, construida en 1761, y el ruinoso edificio de la posada La Bola de Oro donde, en una ocasión, se alojó Washington. En Meeting Street —conocida sucesivamente en otro tiempo como Gaol Lane y King Street— miraba hacia el este y veía las escaleras con pórticos por las que la calle ascendía la pendiente, y abajo, hacia el oeste, se veía el edificio de ladrillo de la vieja escuela colonial que sonríe al otro lado de la calle al antiguo cartel de Shakespear's Head, donde antes de la Revolución se imprimía la Providence Gazette and Country-Journal. Después, se llegaba hasta la exquisita Primera Iglesia Baptista, de 1775, con su impecable aguja estilo Gibbs, y los tejados y cúpulas georgianos que la rodean. Desde allí, y hacia el sur, el barrio tenía mejor reputación y florecía al fin en un maravilloso grupo de mansiones tempranas; aunque desde allí, viejas callejuelas seguían recorriendo precipicio abajo hacia el oeste, espectrales en el arcaísmo de sus muchos saledizos, y se sumían en un laberinto brillante de decadencia, donde los siniestros muelles aún recuerdan los días del comercio con las Indias Orientales, debatiéndose entre la pobreza y el vicio en todos los idiomas sus embarcaderos podridos, las legañosas tiendas de efectos navales y los callejones que han conservado nombres pecuniarios como Packet, Bullion, Gold, Silver, Coin, Doubloon, Sovereign, Guilder, Dollar, Dime y Cent[3].

Al crecer, el joven Ward se volvió más atrevido y, en ocasiones, se aventuraba en ese remolino de casas destartaladas, con dinteles rotos, escalones partidos, balaustradas retorcidas, rostros tiznados y olores incalificables; iba de South Main a South Water en busca de los muelles donde aún atracaban los vapores del estrecho y la bahía, y volvía hacia el norte pasando por delante de los almacenes de tejados inclinados construidos en 1816 y por la amplia plaza del Puente Grande, donde aún permanece erguido el edificio del mercado, que es de 1773, sobre sus antiguos arcos. En esta plaza, solía detenerse a imbuirse de la extraña belleza del casco antiguo de la ciudad, alzado sobre el risco que hay al este, tocada por dos campanarios georgianos y coronada por la cúpula de la nueva iglesia de la Ciencia Cristiana, igual que Londres lo está por la de la catedral de san Pablo. Le encantaba llegar allí a última hora de la tarde, cuando los últimos rayos del ocaso tiñen de oro el mercado y los antiguos tejados y campanarios y llenan de magia los irreales muelles donde amarraban los barcos de Providence a punto de partir hacia la India. Después de echar una mirada larga, se sentía transfigurado por la belleza poética de la escena, y trepaba de vuelta a casa por la pendiente, más allá de la vieja iglesia blanca, por las estrechas y empinadas callejas donde empezaban a vislumbrarse las luces a través de las ventanas y de los montantes de las puertas con dos tramos de escalones y curiosas barandillas de hierro forjado.

Años después, en diversas ocasiones, buscaría el choque de los contrastes en sus paseos; la mitad de ellos los daba por las ruinosas regiones coloniales al norte de su casa, donde la colina cae hasta la cima más baja de Stamper's Hill con su gueto negro apiñado en torno al lugar de donde salía la diligencia antes de la Revolución, y la otra

---

[3]   Son nombres relacionados con el dinero, por este orden: «dineral, lingote, plata, moneda, doblón, soberano, florín, dólar, moneda de diez y centavo». *(N. del T.)*

mitad por el elegante reino del lado sur, por George Street, Benevolent Street, Power Street y Williams Street, donde la antigua colina conserva intactas las bellas mansiones de antaño, así como fragmentos de jardines tapiados y empinados senderos que atesoran hermosos recuerdos. Esos paseos, unidos a los diligentes estudios que los acompañaban, explican sin duda en gran parte el amor por lo antiguo que acabó sustituyendo al mundo moderno en el interés de Charles Ward, e ilustran el terreno mental donde, aquel invierno terrible de 1919-1920, germinaron las semillas que dieron tan horroroso fruto.

El doctor Willett está convencido de que, hasta aquel invierno en que se produjeron los primeros cambios, el amor por la Antigüedad de Charles Ward carecía de un carácter enfermizo. Los cementerios no ejercían sobre él ningún atractivo en particular, más allá de su interés histórico y pintoresco, y no mostraba en absoluto instintos violentos o agresivos. Más tarde, de manera inadvertida, pareció dar un giro a raíz de uno de sus triunfos en genealogía del año anterior: el descubrimiento, entre sus antepasados maternos, de cierto personaje asombrosamente longevo llamado Joseph Curwen, llegado de Salem en marzo de 1692, y sobre el que circulaban una serie de leyendas extrañas e inquietantes.

Welcome Potter, el tatarabuelo de Ward, se había casado en 1785 con una tal «Ann Tillinghast, hija de la señora Eliza, hija del capitán James Tillinghast», y de cuyo padre la familia no había conservado ningún dato. A finales de 1918, mientras examinaba un volumen manuscrito original de registros del Ayuntamiento, el joven genealogista dio con un apunte que daba noticia de un cambio legal de nombre, mediante el cual, en 1722, una tal Eliza Curwen, viuda de Joseph Curwen, recobraba, junto con su hija Ann, de siete años, su apellido de soltera, Tillinghast, alegando «que el nombre de su marido se había convertido en motivo de pública vergüenza por lo sabido tras su fallecimiento, que confirmaba un antiguo rumor, al que su leal esposa no había querido dar crédito hasta verlo demostrado sin sombra de duda». Dicho apunte apareció al separarse de accidentalmente dos hojas que habían sido esmeradamente pegadas y modificadas para parecer una sola, mediante una cuidadosa alteración de los números de página.

Charles Ward comprendió enseguida que había descubierto a un antepasado suyo hasta entonces olvidado, lo que le produjo una doble emoción ya que había oído vagas alusiones y leído referencias dispersas sobre esta persona, de quien quedaban tan pocos datos disponibles, aparte de los que se habían hecho públicos en época moderna, que casi parecía que hubiese habido una conspiración para borrarlo de la memoria. Por otro lado, el apunte aparecido era de una naturaleza tan singular y enigmática que habría despertado la curiosidad de cualquiera. No podía dejar de pensar en qué razones tan bien fundadas habrían llevado a los archiveros coloniales a esforzarse tanto por ocultarlo y llevarlo al olvido.

Antes de esa fecha, Ward se habría contentado con fantasear acerca del viejo Joseph Curwen, pero tras descubrir su parentesco con aquel personaje «silenciado», se dedicó a investigar de un modo obsesivo cuanto pudo encontrar sobre él. Tan ansiosa búsqueda tuvo más éxito del esperado, pues en diversas buhardillas de Providence, dio con viejas cartas cubiertas de telarañas, diarios y legajos de memorias sin publicar que le proporcionaron muchos textos esclarecedores, que sus autores no habían creído necesario destruir. Una importante información incidental le llegó de un lugar tan remoto como el museo de Fraunces' Tavern, en Nueva York, que conservaba cierta correspondencia colonial de Rhode Island. No obstante, lo verdaderamente crucial, lo que en opinión del doctor Willett causó la locura de Ward, fue algo que halló en agosto de 1919 detrás del enmaderado de la casa en ruinas de Olney Court. Eso fue, sin duda, lo que abrió esas negras perspectivas cuyas simas resultaron más profundas que el abismo.

CAPÍTULO II

Un antecedente y un horror

1

Joseph Curwen, a tenor de lo que revelaban las enrevesadas leyendas materializadas en la documentación descubierta por Ward y lo oído sobre él, había sido un individuo sorprendente, enigmático y siniestro. Había huido de Salem a Providence —ese refugio universal de excéntricos, liberales y disidentes— al principio del gran pánico de la brujería, temiendo ser acusado y no sólo por su carácter solitario sino también por sus extraños experimentos químicos o alquímicos.

Era un hombre de unos treinta años y aspecto corriente, al que no le costó mucho convertirse en ciudadano libre de Providence, tras lo cual compró un solar al norte del de Gregory Dexter, al extremo de Olney Street. Mandó construir su casa en Stampers Hill al oeste de Town Street, en lo que luego se conocería como Olney Court, y en 1761 la reemplazó por otra más grande levantada en el mismo lugar y que todavía sigue en pie.

Lo primero que llama la atención acerca de Joseph Curwen es que, desde su llegada, no parecía haber envejecido. Compró un amarre en el muelle, cerca de la cala de Mile End, para dedicarse a los negocios navieros, colaboró en la reconstrucción del Puente Grande en 1713, y en 1723 fue uno de los fundadores de la Iglesia Congregacional; pero siempre conservó ese aspecto indefinido de hombre de entre treinta y treinta y cinco años. A medida que fueron pasando los años, esa peculiaridad empezó a llamar la atención, pero Curwen siempre lo atribuía a que descendía de antepasados fuertes y que su vida era sencilla y poco fatigosa. Sus vecinos nunca llegaron a entender cómo era posible conciliar una vida sencilla con las idas y venidas del misterioso comerciante y ni tampoco el extraño resplandor con que lucían sus ventanas a cualquier hora de la noche, y tendían a atribuir a otras causas una juventud tan prolongada y su longevidad. Se rumoreaba que su buen aspecto tenía que ver con las mezclas y cocciones de productos químicos que realizaba Curwen. Se cotilleaba sobre extrañas sustancias de Londres y de las Indias que traían sus barcos, o que adquiría en Newport, Boston y Nueva York, y cuando el viejo doctor Jabez Bowen llegó de Rehoboth y abrió su botica del Mortero y el Unicornio al otro lado del Puente Grande, circularon incesantes chismorreos sobre drogas, ácidos y metales que el taciturno solitario le compraba o encargaba. Convencidos de que Curwen poseía un prodigioso y secreto don para la medicina, muchos enfermos acudieron a él en busca de ayuda, pero pese a que parecía alentar dicho convencimiento con evasivas y siempre les proporcionaba pociones de extraños colores en respuesta a sus peticiones, al final se dieron cuenta de que lo que administraba a los demás rara vez tenía efectos beneficiosos. Pasados cincuenta años desde la llegada del desconocido sin que, a juzgar por el aspecto de su físico y su rostro, hubieran pasado para él más de cinco, las murmuraciones de la gente se volvieron más sombrías y le resultó más fácil satisfacer el deseo de aislamiento que siempre había demostrado.

Las cartas privadas y los diarios de la época revelan también muchas otras razones por las que Joseph Curwen fue admirado, temido y finalmente evitado como la peste. Su pasión por los cementerios, en los que se le veía constantemente y en cualquier circunstancia, era notoria, aunque nunca fue sorprendido llevando a cabo ninguna actividad que pudiera calificarse de macabra. Era dueño de una granja en la carretera de Pawtuxet, donde por lo general pasaba los veranos, y a la que acudía a menudo a caballo a diversas horas del día y de la noche. Sus únicos criados, granjeros y aparceros eran un par de hoscos indios narragansett; el marido, sordo y cubierto de extrañas cicatrices, y la mujer, cuyo color de piel era repulsivo, probablemente por una mezcla con sangre negra. El laboratorio donde llevaba a cabo la mayoría de sus experimentos se encontraba en el cobertizo de aquella granja. Los arrieros y carreteros que entregaban botellas, sacos y cajas en la puerta trasera hablaban de las extrañas redomas, crisoles, alambiques y hornos que había en aquel cobertizo, y profetizaban en voz baja que el silencioso «quimista» —con lo que se referían a «alquimista»— no tardaría en hallar la fórmula de la piedra filosofal. Los vecinos más cercanos a la granja —los Fenner, que vivían a quinientos metros— contaban cosas aún más inquietantes sobre los sonidos que, aseguraban, provenían de casa de Curwen por las noches. Afirmaban que eran gritos y aullidos prolongados. Tampoco entendían para qué tenía tanto ganado pastando en los campos, pues semejante cantidad era innecesaria para proporcionar carne, leche y lana a un anciano solitario y un par de criados. Además, el ganado era distinto de una semana a otra, pues no dejaba de comprar nuevos rebaños a los granjeros de Kingstown. Y, por último, tenía una dependencia grande de piedra con sólo unas altas y finas rendijas a modo de ventanas cuyo aspecto no era menos inquietante.

La casa de Curwen en Olney Court también daba qué hablar a los que paseaban por el Puente Grande, pero no tanto sobre la elegancia de una casa nueva construida en 1761, cuando el hombre debía de tener casi un siglo de edad, como de la primera casa más baja, con tejados en mansarda, desván sin ventanas y hastiales de tablillas, cuyas vigas puso tanto cuidado en quemar después de la demolición. Es cierto que no era tan misteriosa, pero las horas a las que se veían luces encendidas, el hermetismo de los dos atezados extranjeros que eran sus únicos criados, el balbuceo odioso e incomprensible de la viejísima ama de llaves francesa, las enormes cantidades de comida que entraban en la casa habitada sólo para cuatro personas, y el tono susurrante de ciertas voces que, frecuentemente, se oían a horas intempestivas, se sumaban a la inquietud que provocaba la granja de la carretera de Pawtuxet para dar mala fama al lugar.

En los círculos sociales más elevados de la ciudad también se hablaba constantemente de la casa de Curwen, pues a medida que se fue integrando en la iglesia y en la vida comercial de la ciudad, fue conociendo gente de alta posición, de cuya compañía y conversación le permitían disfrutar sus modales. Se sabía que era de buena cuna, pues los Curwen o Corwin de Salem no necesitan presentación en Nueva Inglaterra. Se supo asimismo que Joseph Curwen había viajado mucho en su juventud, había vivido un tiempo en Inglaterra y había hecho al menos dos viajes a Oriente; y su forma de hablar, cuando se dignaba dirigirse a alguien, era la de un inglés culto y educado. Pero por alguna razón Curwen no estaba interesado en la vida social. Aunque siempre fue cortés recibiendo visitas, se refugiaba tras un muro de reserva que hacía que muy pocos supieran qué decirle sin resultar insustanciales.

Sus modales parecían ocultar una arrogancia críptica y sardónica, como si frecuentara seres más extraños y poderosos y la gente ya hubiera llegado a aburrirle. Cuando el doctor Checkley, el famoso erudito, llegó de Boston en 1738 para ser párroco de la King's Church, no olvidó visitar a quien suscitaba tanta habladuría; pero se marchó enseguida debido a cierto trasfondo siniestro que le pareció percibir en la conversación de su anfitrión. Una tarde de invierno en que Ward charlaba con su padre sobre Curwen, le confesó que daría cualquier cosa por averiguar qué le había dicho el misterioso anciano a aquel cura tan servicial, sin embargo todos los diarios coinciden en subrayar las reticencias del doctor Checkley a repetir lo que había oído. El buen hombre se había llevado una impresión espantosa y fue incapaz de volver a visitar a Joseph Curwen sin perder visiblemente la jovialidad por la que era tan conocido.

Más claras, no obstante, eran las razones por las que otro hombre educado y de buen gusto evitaba al altivo ermitaño. En 1746, John

Merritt, un anciano inglés con aficiones científicas y literarias, llegó de Newport a esta ciudad que ya empezaba a aventajarla en importancia, y se construyó una hermosa casa de campo en el Istmo, en lo que hoy se considera el centro del mejor barrio residencial. Vivía con una elegancia y comodidad notables, fue el primero en tener coche propio y criados con librea, y estaba muy orgulloso de su telescopio, su microscopio y su bien escogida biblioteca de libros latinos e ingleses. Al oír que Curwen poseía la mejor biblioteca de Providence, el señor Merritt no tardó en ir a visitarle, y fue recibido con más cordialidad que la mayoría de los demás visitantes de la casa. La admiración por las amplias estanterías de su anfitrión, que además de los clásicos griegos, latinos e ingleses incluían una considerable cantidad de obras filosóficas, matemáticas y científicas, entre ellas las de Paracelso, Agrícola, Van Helmont, Silvio, Glauber, Boyle, Boerhaave, Becher y Stahl, llevó a Curwen a sugerirle que fuesen a su granja y al laboratorio a los que nunca había llevado a nadie hasta entonces, y los dos se pusieron en camino en el coche del señor Merritt.

El señor Merritt siempre admitió que no había visto nada horrible en la granja, aunque según él los títulos de los libros sobre cuestiones taumatúrgicas, alquímicas y teológicas que guardaba Curwen en el salón principal bastaron por sí solos para inspirarle una aversión duradera. No obstante, es posible que las expresiones faciales de su propietario mientras se los enseñaba contribuyeran a causarle aquel prejuicio. Tan extraña colección, aparte de una gran cantidad de obras clásicas que el señor Merritt no pudo sino mirar con envidia, incluía a casi todos los cabalistas, demonólogos y magos conocidos, y era una auténtica mina de datos sobre los dudosos campos de la alquimia y la astrología. Ahí estaban *Hermes Trismegisto* en la edición de Mesnard, la *Turba philosophorum,* el *Liber investigationis* de Geber y *La clave de la sabiduría* de Artefio, apretujados junto al cabalístico *El Zohar,* la edición de Peter Jammy de *Alberto Magno,* el *Ars magna et ultima* de Raimond Llull en la edición de Zetzner, el *Thesaurus chemicus* de Roger Bacon, el *Clavis alchimiae* de Fludd y el *De lapide philosophico* de Tritemio. Había una abundante representación de libros medievales árabes y judíos, y el señor Merritt empalideció cuando al sacar de la estantería un hermoso volumen claramente titulado *Quanoon-e-Islam* descubrió que en realidad se trataba del prohibido *Necronomicón* del árabe loco Abdul Alhazred, de quien había oído cosas tan espantosas hacía ya años, cuando salieron a la luz los innombrables ritos del extraño puerto de pescadores de Kingsport, en la provincia de la bahía de Massachusetts.

Aún más extraño, el respetable caballero reconoció que lo que más le inquietó inexplicablemente fue un simple detalle sin importancia. Sobre la enorme mesa de caoba había un maltrecho ejemplar de Borellus, con numerosas y crípticas anotaciones hechas por Curwen en los márgenes y entrelíneas. El libro estaba abierto por la mitad y en uno de los párrafos el visitante vio unos trazos trémulos y gruesos bajo las líneas hechos con tan extraños caracteres que no resistió la tentación de leerlo. Ignoraba si fue la naturaleza del pasaje, o el ímpetu febril de los trazos con que estaba subrayado, pero algo en dicha combinación le afectó de un modo muy profundo y peculiar. Lo recordó hasta el fin de sus días, lo transcribió de memoria en su diario y en cierta ocasión trató de recitárselo a su íntimo amigo el doctor Checkley, hasta que reparó en lo mucho que turbaba al educado párroco. Decía así:

«Puédense preparar y conservar sales esenciales de animales de manera que un hombre hábil puede tener en su aposento un arca de Noé entera, y levantar de sus cenizas, cuando así le plazca, la hermosa figura de un animal; y por semejante procedimiento, de las sales esenciales de polvo humano, puede un filósofo, sin caer en la nigromancia criminal, llamar la figura de cualquier antepasado, sirviéndose del residuo de su incineración».

Sin embargo, donde circulaban los peores rumores acerca de Curwen era cerca de los muelles, a lo largo de la parte sur de Town Street. Los marineros y los curtidos lobos de mar que formaban la tripulación de las infinitas balandras dedicadas al tráfico de ron, esclavos y melaza, los veloces corsarios y los grandes bergantines de los Brown, los Crawford y los Tillinghast, son gentes supersticiosas, que gesticulaban de forma excéntrica y disimulada para ahuyentar la mala suerte cada vez que veían la figura, esbelta, pero ligeramente encorvada, y engañosamente joven y de cabello rubio de Curwen entrando en su almacén en Doubloon Street o departir con sus capitanes y sobrecargos en el largo muelle donde cabeceaban inquietos sus barcos. Los propios empleados de Curwen le temían y detestaban, y todos sus marineros eran mestizos de la peor estofa procedentes de La Martinica, San Eustaquio, La Habana o Port Royal. En cierto sentido el temor más agudo y palpable que inspiraba el anciano se debía a la frecuencia con que reemplazaba a sus marineros. Una tripulación bajaba a tierra de permiso, encargaba un recado a alguno de sus miembros, cuando volvían a juntarse siempre faltaba un hombre o más. Tenían presente que muchos de aquellos recados que Curwen pedía guardaban relación con la granja de la carretera de Pawtuxet y que muy pocos marineros habían vuelto de allí; así que con el tiempo a Curwen le resultó muy difícil conservar a sus variopintas tripulaciones. De manera casi invariable, muchos desertaban al enterarse de los chismorreos que circulaban por los muelles de Providence, y el mercader tuvo cada vez más dificultades para encontrar sustitutos en las Antillas.

En 1760, a Joseph Curwen ya se le consideraba prácticamente un apestado de quien se sospechaban vagos horrores y pactos con el demonio, que parecían tanto más amenazadores porque no podían nombrarse, entenderse o siquiera demostrarse. La gota que colmó el vaso tal vez fue el caso de unos soldados que desaparecieron en 1758: entre marzo y abril de ese año, se acuartelaron en Providence dos regimientos reales que iban camino de Nueva Francia y cuyo número fue reduciéndose a un ritmo inexplicablemente mayor que el de las deserciones habituales. Los rumores hablaban de la frecuencia con que se veía a Curwen hablar con los desconocidos de casaca roja, y cuando muchos empezaron a desaparecer, la gente recordó lo que ocurría con sus tripulaciones. Es imposible saber lo que habría sucedido si los regimientos no hubiesen recibido orden de reemprender su marcha.

Entretanto, los asuntos mundanos del comerciante iban viento en popa. Prácticamente monopolizaba el comercio de salitre, pimienta negra y canela en la ciudad, y aventajaba a cualquier otra naviera, salvo la de los Brown, en las importaciones de latón, añil, algodón, lana, sal, aparejos, hierro, papel y artículos ingleses de todo tipo. Negocios como el de James Green, en el almacén del Elefante, en Cheapside; los Russell en el Águila Dorada, al otro lado del puente; o Clark y Nightingale en la Sartén y el Pescado, cerca del Café Nuevo, dependían de él casi por completo para vender sus productos, y sus acuerdos con las destilerías locales, los lecheros y criadores de caballos de Narragansett y los fabricantes de cirios de Newport lo convertían en uno de los principales exportadores de la ciudad.

A pesar del ostracismo social al que estaba sometido, no carecía de espíritu cívico. Cuando se quemó la Colony House, contribuyó con generosidad a la colecta realizada en 1761 para recaudar fondos y reconstruir el edificio de ladrillo que todavía se alza en la antigua calle mayor. En ese mismo año también contribuyó a la reconstrucción del Puente Grande tras el temporal de octubre. Restituyó muchos de los libros de la biblioteca pública que habían ardido en el incendio de la Colony House, y aportó una gran cantidad a la colecta hecha para pavimentar la fangosa Market Parade y Town Street, que siempre estaba surcada de profundas roderas, y construir un paseo de adoquines o «acera» en el centro. Por esa época también mandó construir la sencilla pero excelente casa nueva cuyo pórtico sigue siendo un logro de tallado de la piedra. Cuando los seguidores de Whitefield se separaron de la iglesia del doctor Cotton en 1743 y fundaron la iglesia del diácono Snow al otro lado del puente, Curwen se contaba entre ellos, aunque su fervor no tardó en enfriarse y pronto dejó de asistir a los servicios religiosos. No obstante, ahora volvía a mostrarse piadoso, como si tuviera intención de desembarazarse de las sombras que lo habían arrastrado al aislamiento social y que no tardaría en hundir sus negocios si no ponía algún remedio.

2

Ver a aquel hombre pálido y extraño, que apenas aparentaba haber llegado a la madurez a pesar de que debía de tener más de cien años, esforzándose por salir de una nube de miedo y odio demasiado extensa como para definirla, era al mismo tiempo triste, trágico y despreciable. No obstante, el poder de la riqueza y de las apariencias es tal que, de hecho, su nueva faceta piadosa hizo decrecer, en parte, la visible aversión que se le profesaba; a lo que hay que añadir que las desapariciones de marineros también cesaron. Otro aspecto que debió de empezar a cuidar con mayor discreción era en sus expediciones a los cementerios, pues nadie volvió a sorprenderle merodeando por ellos, y los rumores sobre los extraños sonidos y actividades en la granja de Pawtuxet disminuyeron al mismo tiempo. Su ritmo de consumo de comida y de compra de ganado continuó siendo muy elevado, pero hasta tiempos modernos, cuando Charles Ward revisó sus libros de cuentas y sus facturas en la Biblioteca Shepley, a nadie —salvo tal vez a cierto joven amargado— se le ocurrió hacer siniestras comparaciones entre el enorme número de negros importados de Guinea hasta 1766 y el número inquietantemente bajo que constaba en las facturas de venta legales tanto a los negreros del Puente Grande como a los plantadores de la región de Narragansett. Sin duda, la astucia e ingenio de tan aborrecido personaje eran muy grandes, sobre todo cuando se veía ante la necesidad de ejercerlos.

Sin embargo, los efectos de su aparente propósito de enmienda fueron, como era de esperar, leves. La gente siguió evitándolo y desconfiando de él, algo que estaba ya justificado en el simple hecho de su eterna juventud y, por fuerza, acabó dándose cuenta de que su fortuna habría de pagarlo. Fueran los que fuesen sus estudios e intrincados experimentos, parecían exigirle muchos ingresos y, ya que un cambio de ciudad le habría privado de las ventajas comerciales que había adquirido, juzgo poco conveniente comenzar de nuevo en un lugar diferente. La prudencia exigía que rehiciese su relación con los ciudadanos de Providence, de modo que su presencia no acallara las conversaciones, ni hiciera que se le dieran excusas absurdas para ausentarse ni provocara tensión e intranquilidad. Sus empleados, reducidos ahora a un puñado de holgazanes e indigentes a los que nadie más habría contratado, empezaron a ser un quebradero de cabeza; y si conservaba a los capitanes y primeros oficiales de sus barcos era porque se mostraba hábil para conseguir tener cierto ascendiente sobre ellos a través de una hipoteca, un pagaré o determinada información relacionada con su bienestar que los mantuviera sujetos a él. Los diarios cuentan con temor que, en muchos casos, Curwen parecía disponer de un poder mágico para desenterrar secretos familiares a los que dar un uso dudoso. Durante los últimos cinco años de su vida, parecía como si tuviera a su alcance hablar con personas que llevaban mucho tiempo muertos, que es lo único que podría explicar algunos de los datos que con tan sospechosa elocuencia acudían a sus labios.

Por esa época el taimado erudito recurrió a un último intento desesperado para recuperar su posición en la sociedad. Tras haber sido un completo ermitaño, decidió contraer matrimonio con una dama cuya indiscutible posición social hiciera imposible que lo apartaran.

Es posible que, además, hubiera otras razones más profundas para desear tal unión; razones más allá de la esfera cósmica que sólo los documentos hallados un siglo y medio después de su muerte permitieron sospechar, aunque nunca serán demostradas con total certeza. Como es natural, era consciente del horror y la indignación que desataría su noviazgo, así que se buscó una candidata sobre cuyos padres pudiera ejercer la presión conveniente. No era tarea fácil, como pudo comprobar, pues no era poco exigente con respecto a cuestiones concretas como la belleza, los logros y la posición social de la joven. Al final, se centró en la casa de uno de sus mejores y más antiguos capitanes, un viudo de noble cuna y de reputación intachable llamado Dutee Tillinghast, cuya única hija Eliza parecía dotada de todas las virtudes que podía imaginar y que, además, no tenía perspectivas de heredar. El capitán Tillinghast, que estaba totalmente bajo el dominio de Curwen, accedió a aprobar una unión tan blasfema, tras una conversación muy agitada en su casa de Power's Lane Hill.

Eliza Tillinghast tenía entonces dieciocho años y había sido instruida con una esmerada educación, a pesar de las apuradas circunstancias económicas de su padre. Había asistido a la escuela de Stephen Jackson, en el paseo del Palacio de Justicia, y su madre, antes de morir de viruela en 1757, la había instruido diligentemente en todas las artes y refinamientos de la vida doméstica. En los salones de la Sociedad Histórica de Rhode Island aún se conserva una labor hecha por ella en 1753, cuando tenía sólo nueve años. Tras la muerte de su madre se había tenido que encargar de las labores de su casa con la única ayuda de una criada negra. Aunque no hay constancia de ellas, es lógico pensar que las discusiones con su padre sobre la propuesta de matrimonio de Curwen debieron de ser muy turbulentas, pero, a pesar de ello, rompió su compromiso con el joven Ezra Weeden, segundo oficial del paquebote *Enterprise,* propiedad de los Crawford, y se casó con Joseph Curwen el 7 de marzo de 1763 en la iglesia baptista, en presencia de los más notables de la ciudad. La ceremonia la ofició el joven Samuel Winsor. La Gazette aludió brevemente al acontecimiento, pero en casi todos los ejemplares de aquel día que han sobrevivido la noticia parece haber sido recortada o arrancada. Ward encontró un único ejemplar intacto después de mucho buscar en los archivos de un conocido coleccionista privado y reparó divertido en la insulsa urbanidad del lenguaje utilizado:

«El pasado lunes por la tarde se celebraron los esponsales entre Joseph Curwen, comerciante de esta ciudad, y la señorita Eliza Tillinghast, hija del capitán Dutee Tillinghast, una joven de grandes virtudes y hermosa figura, que a buen seguro adornarán su matrimonio y perpetuarán su felicidad».

La correspondencia Durfee-Arnold, descubierta por Charles Ward poco antes de que se manifestara su demencia, en la colección privada del caballero Melville F. Peters, de George Street, abarca esta etapa y un período anterior y arroja una vívida luz sobre el ultraje que, para la opinión pública, supuso este mal concertado matrimonio. No obstante, la influencia social de los Tillinghast era innegable y una vez más Joseph Curwen vio su casa frecuentada por personas que anteriormente no habrían cruzado su puerta de ningún modo. Sin embargo, la aceptación no fue ni mucho menos unánime, ya que una gran parte de la sociedad consideraba que se había forzado a la muchacha a aceptar aquella unión, pero, aun así, parte del muro de su aislamiento social quedó derribado. Por otro lado, cabe destacar que la exquisita educación y el amable trato del novio sorprendieron tanto a la comunidad como a la recién casada. En la nueva casa en Olney Court no volvieron a producirse manifestaciones inquietantes, y aunque Curwen pasaba mucho tiempo en la granja de Pawtuxet, que su mujer no visitaba jamás, parecía un ciudadano mucho más normal que en cualquiera de sus largos años de residencia. Sólo una persona siguió profesándole una enemistad manifiesta: el joven oficial cuyo compromiso con Eliza Tillinghast se había roto de forma tan inesperada. Ezra Weeden había jurado venganza, y aunque amable y callado por naturaleza, cultivaba un odio obstinado que no auguraba nada bueno para el marido usurpador.

El 7 de mayo de 1765 nació Ann, la única hija de Curwen. Fue bautizada por el reverendo John Graves de la King's Church, comunidad de la que tanto el marido como la esposa se habían convertido en feligreses, a fin de alcanzar cierto equilibrio entre sus respectivas filiaciones: congregacional y baptista. El registro de este nacimiento, al igual que el del matrimonio dos años antes, fue borrado tanto de los libros de la iglesia como de los archivos municipales, pero Charles Ward los encontró con enorme empeño, después de descubrir el cambio de nombre de la viuda, que le revelaría, incluso, su propio parentesco y despertara el febril interés que lo empujó a la locura. El registro del nacimiento, de hecho, apareció curiosamente en la correspondencia del reverendo lealista Graves, que se llevó consigo una copia de los archivos cuando dejó la parroquia tras el estallido de la Revolución. Ward buscó dicha fuente a sabiendas de que su tatarabuela, Ann Tillinghast Potter, había sido episcopaliana.

Poco después del nacimiento de su hija, acontecimiento que celebró con un entusiasmo nada acorde con su natural frialdad, Curwen decidió posar para un retrato. Se lo encargó a un escocés talentoso, residente de Newport, llamado Cosmo Alexander, que más tarde se hizo famoso por ser uno de los primeros maestros de Gilbert Stuart. Se decía que lo había ejecutado en un panel de la biblioteca de la casa en Olney Court, pero ninguno de los diarios en los que se hacía alusión al retrato daba pistas sobre su paradero final. En este período, el errático erudito dio muestras de un peculiar ensimismamiento, y pasaba el mayor tiempo posible en su granja de la carretera de Pawtuxet. Se dice que, al parecer, se hallaba extrañamente excitado, en un estado de tensión contenidas, como si algo inusual estuviese a punto de ocurrir o estuviera a punto de hacer algún extraordinario descubrimiento, probablemente algo relacionado con la química o la alquimia ya que transportó casi todos los libros que tenía en su casa sobre estas materias a la granja.

Siguió esforzándose por fingir interés por los asuntos de sociedad y no perdió la ocasión de ayudar a importantes personajes como Stephen Hopkins, Joseph Brown y Benjamin West en sus esfuerzos por elevar el nivel cultural de la ciudad que, por aquel entonces, estaba muy por detrás de Newport en lo que se refiere al mecenazgo a las artes. Había ayudado a Daniel Jenckes a poner en marcha su librería en 1763 y se convirtió en su mejor cliente y aumentó su contribución a la agonizante Gazette que se publicaba todos los miércoles en Shakespeare's Head. En política, prestó su más fervoroso apoyo al gobernador Hopkins contra el partido de Ward, cuya principal fuerza se hallaba en Newport, y el elocuente discurso que en 1765 recitó en Hacker's Hall contra la proclamación de North Providence como una ciudad independiente, tal y como defendía Ward en la asamblea general, contribuyó más que ninguna otra cosa a eliminar los prejuicios en su contra. Pero Ezra Weeden, que lo vigilaba de cerca, siempre se burló con desprecio de toda esta actividad y juraba en voz alta que sabía que no era más que una máscara para ocultar algún intercambio incalificable con los más negros abismos del Tártaro. El vengativo joven sometió al hombre y sus negocios a una sistemática vigilancia, por la noche pasaba horas en los muelles con una barca preparada siempre que veía luces en los almacenes de Curwen y seguía el pequeño bote que a veces se internaba a hurtadillas en la bahía. También se dedicó a espiar de cerca la granja de Pawtuxet, hasta el punto de que, en una ocasión, sufrió graves mordeduras de los perros azuzados contra él por la vieja pareja de indios.

3

En 1766 se produjo un último cambio en Joseph Curwen. Fue tan repentino que enseguida llamó la atención de los inquietos vecinos, pues parecía como si se hubiera deshecho de su aire tenso y expectante como si se tratara de una vieja capa y lo reemplazó por una mal disimulada exaltación triunfal. Curwen parecía tener dificultades para contener las ganas de proclamar en público su descubrimiento, pero por lo visto la necesidad de guardar el secreto era mayor que sus deseos de compartir su alegría, pues jamás dio explicación alguna. Justo después de la citada transición, que aconteció a primeros de julio, el siniestro erudito empezó a sorprender a la gente con el conocimiento de información que sólo sus antepasados fallecidos mucho tiempo atrás habrían podido comunicarle.

A pesar del cambio, sus febriles actividades secretas no cesaron. Más bien al contrario, se hicieron más intensas, hasta el punto de que fue dejando sus negocios navieros en manos de los capitanes a quienes tenía sometidos por el miedo, igual que antes los había dominado por el temor a la bancarrota. Abandonó por completo el tráfico de esclavos, alegando que cada vez daba menos beneficios. Pasaba todo el tiempo posible en la granja de Pawtuxet, aunque corrían rumores de que se le había visto en lugares que, pese a no estar próximos a los cementerios, tenían tal relación con ellos que los más despiertos se preguntaban hasta qué punto habían cambiado en realidad las costumbres del viejo mercader. Ezra Weeden, cuyos períodos de espionaje eran necesariamente breves, ya que pasaba largas temporadas embarcado, se mostraba poseído por una tenaz ansia de venganza de la que carecía la mayor parte de ciudadanos y granjeros, y sometió los negocios de Curwen a un escrutinio más implacable que nunca.

Muchas de las insólitas maniobras de los barcos del extraño mercader parecían justificadas por lo atribulado de aquellos tiempos, en los que todos los colonos estaban decididos a oponerse a las disposiciones de la Ley del Azúcar que limitaban su tráfico cada vez más floreciente. El contrabando y el fraude eran la norma en la bahía de Narragansett y el desembarco nocturno de cargamentos ilícitos era habitual. Pero Weeden, tras muchas noches siguiendo las balandras y las barcazas que veía salir de los almacenes de Curwen en los muelles de Town Street, pronto se convenció de que no eran los barcos de Su Majestad lo que procuraba evitar el furtivo y siniestro personaje. Antes del cambio acontecido en 1766, dichas embarcaciones iban cargadas de negros encadenados a los que transportaban al otro lado de la bahía y desembarcaban en un lugar sin determinar de la orilla justo al norte de Pawtuxet; luego los llevaban por los acantilados y campo a través hasta la granja de Curwen, donde los encerraban en aquella enorme dependencia de piedra que sólo tenía unas rendijas a modo de ventanas. Después del mencionado cambio, no obstante, se modificó por completo aquel procedimiento. La importación de esclavos cesó de pronto, y Curwen interrumpió por un tiempo sus expediciones a medianoche. Luego, hacia la primavera de 1767, adoptó una nueva estrategia. Las barcazas volvieron a partir de los muelles oscuros y silenciosos para internarse en la bahía, tal vez hasta Namquit Point, donde se encontraban con barcos de considerable calado y aspecto variopinto y recogían cierto cargamento, que los marineros de Curwen desembarcaban en el lugar habitual, transportaban por tierra hasta la granja y guardaban bajo llave en el mismo misterioso edificio de piedra donde antes habían encerrado a los negros. El cargamento en cuestión consistía sobre todo en cajas y baúles, gran parte de los cuales eran pesados y rectangulares e inquietantemente parecidos a ataúdes.

Con espíritu incansable, Weeden siguió vigilando la granja con gran perseverancia, la visitó cada noche durante largos períodos de tiempo, y rara vez dejó pasar una semana sin ir a verla a no ser que el suelo estuviera cubierto de nieve, lo que hubiera delatado su presencia. Pero incluso entonces se acercaba lo más posible por la carretera o el río helado para ver las huellas que pudieran haber dejado otros. Como sus obligaciones le impedían ejercer una vigilancia continua, llegó a un acuerdo con un compañero de taberna llamado Eleazar Smith para que la prosiguiera en su ausencia. Aunque entre los dos podrían haber puesto en circulación rumores extraordinarios, no lo hicieron porque sabían que pondría a la presa sobre aviso y les sería imposible avanzar en sus averiguaciones. Antes de pasar a la acción querían estar seguros. Lo que descubrieron debió de ser ciertamente sorprendente. En más de una ocasión Charles Ward les dijo a sus padres lo mucho que lamentaba que Weeden hubiese decidido quemar sus anotaciones. Lo único que puede saberse de sus hallazgos es lo que Eleazar Smith garabateó en un diario no demasiado coherente, y lo que otros diaristas y corresponsales de prensa han repetido medrosamente de las afirmaciones que finalmente hicieron, según las cuales la granja era sólo el cascarón de una amenaza vasta y repulsiva, de un alcance y profundidad demasiado profundos e intangibles para ser comprendidos más que de manera vaga y oscura.

Weeden y Smith dedujeron desde el principio que bajo la granja habitaba un número considerable de personas en un sistema de túneles y catacumbas, además del viejo indio y su mujer. La casa era una antigua reliquia de mediados del siglo XVII con una enorme chimenea y celosías en las ventanas; el laboratorio se hallaba en una dependencia que daba al norte y con un tejado largo que casi llegaba hasta el suelo. Dicho edificio estaba separado de los demás; sin embargo, a horas intempestivas se oían voces en su interior, por lo que debía de ser accesible por pasadizos subterráneos ocultos. Antes de 1766, esas voces eran murmullos y susurros de los negros, o gritos frenéticos acompañados de extraños cánticos o invocaciones. Tras esa fecha, no obstante, adquirieron un carácter peculiar y terrible pues recorrían toda la gama de matices, desde zumbidos de sordo consentimiento hasta explosiones de dolor o frenesí furioso, pasando por conversaciones en voz baja, gemidos lastimosos, jadeos de angustia y protestas. Parecían proferidos en distintas lenguas, todas ellas conocidas por Curwen, cuya voz ronca era reconocible a menudo en las respuestas de reprobación o amenaza. A veces daba la impresión de que había varias personas en la casa: Curwen, varios prisioneros y sus guardianes. Había expresiones en idiomas que ni Weeden ni Smith habían oído jamás, a pesar de que ambos habían pisado innumerables puertos en el extranjero, y otros que sí acertaron a identificar como propias de uno u otro país. Las conversaciones parecían una especie de interrogatorio, como si Curwen estuviera torturando a unos prisioneros rebeldes para extraerles información.

Weeden había hecho un sinnúmero de anotaciones tomadas al pie de la letra de lo que había entendido, pues a menudo hablaban en inglés, francés y español, lenguas que él conocía bien, pero ninguna de esas notas ha sobrevivido. No obstante, afirmaba que, aparte de unos cuantos diálogos macabros referidos a asuntos pasados de las familias de Providence, la mayoría de las preguntas y respuestas que acertó a comprender versaban sobre cuestiones históricas o científicas, a veces sobre épocas y lugares muy lejanos. En una ocasión, interrogó en francés a una figura hosca y airada acerca de la matanza cometida por el Príncipe Negro en Limoges en 1370, como si hubiese alguna razón oculta que quisiera conocer. Curwen preguntaba al prisionero —si acaso lo era tal— si la orden de iniciar la matanza se había dado a causa del Signo de la Cabra hallado en el altar de la antigua cripta romana que había debajo de la catedral, o si el Hombre Oscuro del aquelarre de Haute Vienne había pronunciado las Tres Palabras. Al no obtener una respuesta, el interrogatorio había pasado a medidas extremas, pues se oyó un grito pavoroso seguido de un silencio, un balbuceo y un golpe sordo.

Las cortinas siempre estaban echadas, por lo que no había testigos oculares de estos interrogatorios. No obstante, en una ocasión, durante un discurso en una lengua desconocida, la proyección de una sombra sobre la cortina sobresaltó a Weeden. Le recordó a uno de los muñecos de una obra de títeres que había visto en el otoño de 1764 en Hacker's Hall, un espectáculo mecánico inteligente que ofrecía un hombre de Germantown, Pennsylvania, anunciado como «Vista de la famosa ciudad de Jerusalén, en la que se representan Jerusalén, el Templo de Salomón, su Trono Real, las famosas torres y colinas, los sufrimientos de Nuestro Salvador desde el huerto de Getsemaní hasta la cruz en la colina del Gólgota; un ingenioso ejemplo de estatuaria que pasmará a los curiosos». Fue en esa ocasión en que Weeden se había acercado a la ventana de la puerta principal de donde llegaban las voces, dio un respingo y despertó a la vieja pareja de indios, que le azuzaron los perros. Después de eso no volvieron a oírse conversaciones en la casa, así que Weeden y Smith dedujeron que Curwen había trasladado sus actividades a los túneles.

Parecía indudable que dichos túneles existían realmente por varios motivos. Algunos de los gritos apagados y gemidos que parecían surgir amortiguados desde las profundidades de la Tierra, lejos de cualquier dependencia de la casa; además, oculta en la parte de atrás, entre los arbustos que había a la orilla del río, justo donde la pendiente descendía bruscamente hasta el valle de Pawtuxet, encontraron una puerta de roble en un arco de gruesa mampostería que obviamente era una entrada a las cavernas del interior de la montaña. Weeden ignoraba cuándo o cómo podían haberse construido aquellas catacumbas, pero subrayaba la evidencia de que una cuadrilla de obreros habría podido llegar hasta allí sin que nadie se diera cuenta con facilidad. ¡Sin duda, Joseph Curwen empleaba a sus marineros mestizos para las tareas más diversas! Durante las abundantes lluvias de 1769 los dos espías examinaron con especial atención las orillas del río por si las aguas arrastraban al exterior algún secreto subterráneo, y su empeño se vio recompensado con el hallazgo de una enorme cantidad de huesos humanos y animales en varias profundas zanjas excavadas en la orilla. Como es natural, podría haber mil buenas razones que explicaran su presencia en la parte de atrás de la granja en una región donde los cementerios indios eran abundantes, pero Weeden y Smith sacaron sus propias conclusiones.

En enero de 1770, seguían discutiendo en vano qué hacer o pensar acerca de tan desconcertante asunto, cuando ocurrió el incidente del buque *Fortaleza*. La flota aduanera al mando del almirante Wallace había reforzado la vigilancia de las embarcaciones desconocidas, a raíz del incendio, en el verano anterior, balandra guardacostas *Liberty* en Newport; y en esa ocasión la goleta de Su Majestad *Cygnet*, con el capitán Charles Leslie al mando, capturó de madrugada, tras una breve persecución, al paquebote *Fortaleza*, de Barcelona, España, capitaneada por Manuel Arruda, que, según el diario de a bordo, hacía el trayecto desde El Cairo, Egipto, hasta Providence. Al registrarla en busca de contrabando, descubrieron con enorme sorpresa que su cargamento consistía exclusivamente en momias egipcias, consignadas al «Marinero A. B. C.», que debía recogerlas en una barcaza enfrente de Namquit Point y cuya identidad el capitán Arruda creyó deshonroso desvelar. El Tribunal del Vicealmirantazgo de Newport estaba perplejo, dado que el cargamento no podía considerarse contrabando, a pesar de que había entrado a escondidas en la bahía, y optó por seguir las recomendaciones del jefe de aduanas Robinson y liberar el barco, tras prohibirle fondear en aguas de Rhode Island. Luego corrieron rumores de que se le había visto fondeado en Boston, aunque nunca llegó a entrar en el puerto.

El extraordinario incidente no pasó desapercibido en Providence y no faltaron quienes apuntaron a la segura relación entre el siniestro cargamento de momias y Joseph Curwen. Sus exóticos estudios, sus extrañas importaciones de productos químicos y su afición a los cementerios eran bien conocidos, y no hacía falta mucha imaginación para relacionarlo con una extravagante importación que no podía estar destinada a nadie más. Como si fuese consciente de tales sospechas, Curwen tuvo la precaución de aludir como de pasada en varias ocasiones al valor químico de los bálsamos hallados en las momias, movido tal vez por el convencimiento de que así el asunto parecería menos antinatural, aunque nunca admitió directamente su implicación. Weeden y Smith, por supuesto, no tuvieron dudas del significado del incidente, y concibieron las teorías más descabelladas sobre Curwen y sus monstruosas investigaciones.

Al igual que la del año anterior, la primavera siguiente fue muy lluviosa y los dos espías vigilaron con suma atención la orilla del río detrás de la granja de Curwen. El agua se llevó gran parte de un ribazo y sacó a la luz varios huesos, pero no desveló ninguna cámara subterránea ni túneles. No obstante, algo se dijo en el pueblo de Pawtuxet, dos kilómetros más abajo, donde el río discurre por varias cascadas hasta llegar a una cala plácida y resguardada. Allí, donde las pintorescas cabañas se encaramaban a la colina desde el puente rústico y las barcas de pesca aguardaban soñolientas amarradas a los embarcaderos, circularon informaciones sobre cuerpos que se habían visto flotando por el río y que habían asomado un instante a la superficie antes de caer por las cascadas. Claro que el Pawtuxet es un río muy largo que serpentea por varias regiones habitadas donde abundan los cementerios, y las lluvias habían sido muy abundantes, pero a los pescadores del puente no les agradó el modo en que una de aquellas cosas los miró mientras pasaba a sus pies por el agua cristalina, ni la manera en que otra soltó una especie de chillido pese a que su estado no le permitiría hacer tal cosa. El rumor llevó a Smith —pues Weeden se hallaba embarcado por entonces— a la parte de atrás de la granja, donde sin duda debía de quedar alguna prueba del derrumbe, pero en la orilla no quedaba ni rastro. Había sufrido un pequeño desprendimiento que había dejado sólo una pared compacta de piedra y arbustos. Smith incluso llegó a excavar aquí y allá tratando de encontrar algo, pero acabó desistiendo en parte por la falta de éxito, en parte por terror a tenerlo. Sería interesante imaginar hasta dónde hubiera sido capaz de llegar con su insistencia el rencoroso Weeden de haberse encontrado en tierra.

4

Weeden decidió, en otoño de 1770, que había llegado la hora de contar lo descubierto, pues eran muchos los hechos que podía relacionar entre sí y disponía de un segundo testigo ocular para refutar una hipotética acusación de que su imaginación había sido alimentada por los celos o el deseo de venganza. Como primer confidente escogió al capitán James Mathewson, del *Enterprise,* que lo conocía lo bastante como para que no dudase de su sinceridad y, al mismo tiempo, gozaba de un gran prestigio en la ciudad como para que se notase su influencia. La conversación tuvo lugar en una de las habitaciones del piso de arriba de la taberna La Sabina, cerca de los muelles; Smith estuvo presente y corroboró prácticamente todas sus afirmaciones ante el capitán Mathewson, que quedó muy impresionado. Como casi todo el mundo en la ciudad, albergaba sospechas oscuras sobre Joseph Curwen, pero los nuevos datos fueron suficiente para convencerlo por completo. Al final de la conversación permaneció muy serio, mirando en silencio riguroso a los dos jóvenes. Dijo que transmitiría por separado aquella información a una decena de los ciudadanos más eminentes y cultivados de Providence y recabaría sus opiniones sobre la misma. En cualquier caso, era necesario obrar con discreción, pues no era un asunto que pudiera dejarse en manos de los alguaciles de la ciudad o de la milicia, y por encima de todo era esencial ocultárselo a la colérica muchedumbre, no fuese a repetirse el terrible pánico de Salem acontecido un siglo antes y que había llevado a Curwen hasta allí.

En su opinión, las personas idóneas serían el doctor Benjamin West, cuya obra sobre el tránsito de Venus demostraba su erudición e inteligencia; el reverendo James Manning, rector de la universidad, que acababa de llegar de Warren y estaba instalado temporalmente en la escuela nueva de King Street, mientras se terminaba la obra de su edificio en la colina que había sobre Presbyterian Lane; el exgobernador Stephen Hopkins, que había sido miembro de la Sociedad Filosófica de Newport y era hombre de amplias miras; John Carter, el director de la Gazette; los cuatro hermanos Brown, John, Joseph, Nicholas y Moses, cuatro magnates locales, de los cuales Joseph era un científico aficionado; el anciano doctor Jabez Bowen, cuya erudición era considerable y que estaba al tanto de las extrañas adquisiciones de Curwen, y el capitán Abraham Whipple, un corsario de enorme energía y osadía con quien se podía contar para poner en práctica cualquier medida que consideraran necesaria. Si todos expresaban su conformidad, se reunirían para deliberar y a ellos correspondería la decisión de informar o no al gobernador de la colonia, Joseph Wanton, de Newport, antes de pasar a la acción.

La misión del capitán Mathewson tuvo más éxito del esperado: aunque dos de los escogidos para las confidencias se mostraron escépticos sobre la parte más terrible de la historia de Weeden, no hubo ninguno que no juzgara necesario llevar a cabo alguna acción secreta y coordinada. Era evidente que Curwen constituía una amenaza latente para la prosperidad de la ciudad y de la colonia y que era imprescindible eliminarla a cualquier coste. A finales de diciembre de 1770, el grupo de notables se reunió en casa de Stephen Hopkins y discutió las diversas medidas posibles. Analizaron despacio las notas que Weeden había entregado al capitán Mathewson, y le convocaron a él y a Smith para que corroborasen los detalles. Antes de que concluyese la reunión, una sensación muy parecida al miedo se había adueñado de los presentes, aunque acabó imponiéndose una adusta determinación expresada por las sonoras blasfemias del capitán Whipple. No informarían al gobernador, porque era necesario saltarse la ley. Si de verdad Curwen poseía poderes ocultos de naturaleza desconocida, no podían amenazarle para que abandonase la ciudad, pues podría tomar inconcebibles represalias, e incluso si aquel siniestro ser accedía a marcharse, sería como trasladar a otro lugar una carga inmunda. Eran tiempos confusos y no era probable que unos hombres que llevaban años burlando a las autoridades aduaneras fuesen a volverse atrás si se sentían obligados por motivos tan graves. Juzgaron imprescindible presentarse por sorpresa en la granja de Pawtuxet con una partida de corsarios curtidos y darle a Curwen una oportunidad de explicarse. Si resultaba ser un loco que se entretenía con gritos, conversaciones imaginarias y voces fingidas, lo encerrarían convenientemente. Si el asunto se demostraba más grave y los horrores subterráneos eran ciertos, habría que matarlo a él y a todos sus compinches. Podía hacerse con discreción y sin que la viuda ni su padre llegaran a enterarse de lo sucedido.

Mientras discutían tan graves medidas se produjo un incidente en la ciudad tan terrible e inexplicable que por un tiempo no se habló de otra cosa en varios kilómetros a la redonda. En mitad de una noche de luna del mes de enero, en que una espesa capa de nieve cubría el terreno, resonaron en el río y en la colina unos gritos que hicieron que se asomaran cabezas soñolientas a todas las ventanas; los habitantes de Weybosset Point vieron cómo un enorme ser blanco se abría paso frenéticamente por el terreno mal despejado por delante de la Cabeza de Turco. Se oyeron ladridos en la distancia, pero cesaron a medida que el clamor de la ciudad al despertarse se fue volviendo más intenso. Grupos de hombres armados con mosquetes y linternas se apresuraron a salir para ver lo que ocurría, pero su búsqueda no se vio recompensada. A la mañana siguiente, un gigantesco cadáver musculoso y totalmente desnudo fue encontrado sobre los trozos de hielo atrapados en los embarcaderos al sur del Puente Grande, donde el muelle se ensanchaba junto a la destilería de Abbott. La identidad de aquel individuo fue objeto de infinitos rumores y especulaciones. Los únicos que murmuraron fueron los ancianos, no tanto los jóvenes, pues sólo los más viejos de la ciudad podían tener algún recuerdo de aquel rostro rígido con los ojos desencajados por el miedo. Temblorosos, intercambiaron susurros furtivos de sorpresa y temor, pues en aquellos rasgos espantosos vieron un sorprendente parecido, casi una identidad: la de un hombre muerto más de cincuenta años antes.

Ezra Weeden estaba presente cuando lo encontraron. Al acordarse de los ladridos de la noche anterior, se fue por Weybosset Street y cruzó el puente de Muddy Dock de donde procedían los gritos. Abrigaba una extraña esperanza y no le sorprendió descubrir un curioso rastro en la nieve al final de la zona habitada, donde la calle se convertía en la carretera de Pawtuxet. Al gigante desnudo lo habían perseguido perros y muchos hombres calzados con botas, y era fácil seguir el rastro que habían dejado a su regreso. Habían abandonado la persecución al llegar a la ciudad. Weeden sonrió obstinado y siguió el rastro hasta su origen. Tal como había imaginado, llegaba hasta la granja de Joseph Curwen en Pawtuxet, y si el patio no hubiese estado tan pisoteado aún habría averiguado más cosas. No obstante, no se atrevió a indagar a plena luz del día. El doctor Bowen, con quien Weeden compartió enseguida su descubrimiento, llevó a cabo la autopsia del extraño cadáver y halló en él varias peculiaridades muy desconcertantes. El tracto digestivo del gigante no parecía haber sido utilizado, y la piel tenía una textura tosca e inconexa imposible de explicar. Por su parte, Weeden, impresionado por lo que murmuraban los viejos sobre el parecido del cadáver con el herrero Daniel Green fallecido mucho tiempo atrás —cuyo bisnieto Aaron Hoppin era sobrecargo en uno de los barcos de Curwen—, hizo unas cuantas preguntas por ahí para descubrir, sin levantar sospechas, el lugar donde estaba enterrado Green. Esa noche, un grupo de diez personas visitó el viejo cementerio que hay enfrente de Herrenden's Lane y abrieron la tumba: tal y como habían imaginado, la hallaron vacía.

Mientras, había llegado a un arreglo con los jinetes de correos para interceptar la correspondencia de Curwen, de forma que muy poco antes del incidente del cadáver desnudo tenía en sus manos una carta de un tal Jedediah Orne de Salem, que hizo pensar a los conjurados. Algunos fragmentos fueron copiados y conservados en los archivos particulares de la familia Smith, donde los encontró Charles Ward. Decían lo siguiente:

«Me complace mucho que continuéis investigando los antiguos asuntos con vuestros métodos, y no creo que el señor Hutchinson obtuviera mejores resultados en Salem. Sin duda H. sólo convocó un puro espanto y apenas consiguió una parte. Lo que me enviasteis no funcionó, ya fuese porque faltaba alguna cosa o porque no pronuncié o transcribí bien las palabras. Estoy confundido. No poseo vuestras artes químicas para seguir a Borellus y admito mi perplejidad ante el Libro VII del *Necronomicón* que me recomendasteis. Pero os recuerdo lo que se nos dijo de tener cuidado con quien convocamos, pues ya sabéis lo que escribe el señor Mather en Magnalia ------- de -------[4], y vos mismo podréis juzgar con qué veracidad se describe a ese horrendo ser. Insisto en que no convoquéis nada que no podáis controlar, y con eso me refiero a algo que pueda convocar a su vez alguna otra cosa contra vos y contra lo que vuestras artes resulten inútiles. Llamad a los Menores, no sea que los Mayores se nieguen a responder y lleguen a dominaros. Me asustó leer que sabíais lo que Ben Zariatnatmik tenía en su ataúd de caoba, pues comprendí quién debía de habéroslo dicho. Y una vez más os pido que me llaméis Jedediah y no Simon. En esta comunidad no se puede vivir tanto tiempo y ya sabéis la artimaña a la que recurrí para volver haciéndome pasar por mi hijo. Estoy deseoso de que me pongáis al corriente de lo que el Hombre Negro averiguó de Sylvanus Cocidius en la cripta al pie de la muralla romana, y os quedaré muy agradecido si me prestáis el manuscrito del que me habláis».

Otra carta sin firmar procedente de Filadelfia también les dio mucho que pensar, en especial por el pasaje siguiente:

«Tendré en cuenta lo que decís de enviar los informes sólo en vuestros barcos, pero no siempre sé cuándo esperarlos. Respecto a lo que hablamos, sólo necesito una cosa más, pero antes quiero estar seguro de haberos entendido bien. Decís que no debe faltar ninguna parte para obtener el mejor resultado, pero no imagináis lo difícil que resulta estar seguro. Supone un gran riesgo y una carga llevarse la caja entera, y en la ciudad (por ejemplo, en San Pedro, San Pablo, Santa María o Santo Cristo) apenas es posible. Sin embargo, conozco las imperfecciones del que convocasteis el pasado octubre, y cuantos especímenes vivos hubisteis de utilizar antes de dar con el procedimiento adecuado en 1776, así que

---

[4] En el original, Lovecraft sustituye esas palabras por líneas, entiendo que Jedediah Orne lo omite así en su carta a Joseph Curwen dando el contenido por sobrentendido por su interlocutor. *(N. del T.)*

seguiré todos vuestros consejos. Estoy impaciente por la llegada de vuestro bergantín y pregunto a diario en el muelle del señor Biddle».

Una tercera carta sospechosa estaba escrita en una lengua y un alfabeto desconocidos. En el diario de Smith encontrado por Charles Ward aparece sólo una combinación de caracteres copiados con torpeza que se repiten varias veces; las autoridades de la Universidad de Brown han determinado que el alfabeto es amhárico o abisinio, pero no han identificado la palabra. Ninguna de estas epístolas llegó a Curwen, aunque la desaparición de Jedediah Orne de Salem, ocurrida poco después, demuestra que los ciudadanos de Providence tomaron ciertas medidas. En la Sociedad Histórica de Pennsylvania se conservan varias cartas extrañas relativas a la presencia de determinado personaje indeseable en Filadelfia. No obstante, las medidas más decisivas seguían en el aire y el fruto de las pesquisas de Weeden hay que buscarlo en las reuniones secretas que antiguos corsarios y marineros de probada y juramentada lealtad celebraron a altas horas de la noche en los almacenes de los Brown. Poco a poco fueron urdiendo un plan de ataque que no dejaría ni rastro de los odiosos misterios de Joseph Curwen.

A pesar de todas las precauciones, Curwen se sospechaba algo, pues adoptó un aire extremadamente preocupado. Su coche se veía a todas horas en la ciudad o en la carretera de Pawtuxet y fue abandonando la careta de cordialidad con que había intentado combatir los prejuicios en la ciudad, poco a poco. Sus vecinos más cercanos, los Fenner, observaron una noche un gran rayo de luz que se alzaba hasta el cielo a través del tejado del misterioso edificio de piedra con las ventanas altas y estrechas, y se apresuraron a comunicar el suceso a John Brown en Providence. El señor Brown se había puesto al mando del grupo de juramentados dispuestos a acabar con Curwen, y había informado a los Fenner de que pronto pasarían a la acción. Lo juzgó necesario puesto que por fuerza habrían de presenciar el ataque definitivo y lo justificó diciendo que habían averiguado que Curwen era un confidente de las autoridades aduaneras de Newport, contra quienes todos los armadores, comerciantes y granjeros estaban enfrentados ya fuese de manera declarada o clandestina. Seguramente, los vecinos, que habían sido testigos de tantas cosas raras, no llegaron a creerse semejante patraña, pero es evidente que los Fenner estaban dispuestos a atribuir toda clase de maldades a un hombre de costumbres tan extrañas. Así que Brown les confió la tarea de vigilar la granja de Curwen y de informarle de cualquier incidente que tuviese lugar en ella.

5

El miedo a que Curwen, por estar sobre aviso, intentase algo inesperado, como parecía indicar el extraño rayo de luz, precipitó el plan tan cuidadosamente tramado por aquel grupo de ciudadanos respetables. Según el diario de Smith, a las diez de la noche del viernes 12 de abril de 1771, una partida de cien hombres se reunió en el salón de la taberna de Thruston, El León Dorado, en Weybosset Point, al otro lado del puente. Del grupo de notables, además de John Brown, en calidad de jefe, estaban presentes el doctor Bowen con su maletín de instrumental quirúrgico; el presidente Manning, sin la enorme peluca (la mayor de las colonias) por la que era conocido; el gobernador Hopkins, envuelto en un capote negro y acompañado por su hermano Esek, el marino, a quien había informado de todo en el último momento con permiso de los demás; John Carter, el capitán Mathewson y el capitán Whipple, este último iba a estar al frente de la partida. Los jefes se pusieron de acuerdo en un apartado antes de que el capitán Whipple se presentara en el salón e impartiera las últimas instrucciones. Eleazar Smith se quedó con los jefes mientras esperaban en el apartado a que llegara Ezra Weeden, cuya misión era vigilar a Curwen y avisar cuando saliese en su coche hacia la granja.

A eso de las diez y media se oyó un enorme estrépito en el Puente Grande seguido del ruido de un coche, y a nadie le hizo falta esperar a Weeden para saber que el sentenciado se había puesto en camino hacia su última noche de sacrilegio y brujería. Un instante después, cuando el coche traqueteaba sobre el puente de Muddy Dock, llegó Weeden, y los conjurados salieron en silencio a la calle, formaron en orden militar y se echaron al hombro los fusiles de chispa, las carabinas y los arpones balleneros que llevaban consigo. Weeden y Smith formaban parte de la partida, y entre quienes habían participado en las deliberaciones se presentaron también el capitán Whipple, que estaba al mando, el capitán Esek Hopkins, John Carter, el presidente Manning, el capitán Mathewson y el doctor Bowen, además de Moses Brown, que había llegado a las once y no había participado en la sesión preliminar en la taberna. Emprendieron la marcha, sin demorarla más, con los cien marineros. Hoscos y temerosos dejaron atrás Muddy Dock y siguieron por la suave pendiente de Broad Street hacia la carretera de Pawtuxet. Al pasar por la iglesia del diácono Snow, algunos se volvieron para echar una mirada de despedida a la ciudad de Providence que se extendía bajo las primeras estrellas de la primavera. Las agujas y los tejados se alzaban oscuros y elegantes y la brisa marina soplaba suavemente desde la caleta al norte del puente. Al otro lado del agua, Vega se alzaba sobre la colina cuya cresta de árboles interrumpía la línea del tejado del inacabado edificio de la universidad. Al pie de esa colina, y a lo largo de los estrechos callejones, dormía la antigua ciudad; la Vieja Providence en nombre de cuya cordura y seguridad iba a eliminarse una blasfemia tan monstruosa y colosal.

Según lo acordado, los asaltantes llegaron una hora y cuarto después a la granja de los Fenner, donde se prestaron a escuchar los últimos informes acerca de su objetivo. Había entrado en su granja una media hora antes, y poco después la extraña luz había vuelto a proyectarse en el cielo, pese a que no se veían luces en las ventanas. Así había ocurrido en los últimos tiempos. Justo mientras les contaban ese hecho, otro gran resplandor se alzó en dirección sur para que los hombres de la partida entendieran que se hallaban ante un escenario de temibles y sobrenaturales prodigios. El capitán Whipple dividió sus fuerzas en tres grupos: el primero, formado por veinte hombres al mando de Eleazar Smith, se dirigiría a la playa y custodiaría el embarcadero ante la posible llegada de refuerzos hasta que enviasen un mensajero a buscarle si la situación se volvía desesperada; el segundo grupo, integrado por otros veinte hombres al mando del capitán Esek Hopkins, bajaría sin hacer ruido por el valle de detrás de la granja y con hachas y cargas de pólvora echaría abajo la gran puerta de roble hallada en la ribera, mientras el tercero atacaría la casa y las dependencias anejas. De este último grupo de hombres un tercio entraría en el misterioso edificio de piedra de ventanas altas y estrechas, otro seguiría al capitán Whipple hasta la propia granja y el último se desplegaría rodeando todos los edificios hasta que les llamaran con una señal de emergencia.

El grupo del río echaría la puerta abajo al oír un único toque de silbato, y quedaría esperando para capturar a cualquier cosa que pudiera salir del interior. Si oían dos toques de silbato, su obligación sería avanzar hacia dentro y enfrentarse al enemigo o unirse al resto de los atacantes. El grupo encargado de atacar el edificio de piedra respondería del mismo modo a ambas señales: forzando la entrada al oír la primera o internándose en cualquier pasadizo subterráneo que encontrase, en caso de oír la segunda, para participar en los combates o escaramuzas que pudieran librarse en las cavernas. Una tercera señal de emergencia de tres toques de silbato serviría para llamar a la reserva que se dividiría igualmente en dos grupos y se adentraría en las profundidades desconocidas tanto desde la granja como desde el edificio de piedra. La fe del capitán Whipple en la existencia de las catacumbas era absoluta y no barajó ninguna otra posibilidad al trazar sus planes. Llevaba consigo un sonoro silbato para estar seguro de que no pudieran malinterpretarse sus señales. El grupo de reserva que esperaba en el embarcadero estaba, por supuesto, demasiado lejos para oírlas, por lo que sería necesario enviar un mensajero para pedir ayuda. Moses Brown y John Carter fueron con el capitán Hopkins a la orilla del río, mientras que el presidente Manning partió con el capitán Mathewson hacia el edificio de piedra. El doctor Bowen se unió a Ezra Weeden y a la partida del capitán Whipple, encargada de asaltar la propia granja. El ataque tendría lugar en cuanto llegase el mensajero enviado por el capitán Hopkins para advertir al capitán Whipple de que habían llegado al río. El jefe daría entonces un único toque de silbato y los distintos grupos iniciarían el ataque al mismo tiempo por tres flancos. Poco antes de la una de la madrugada las tres partidas salieron de la granja de los Fenner; una para montar la guardia en el embarcadero, encaminarse hacia el río y la puerta en la ribera y, la tercera, para dividirse y encargarse de los diversos edificios de la granja.

Eleazar Smith anotó en su diario que la marcha hacia el embarcadero, grupo al que se unió, se hizo sin incidentes y que siguió una tensa espera junto a las rocas de la bahía, interrumpida sólo por lo que les pareció el sonido lejano del pitido de la señal y luego por una mezcla de gritos y rugidos sordos y por una explosión que parecía proceder del mismo sitio. Después uno de los hombres creyó oír disparos a lo lejos, y más tarde el propio Smith oyó el fragor de unas palabras titánicas y atronadoras en el aire. Justo antes del amanecer llegó un mensajero muy malherido, con la mirada desencajada y un extraño olor en la ropa, y transmitió la orden al destacamento de que se dispersaran, regresasen discretamente a sus casas y no volvieran a pensar ni a hablar de lo acontecido aquella noche ni de la persona de Joseph Curwen. La actitud del mensajero revelaba una convicción que no habría podido transmitir con simples palabras, pues pese a ser un marinero, conocido por muchos de los presentes, su alma había perdido o ganado algo que lo apartó de ellos para siempre. Lo mismo ocurrió cuando encontraron a otros antiguos camaradas que habían estado aquella noche en aquellos horrorosos sucesos. La mayoría habían ganado o perdido algo imponderable e indescriptible. Habían visto u oído algo que no estaba destinado a los seres humanos y no podían olvidar. Jamás hicieron un solo comentario al respecto, pues hay límites incluso para el más común de los instintos humanos. Y los de la playa percibieron tal espanto en aquel mensajero que casi bastó para sellar sus propios labios. Apenas circuló un rumor, y el diario de Eleazar Smith es el único relato escrito que ha sobrevivido de aquella expedición que partió de la taberna del León Dorado a la luz de las estrellas.

En cualquier caso, Charles Ward descubrió alguna otra información tangencial en unas cartas de los Fenner que encontró en New London, donde sabía que había vivido otra rama de la familia. Parece que los Fenner, desde cuya casa se distinguía a lo lejos la granja fatídica, vieron partir las columnas de asaltantes y oyeron con claridad los ladridos furiosos de los perros de Curwen después del primer toque de silbato que precipitó el asalto. Tras el pitido, el gran haz de luz volvió a destellar desde el edificio de piedra, y un instante después, tras el sonido de la segunda señal ordenando un ataque general, se oyó el repiquetear de los disparos de mosquete seguido de un horrible gañido que Luke Fenner trato de reproducir en su carta con los caracteres «¡Waaaahrrrrr... R'waaahrrr!». Este grito, sin embargo, poseía una cualidad imposible de reproducir con la simple escritura y el autor de la carta añade que su madre, al oírlo, perdió el conocimiento. Más tarde, se repitió con menos fuerza entre más estampidos de disparos que llegaban amortiguados junto a una ruidosa explosión cerca del río.

Una hora después de que los perros empezaron a ladrar de un modo temible, el suelo retumbó y temblaron los candeleros de la repisa de la chimenea. Se notó un fuerte olor a azufre, y el padre de Luke Fenner aseguró haber oído el pitido de la señal de emergencia, aunque los otros no lo oyeron. Volvieron a oírse disparos de mosquete, seguidos de un profundo chillido menos penetrante pero más horrible que los que le habían precedido; una especie de tos o gargajeo gutural, desagradable y ondulante cuya cualidad de grito debía prestársela más su duración e impresión psicológica que su verdadera potencia sonora.

Entonces, en el lugar donde debía hallarse la granja de Curwen, pudieron ver a un ser envuelto en llamas y se escucharon gritos desesperados de hombres aterrorizados. Los mosquetes dispararon a discreción hasta que aquel ser cayó ardiendo al suelo. De pronto surgió otro ser idéntico y se oyó un grito con mucha claridad. Fenner escribió que incluso acertó a distinguir algunas de las palabras proferidas en mitad de aquel frenesí: «¡Dios Todopoderoso, protege a tu cordero!». Sonaron más disparos y el segundo ser también fue derribado. A partir de ese momento, un silencio espeso se impuso durante unos tres cuartos de hora, al cabo de los que Arthur Fenner, hermano de Luke, exclamó haber visto una niebla roja alzarse a lo lejos hasta las estrellas desde la granja maldita. Sólo el niño pudo ver tal cosa, pero Luke admite que era significativa la coincidencia de que justo en ese mismo instante los tres gatos presentes en la habitación arquearon el lomo y se erizaron.

Cinco minutos después se levantó un aire que se impregnó de un hedor insoportable que sólo el fresco aroma del mar impidió que lo notaran los de la orilla o quienes estuviesen despiertos en el pueblo de Pawtuxet. Aquella pestilencia no se parecía a nada que hubiesen olido los Fenner antes y les inspiró una especie de temor indefinido y persistente peor aún que el de la tumba o el pudridero. Casi al instante se oyó una voz terrible que ninguno de aquellos desventurados olvidará jamás. Resonó en el cielo como una maldición y los cristales de las ventanas temblaron a medida que se alejaba. Era profunda y musical; poderosa como el órgano de una iglesia y malvada como los libros prohibidos de los árabes. Nadie entendió lo que decía, pues habló en una lengua desconocida, pero he aquí cómo reprodujo Luke Fenner esas entonaciones demoníacas: DEESMEESJESHET-BONEDOSE-FEDUVEMA-ENTTEMOSS. Hasta 1919 nadie relacionó esta tosca transcripción con nada conocido por los mortales, pero Charles Ward palideció al reconocer lo que Mirandola[5] había denunciado estremecido como el más horrible de los conjuros de la magia negra.

La respuesta a aquel maligno portento proveniente de la granja Curwen, pareció ser un grito inconfundiblemente humano formado por varias voces emitidas al unísono, tras lo cual el hedor desconocido se volvió aún más intenso al mezclarse con otro igual de insoportable. Se oyó entonces un lamento claramente distinto de los gritos, que se prolongó ululando en una serie de paroxismos descendentes y ascendentes. A veces casi parecía articulado, aunque nadie acertó a distinguir una sola palabra, y en determinado momento rozó los límites de una risa histérica y diabólica. Luego un alarido de pavor absoluto y demente se alzó de docenas de gargantas humanas: un alarido que se oyó con claridad a pesar de las profundidades desde las que debió de emitirse y, después, el silencio y la oscuridad se hicieron los dueños de la situación. Volutas de humo de olor acre se alzaron al cielo hasta cubrir las estrellas, aunque no había llamas, pero al día siguiente tampoco vieron ningún edificio dañado ni desaparecido.

Cuando rayaba el amanecer, dos asustados mensajeros con la ropa impregnada de olores monstruosos e irreconocibles llamaron a la puerta de los Fenner y les pidieron un barril de ron, que pagaron generosamente. Uno de ellos informó a la familia de que el asunto de Joseph Curwen había concluido y que no debían referir jamás nada de lo sucedido aquella noche. Por arrogante que pudiera parecer el mandato, el aspecto de quien lo profirió eliminó cualquier suspicacia otorgándole una determinante autoridad; de modo que sólo han quedado esas cartas furtivas de Luke Fenner para enterarnos de lo que se vio y oyó, aunque le pidiera a su pariente que las destruyera después de leerlas. Sólo la desobediencia de dicho pariente ha impedido que el asunto del asalto cayera en el olvido. Pero Charles Ward tenía un detalle que añadir, resultado de su larga investigación de las tradiciones ancestrales de los habitantes de Pawtuxet. El viejo Charles Slocum, residente en dicho pueblo, afirmó que su abuelo había oído decir que,

---

[5] Giovanni Pico della Mirandola (Mirandola, 1463-Florencia, 1494), humanista italiano neoplatónico, autor de *Oratio de hominis dignitate* considerado el manifiesto artístico-filosófico del Renacimiento. Parte de su obra está dedicada a la refutación de la magia a través de la teología. *(N. del T.)*

una semana después de que se anunciara la muerte de Joseph Curwen, corrió un extraño rumor sobre un cadáver carbonizado y deforme que había aparecido en los campos. Lo que avivó los comentarios fue que dicho cadáver, hasta donde podía apreciarse por su estado quemado y retorcido, no era del todo humano ni se parecía a ningún animal que la gente de Pawtuxet hubiese visto o del que hubiera tenido noticia jamás. ▪

6

Ni uno sólo de los participantes en aquel terrible asalto pudo ser inducido a que dijeran una palabra al respecto, y los pocos datos vagos y sueltos que nos han llegado proceden de gente que no tomó parte directa en él. Resulta escalofriante el cuidado con que los asaltantes destruyeron hasta la más ínfima prueba que guardara la menor relación con el asunto. Ocho marineros perdieron la vida, pero, aunque sus cuerpos nunca se recuperaron, sus familias se conformaron con saber que habían fallecido en una escaramuza con los oficiales de aduanas. La misma explicación sirvió para dar razón de los numerosos heridos, todos los cuales fueron atendidos y curados por el doctor Jabez Bowen, que había acompañado a la partida. Más difícil de explicar fue el hedor que despedían los asaltantes y que fue motivo de rumores durante semanas. De los jefes, el capitán Whipple y Moses Brown fueron quienes sufrieron las heridas más graves, y sí hay cartas de sus mujeres que atestiguan la perplejidad que les produjo su reticencia y la actitud defensiva cuando fueron preguntados por sus heridas. Desde el punto de vista psicológico, todos los participantes parecían envejecidos, serios y afectados. Afortunadamente, todos eran hombres de acción, fuertes y de convicciones religiosas sencillas y ortodoxas, pues una mayor sutileza o capacidad de introspección o una mayor complejidad intelectual sin duda les habría hecho enfermar. El presidente Manning fue el más afectado, pero incluso él apartó las sombras más oscuras y ahogó los recuerdos con sus oraciones. Todos y cada uno de los jefes desempeñaron un importante papel en los años siguientes, y tal vez fuese una suerte. Apenas doce meses después, el capitán Whipple estuvo a la cabeza de la multitud que incendió el guardacostas Gaspee, y aquel acto arriesgado fue un paso más para borrar de su memoria ciertas imágenes morbosas.

A la viuda de Joseph Curwen le entregaron un extraño ataúd de plomo sellado, que obviamente habían preparado previamente, y en el que le aseguraron que yacía el cadáver de su marido. Le dijeron que había muerto en un enfrentamiento con los guardias costeros del que no era prudente proporcionar más detalles. Nadie dio más explicaciones sobre el final de Joseph Curwen, y Charles Ward sólo obtuvo una pista con la que construir una teoría. Dicha pista era un hilo finísimo: un tembloroso subrayado en un pasaje de la carta confiscada de Jedediah Orne a Curwen, tal como la transcribió en parte Ezra Weeden. La copia estaba en posesión de los descendientes de Smith, e ignoramos si Weeden se la dio a su camarada antes de su fin, como clave muda de la anormalidad que había acontecido, o si, como parece más probable, Smith la tenía ya en su poder y la subrayó a partir de lo que logró sonsacarle a su amigo mediante hábiles preguntas y deducciones. El pasaje subrayado dice así:

«Insisto en que no convoquéis nada que no podáis controlar, y con eso me refiero a algo que pueda convocar a su vez alguna otra cosa contra vos y contra lo que vuestras artes resulten inútiles. Llamad a los Menores, no sea que los Mayores se nieguen a responder y lleguen a dominaros».

A la luz de este pasaje, Charles Ward se preguntaba qué tipo de innombrables aliados puede convocar un hombre acorralado en un momento de extrema necesidad y si de verdad había sido un ciudadano de Providence quien había matado a Joseph Curwen.

Quienes capitanearon el asalto contribuyeron en gran parte a borrar deliberadamente cualquier alusión al muerto de los anales y la vida de Providence. Al principio no pretendieron ser demasiado minuciosos y dejaron que la viuda, su padre y la niña siguieran ignorantes de la verdad de los hechos, pero el capitán Tillinghast era un hombre astuto, y no tardó en averiguar algunos rumores que le llenaron de espanto y le decidieron a exigir que su hija y su nieta cambiasen de nombre, quemasen la biblioteca y cualquier documento que pudieran haber conservado y borraran la inscripción de la lápida que había sobre la tumba de Joseph Curwen. Conocía bien al capitán Whipple, y es probable que lograse sonsacarle al severo marino más detalles que nadie sobre el final del supuesto hechicero.

A partir de entonces, la eliminación de cualquier recuerdo que pudiera quedar de Curwen se volvió cada vez más inflexible, y acabó extendiéndose de común acuerdo a los registros de la ciudad y a los archivos de la Gazette. En espíritu sólo podría compararse con el silencio que envolvió durante un decenio el nombre de Oscar Wilde tras su deshonra, y en extensión sólo al destino del pecaminoso rey de Runazar, en el cuento de lord Dunsany, a quien los dioses condenaron no sólo a que dejara de existir, sino también a no haber existido.

La señora Tillinghast, como se hizo llamar la viuda a partir de 1772, vendió la casa de Olney Court y vivió con su padre en Power's Lane hasta su muerte en 1817. La granja de Pawtuxet, que evitaba toda alma viviente, estuvo desatendida durante años y pareció deteriorarse con inexplicable rapidez. En 1780 sólo la piedra y la mampostería seguían en pie, y en 1800 no era más que un montón de escombros. Nadie se aventuró a atravesar la maraña de arbustos de la orilla del río tras la cual debía de hallarse la puerta de la ladera de la colina, ni intentó formarse una imagen clara del lugar donde Joseph Curwen se había separado de los horrores que había creado.

Sólo quienes estaban con los oídos atentos oyeron alguna vez murmurar para sus adentros al rudo y anciano capitán Whipple: «La peste se lleve a ese -----, aún no sé de qué se reía mientras chillaba. Era como si el muy ---- guardase un as en la manga. Por media corona habría quemado su ---- casa»[6].

CAPÍTULO III

Una búsqueda y una evocación

1

Como se ha visto, Charles Ward conoció su parentesco con Joseph Curwen en 1872. No es de extrañar que enseguida se despertara en él un gran interés por todo lo relativo a este misterio del pasado y que

---

[6] Como parece evidente, teniendo en cuenta la época en que vivió Lovecraft, el propio autor sustituye en el original las palabras soeces y malsonantes por líneas. *(N. del T.)*

hasta el más vago rumor sobre Curwen se volviera vital para alguien por cuyas venas corría su sangre. Ningún imaginativo y animoso genealogista habría hecho otra cosa que comenzar una ávida y sistemática recopilación de datos sobre su antepasado.

Al principio no intentó en absoluto mantener en secreto su investigación, de forma que incluso el doctor Lyman duda a la hora de datar la locura del joven antes de 1919. Hablaba sin tapujos con la familia —aunque a su madre no le resultaba demasiado agradable reconocer la existencia de un antepasado como Joseph Curwen— y con los empleados de los museos y las bibliotecas que visitaba. Cuando solicitaba a las familias particulares los documentos que, según creía, podían estar en su posesión no ocultaba lo más mínimo su propósito y compartía el divertido escepticismo con que estas consideraban lo que se contaba en esas cartas y antiguos diarios. A menudo expresaba un vivo interés por lo que había sucedido en realidad un siglo y medio antes en aquella granja de Pawtuxet, cuya ubicación real había tratado de encontrar en vano, y sobre lo que había sucedido finalmente con Joseph Curwen.

Cuando topó con el diario y los archivos de Smith y encontró la carta de Jedediah Orne, decidió visitar Salem donde rastreó las primeras actividades y relaciones de Curwen, para lo que aprovechó las vacaciones de Pascua de 1919. En el Instituto Essex, que conocía bien de sus anteriores estancias en la elegante y antigua ciudad de decadentes espadañas puritanas y apelotonados tejados en mansarda, le recibieron con suma amabilidad y pudo recabar muchos datos sobre Curwen. Descubrió que su antepasado había nacido en el pueblo de Salem, hoy Danvers, situado a diez kilómetros de la ciudad, según el calendario juliano, el 18 de febrero de 1662-1663; que a la edad de quince años se había embarcado, sin que nadie tuviese noticias suyas hasta nueve años después, cuando regresó con el habla, la vestimenta y los modales de un inglés nato y se instaló en la propia ciudad de Salem. En esa época tuvo poco trato con su familia y pasaba la mayor parte del tiempo estudiando los curiosos libros que había traído de Europa y unos extraños productos químicos que le llegaban en barcos de Inglaterra, Francia y Holanda. Ciertas excursiones suyas al campo despertaron la curiosidad de la gente y las habladurías lo relacionaron con vagos rumores de hogueras en las colinas en plena noche.

Los únicos amigos íntimos de Curwen habían sido un tal Edward Hutchinson, del pueblo de Salem, y un tal Simon Orne, de Salem. A menudo se le veía reunirse con ellos en las tierras comunales de la ciudad, y no era infrecuente que se visitaran unos a otros. Hutchinson tenía una casa en medio del bosque, que la gente sensata evitaba a causa de los inquietantes ruidos que salían de ella en medio de la noche. Se decía que recibía extrañas visitas y que la luz que salía de sus ventanas no era siempre del mismo color. El conocimiento que demostraba sobre personas fallecidas hace largo tiempo y sobre acontecimientos ya olvidados se consideraba demente. Cuando empezó a extenderse el pánico por la brujería, desapareció de Salem y no volvió a saberse de él. También en esa época se marchó Joseph Curwen, aunque pronto se supo que se había instalado en Providence. Simon Orne sigo viviendo en Salem hasta 1720, cuando el hecho de que no envejeciera empezó a llamar demasiado la atención. Después desapareció, pero treinta años más tarde su hijo Jedediah, que era su vivo retrato, se presentó y reclamó su herencia. Sus pretensiones se vieron satisfechas, en virtud de los documentos firmados de puño y letra por Simon Orne, y Jedediah Orne continuó viviendo en Salem hasta 1771, cuando ciertas cartas de los ciudadanos de Providence dirigidas al reverendo Thomas Barnard y a otros personajes provocaron su discreta huida de la ciudad a un lugar desconocido.

En el Instituto Essex, los juzgados y el registro había diversos documentos disponibles acerca de tan misteriosos personajes, unos de naturaleza totalmente inofensiva, como escrituras de propiedad y actas de compraventa, y otros más intrigantes. En los registros de los juicios por brujería había cuatro o cinco alusiones inconfundibles; como cuando un tal Hepzibah Lawson juró al juez Hathorne que «cuarenta brujas y un hombre negro se reunían en los bosques detrás de la casa del señor Hutchinson» o cuando una tal Amity How declaró, en una audiencia celebrada el 8 de agosto por el juez Gedney, que «El señor G. B. (el reverendo George Burroughs) puso la Marca del Demonio a Bridget S., Jonathan A., *Simon O.*, Deliverance W., *Joseph C.*, Susan P., Mehitable C. y Deborah B.». Además, había un catálogo de los títulos hallados en la biblioteca de Hutchinson tras su desaparición y un manuscrito inacabado y escrito en clave que nadie había podido descifrar. Ward mandó hacer una copia fotostática de dicho manuscrito y empezó a dedicarle alguna atención, de vez en cuando, a partir del día en que se la dieron. Llegado el mes de agosto, sin embargo, redobló sus esfuerzos por descifrarlo de una manera más intensa y febril, y a juzgar por sus palabras y por su comportamiento, hay razones para creer que encontró la clave para descifrarlo entre octubre y noviembre. No obstante, nunca declaró haberlo hecho.

Pero el material que más despertó su interés era sobre Orne. Ward tardó poco tiempo en demostrar, basándose en la caligrafía, algo que consideraba ya demostrado por la carta enviada a Curwen: que Simon Orne y su hijo eran la misma persona. Tal como había dicho Orne en su correspondencia, no era seguro vivir demasiado tiempo en Salem, motivo por el cual recurrió a un exilio de treinta años en el extranjero, para regresar a reclamar sus tierras como miembro de una nueva generación. Al parecer Orne había tomado la precaución de destruir la mayor parte de su correspondencia, pero los ciudadanos que participaron en la acción de 1771 encontraron y conservaron algunas cartas y documentos que les llamaron la atención. Había crípticas fórmulas y diagramas escritos con su letra y la de otras personas que Ward transcribió con sumo cuidado o mandó fotografiar, y una carta muy misteriosa en una caligrafía que reconoció, tras compararla con otros documentos del registro, indudablemente como de Joseph Curwen.

En la carta no constaba la fecha, pero era evidente que no se trataba de la que motivó la respuesta interceptada de Orne. Por su contenido, Ward pudo fecharla no mucho después de 1750. Tal vez no esté de más transcribir el texto completo, como ejemplo del estilo de alguien cuya historia fue tan terrible y misteriosa. Se dirige al destinatario llamándolo «Simon» pero la palabra está tachada (Ward nunca supo si por Curwen o por Orne).

> Providence. Primero de mayo *(Ut. vulgo)*[7]
> Al señor Simon Orne
> William's Lane, en Salem
>
> Hermano:
> A mi antiguo y honrado amigo, con el debido respeto y mis mejores deseos a Aquel a quien servimos para su poder eterno.

---

[7]   *Ut. Vulgo,* en latín, viene a significar «De modo general», por lo que, puesto en una fecha, se debe referir a que esa forma de medir el tiempo es «la convencional» y que, probablemente, ellos re rijan por otro tipo de calendario esotérico. *(N. del T.).*

He llegado al punto que deberíais saber, acerca del último extremo y qué hacer al respecto. No estoy dispuesto a seguir vuestro ejemplo y partir a causa de mis años, pues Providence no es tan estricta como vuestra ciudad a la hora de investigar las cosas que están fuera de lo normal y llevarlas a juicio. Estoy atado por mis barcos y mercancías y no podría hacer como vos, además mi granja de Pawtuxet tiene debajo lo que ya sabéis, y no esperaría a que regresara como otra persona.

Pero, como ya os he dicho, estoy preparado por si cambia mi suerte y he trabajado mucho sobre el modo de volver después de lo Último. Anoche di con las palabras para convocar a YOGGESOTHOTHE, y vi por primera vez el rostro del que habla Ibn Schacabac en su ----- y dijo que en el Salmo III del *Liber Damnatus* se halla la clave. Con el sol en la V Casa y Saturno en la III, dibujad vuestra estrella de fuego y decid tres veces el noveno versículo. Repetid dicho versículo cada primero de mayo y la víspera de Todos los Santos y el ser prosperará en las esferas exteriores.

Y de la semilla del anciano nacerá Uno que mirará atrás, sin saber lo que busca.

Pero nada de esto servirá si no hay heredero, ni si no tiene preparadas a mano las sales o el modo de procurarlas. Y en eso he de reconocer que no he dado los pasos necesarios ni averiguado gran cosa. Vuestro procedimiento es muy difícil de poner en práctica y requiere tal cantidad de especímenes que me cuesta obtener los suficientes, a pesar de los marineros que tengo de las Indias. Los vecinos empiezan a hacerse preguntas, aunque sé cómo tenerlos a raya. Y los caballeros son peores que el populacho porque son más serios en sus actos y la gente presta más crédito a sus palabras. Temo que ese párroco y el señor Merritt hayan hablado más de la cuenta, aunque de momento no resultan peligrosos. Vuestras sustancias químicas son fáciles de obtener, pues hay dos buenos boticarios en la ciudad, el doctor Bowen y Sam Carew. Estoy siguiendo las instrucciones de Borellus, y he buscado ayuda en el libro de Abdul Al-Hazred. Si averiguo algo os lo haré saber. Y entretanto no dejéis de hacer uso de las palabras que os he dado. Son las correctas, pero si queréis probarlo, emplead lo escrito en la pieza de ----- que os incluyo en este paquete. Pronunciad los versículos el primero de mayo y la víspera de Todos los Santos, y si vuestro linaje no se interrumpe, «uno vendrá en años venideros que mirará atrás y utilizará las sales, o los materiales para prepararlas, que vos le dejéis» (Job 14, 14).

Me alegra que estéis de vuelta en Salem, y confío en veros pronto. Tengo un buen caballo y espero conseguir pronto un coche, puesto que ya hay uno en Providence (el del señor Merritt), aunque los caminos son malos. Si os animáis a viajar, no dejéis de visitarme. Desde Boston tomad el camino de posta que pasa por Dedham, Wrentham y Attleborough, hay buenas posadas en todas esas poblaciones. Pasad la noche en la del señor Balcom, en Wrentham, donde las camas son mejores que las del señor Hatch, pero comed en casa de este, pues la comida es mejor. Desviaos hacia Providence al llegar a las cascadas de Pawtuxet y seguid por el camino hasta la posada del señor Sayles. Mi casa está enfrente de la posada de Epenetus Olney, en Towne Street, la primera del lado norte de Olney Court. La distancia desde Boston son unas XLIV millas.

Se despide de vos vuestro antiguo amigo y servidor en Almonsin-Metraton,

Josephus C.

Esta carta fue la que, curiosamente, proporcionó a Ward la ubicación exacta de la casa de Curwen en Providence, pues ninguno de los registros que había consultado hasta el momento había sido tan preciso. El hallazgo fue doblemente sorprendente porque indicaba que la casa nueva construida por Curwen en 1761, para reemplazar a la antigua, era un edificio ruinoso que se alzaba en Olney Court y que Ward conocía bien gracias a sus paseos por Stamper's Hill. Se hallaba a pocas manzanas de su propia casa en lo alto de la colina, y era ahora el hogar de una familia negra muy apreciada por su trabajo de lavandería, limpieza y mantenimiento de hornos. Encontrar, en la lejana Salem, una prueba tan repentina del significado de esta «colonia familiar»[8] en la historia de su propia familia impresionó mucho a Ward, que decidió explorar el lugar nada más volver. Las partes más misteriosas de la carta, que tomó por una especie de extraño simbolismo, lo dejaron francamente perplejo, aunque apuntó con un estremecimiento de curiosidad que el pasaje bíblico citado —Job 14, 14— era el versículo muy conocido: «Si el hombre muriere, ¿volverá a vivir? Todos los días de mi edad esperaré, Hasta que venga mi liberación».

2

El joven Ward volvió a casa en un estado gratificante de excitación y dedicó el sábado siguiente a inspeccionar larga y exhaustivamente la casa de Olney Court. El edificio, decrépito por el paso del tiempo, nunca había sido una mansión, sino una modesta vivienda urbana de dos pisos con desván al estilo colonial de Providence, con un sencillo tejado en punta, una gran chimenea central y un umbral artísticamente tallado, con montante en abanico, un pedimento triangular y esbeltas pilastras dóricas. Por fuera apenas había sufrido cambios, y Ward tuvo la sensación de contemplar algo muy próximo a los siniestros asuntos de su investigación.

Conocía a los actuales inquilinos, el viejo Asa y su robusta mujer, Hannah, que le enseñaron el interior con suma amabilidad. Dentro se habían producido más cambios de lo que podría imaginarse desde fuera, y Ward vio con pesar que más de la mitad de la hermosa moldura de encima de la chimenea, que representaba una urna con pergaminos, había desaparecido junto con el revestimiento con motivos de conchas de la alacena, mientras que la mayor parte de los paneles y las molduras estaban golpeadas, abolladas y melladas, o habían sido cubiertas por un empapelado barato. En general, la inspección no fue tan productiva como había imaginado Ward, pero al menos le resultó emocionante estar entre los muros ancestrales que habían alojado a un hombre tan espantoso como Joseph Curwen. Reparó con un escalofrío

---

[8] Dependiendo del traductor, «familiar rookery» es «colonia familiar» o, también, «colonia de cuervos» lo que, referido a un edificio habitado por negros, tiene una evidente connotación despectiva racista, de ahí que Ward se sienta «impresionado». *(N. del T.)*

en que habían borrado cuidadosamente un monograma de la antigua aldaba de bronce.

Desde ese momento, y hasta que terminaron las clases, Ward se consagró a la copia fotostática del manuscrito cifrado de Hutchinson y a recopilar más información sobre Curwen. En lo primero, siguió sin resultados; sobre lo segundo, no obstante, reunió tanta información y tantas pistas que pudo deducir la existencia de otras cartas antiguas en New London y en Nueva York, lugares a los que decidió viajar en julio para intentar consultarlas. Fue un viaje muy fructífero, pues le proporcionó las cartas de los Fenner, con su terrible descripción del ataque a la granja de Pawtuxet, y la correspondencia Nightingale-Talbot por la que tuvo noticia del retrato de Curwen pintado en un panel de la biblioteca de su casa. El asunto del retrato despertó en él un morboso interés, pues habría dado cualquier cosa por saber qué aspecto físico tenía Joseph Curwen, así que decidió volver a inspeccionar Olney Court para ver si encontraba algún rastro debajo de las capas de pintura desconchada o del mohoso empapelado.

Dicha inspección tuvo lugar a principios de agosto. Ward recorrió con cuidado las paredes de todas las habitaciones que fueran bastante grandes como para haber alojado la biblioteca del malvado constructor. Prestó especial atención a los paneles que aún quedaban encima de las chimeneas; al cabo de una hora fue presa de un gran nerviosismo al comprobar que, en un área sobre la chimenea de un salón amplio de la planta baja, la superficie que apareció debajo de varias capas de pintura era notablemente más oscura de lo que sería natural para una pintura de interior o para la madera que había debajo. Tras unas catas más cuidadosas hechas con un cuchillo fino, se dio cuenta de que había dado con un retrato al óleo de gran tamaño. Con auténtica contención de erudito, el joven decidió no arriesgarse a dañar el cuadro oculto destapándolo con el cuchillo, y abandonó el escenario de su descubrimiento decidido a pedir ayuda a un experto. Al cabo de tres días regresó con un artista de dilatada experiencia, el señor Walter C. Dwight, cuyo estudio está al pie de College Hill; el habilidoso restaurador de cuadros se puso enseguida manos a la obra con los métodos y sustancias químicas adecuadas. Como es natural, tan inesperada visita puso nerviosos al viejo Asa y a su mujer, y Ward tuvo que compensarles adecuadamente por aquella invasión de su hogar.

Día tras día, a medida que avanzaba el trabajo de restauración, Charles Ward contemplaba con creciente interés las líneas y sombras reveladas después de tan largo olvido. Dwight había empezado por abajo, y dado que se trataba de un retrato de tres cuartos, el rostro tardó un tiempo en aparecer. Entretanto se vio que el retratado era un hombre sobrio y bien proporcionado que llevaba una casaca azul marino, chaleco bordado, calzones de raso negro y medias de seda blancas, y ocupaba una silla tallada colocada ante una ventana con muelles y barcos al fondo. Cuando apareció la cabeza se vio que llevaba una pulcra peluca de Albemarle y que poseía un rostro delgado, sereno y poco distinguido que tanto a Ward como al artista les resultó familiar. No obstante, sólo al final el restaurador y su cliente empezaron a reparar con sorpresa en los detalles de aquel rostro pálido y enjuto y a reconocer con un leve espanto la dramática jugarreta que había gastado la genética: una vez que dieron el último baño de aceite y los últimos delicados retoques con el raspador, apareció plenamente la expresión que habían ocultado los siglos y el perplejo Charles Dexter Ward, habitante del pasado, pudo contemplar sus propios rasgos en el rostro de aquel horrible tatara-tatarabuelo.

Ward llevó a sus padres a contemplar la maravilla que había descubierto, y su padre decidió al instante comprar el cuadro, aunque estuviese pintado en un panel. El parecido con el muchacho, a pesar de que aparentase tener muchos más años, era impresionante, y era evidente que, mediante algún engañoso atavismo, los rasgos físicos de Joseph Curwen habían hallado una réplica exacta después de un siglo y medio. El parecido de la señora Ward con su antepasado no era tan marcado, aunque sí recordaba a algunos parientes que habían compartido algunos rasgos con su hijo y el desaparecido Curwen. Pero a ella no le gustó el hallazgo y aconsejó a su marido que, en lugar de llevarlo a casa, lo quemase. Había algo malsano en él, afirmó, y no sólo intrínsecamente sino en el mismo parecido que guardaba con Charles. No obstante, el señor Ward, que era un hombre práctico acostumbrado a moverse en el mundo del poder y los negocios —un industrial del algodón dueño de numerosas hilanderías en Riverpoint, en el valle de Pawtuxet— no quiso prestar oídos a aquellos escrúpulos femeninos. El cuadro le había impresionado mucho por el parecido con su hijo y consideró que el chico se merecía aquel regalo.

Huelga decir que Charles no pudo estar más de acuerdo con él, y unos días más tarde, el señor Ward localizó al propietario de la casa —un individuo diminuto con rasgos de roedor y acento gutural— y adquirió la repisa y la parte superior de la chimenea con el cuadro a un precio que estableció de modo tajante para evitar un inminente torrente de untuoso regateo.

Sólo restaba sacar el panel de su emplazamiento y trasladarlo al hogar de los Ward, donde ya se habían hecho los preparativos para concluir su restauración e instalarlo sobre una chimenea eléctrica simulada que había en el estudio de Charles en el tercer piso. Él mismo se encargó de supervisar el traslado y el 28 de agosto acompañó a dos expertos operarios de la empresa de decoración Crooker hasta la casa de Olney Court, donde desmontaron el panel con absoluta precisión y lo cargaron cuidadosamente en la camioneta de la empresa. Al extraerlo, dejaron a la vista los ladrillos del tubo de la chimenea, y allí el joven Ward reparó en la presencia de una oquedad de cerca de un pie cuadrado, que debía de quedar a la altura de la cabeza del retrato. Extrañado por lo que podía contener aquel hueco, el joven se acercó y se asomó al interior, para encontrar, bajo una capa de polvo y hollín, unos papeles sueltos y amarilleados, un grueso cuaderno de notas y unos jirones mohosos que debían de haber sido la cinta con que estaban atados. Sopló para limpiar la suciedad y las cenizas, cogió el libro y leyó la tosca inscripción de la cubierta. Estaba escrita en una letra que había aprendido a reconocer en el Instituto Essex y decía que el volumen era el *Diario y notas de J. Curwen, caballero de las plantaciones de Providence, originario de Salem.*

Ward quedó indeciblemente entusiasmado con su descubrimiento, tanto que enseñó el libro a los dos curiosos operarios que le acompañaban. Su testimonio sobre la naturaleza y autenticidad del hallazgo es irrefutable y el doctor Willett se apoya en él para establecer su teoría de que el joven no estaba loco cuando empezaron sus excentricidades. Los demás papeles también tenían la letra de Curwen y uno de ellos parecía especialmente ominoso por la inscripción: *A aquel que vendrá después y cómo podrá llegar más allá del tiempo y sus esferas.* Otro estaba escrito en clave, probablemente en la misma que había utilizado Hutchinson y que, de momento, no había logrado descifrar; pero un tercer documento, y eso sí que alegró sobremanera al investigador, parecía ser la clave del texto cifrado; mientras que los papeles cuarto y quinto estaban dirigidos respectivamente a «Edward Hutchinson Armiger» y al «caballero Jedediah Orne», «o a su heredero o herederos, o a quienes los representen». El sexto y último tenía la inscripción: «Vida y viajes de Joseph Curwen entre los años 1678 y 1687: adónde viajó, dónde se alojó, a quién vio y lo que aprendió».

<h1 style="text-align:center">3</h1>

Llegamos así al momento en el que la mayoría de los médicos fechan la locura de Charles Ward. Nada más producirse el descubrimiento, el joven hojeó el cuaderno y los manuscritos, y es evidente que vio algo que le causó una profunda impresión. De hecho, al mostrar los títulos a los dos obreros procuró que no vieran lo que decía el texto y cayó preso de una agitación que la importancia genealógica e histórica de su hallazgo difícilmente podía justificar. Al volver a casa, comunicó la noticia casi avergonzado, como si quisiera subrayar la importancia de las pruebas sin tener que mostrarlas. Ni siquiera enseñó los títulos a sus padres, sino que se limitó a decirles que había encontrado ciertos documentos de puño y letra de Joseph Curwen, «la mayor parte en clave», y que tendría que estudiarlos con sumo cuidado antes de pronunciarse sobre su verdadero significado. Es probable que solo se los mostrara a los dos operarios al notar en ellos una evidente curiosidad. Y sin duda quiso evitar así cualquier reticencia que aún les habría dado más motivos para hablar del asunto.

Esa noche Charles Ward se sentó en su cuarto a leer el cuaderno y los papeles que había descubierto y al hacerse de día aún seguía leyendo. Cuando su madre subió a preguntar si no se encontraba bien, Ward pidió que le subieran las comidas y por la tarde salió solo un momento cuando llegaron los obreros a instalar el cuadro en la repisa de la chimenea de su estudio. La noche siguiente durmió a ratos y sin cambiarse de ropa, mientras se debatía febrilmente con el manuscrito cifrado. Por la mañana su madre vio que estaba trabajando con la copia fotostática del documento en clave de Hutchinson que le había mostrado otras veces, pero cuando le preguntó, respondió que la clave de Curwen no servía para descifrarlo. Esa tarde dejó el trabajo y se dedicó a observar con fascinación cómo los dos obreros terminaban de instalar el cuadro sobre el leño eléctrico y colocaban la falsa chimenea y la repisa de manera que sobresalieran un poco de la pared norte, como si fuesen de verdad, tras tapar los laterales con paneles parecidos a los de su cuarto. Serraron el panel principal donde estaba pintado el cuadro y colocaron unas bisagras para dejar detrás un hueco. En cuanto se fueron los obreros, el joven llevó su trabajo al estudio y se sentó ante el retrato con la mirada fija a ratos en el manuscrito cifrado y a ratos en aquel cuadro que le devolvía la mirada como un espejo que le añadiera años y le recordara el paso de los siglos.

Al recordar su comportamiento en aquella época, sus padres proporcionan interesantes detalles sobre la cautela que demostró a partir de entonces. Ante los criados, rara vez ocultaba los papeles que estaba estudiando, pues consideraba con razón que la intrincada y arcaica caligrafía de Curwen era demasiado complicada para ellos. No obstante, con sus progenitores se mostraba más reservado, y a menos que el manuscrito en cuestión estuviese cifrado, o incluyese un montón de símbolos crípticos e ideogramas desconocidos (como parecía serlo el titulado: *A aquel que vendrá después, etcétera),* lo tapaba con un papel hasta que el visitante se hubiera marchado. Por la noche, los papeles eran guardados bajo llave en un antiguo armarito donde los dejaba también cada vez que salía de la habitación. Pronto volvió a adoptar costumbres y horarios bastante regulares, aunque perdió el interés por los largos paseos y las otras actividades que hacía fuera de casa. El inicio de las clases, ahora que iba a empezar el último curso, supuso para él un auténtico fastidio y más de una vez afirmó que no pensaba dedicarles ningún tiempo. Según dijo tenía importantes investigaciones que llevar a cabo, que le abrirían más caminos hacia el conocimiento y las humanidades que ninguna universidad del mundo.

Alguien que siempre había sido más o menos aplicado, excéntrico y solitario podía comportarse así durante mucho tiempo sin llamar la atención, como es normal. Ward era estudioso y reservado por naturaleza, y sus padres no se sorprendieron, aunque lamentaron el secretismo y el encierro por los que había optado. Al mismo tiempo, tanto a su padre como a su madre les pareció raro que ya no les enseñara ni un sólo papel de los que había descubierto, ni les diera el menor dato sobre lo que había descifrado. Él explicó sus reticencias diciendo que prefería esperar hasta poder anunciar algún hallazgo coherente, pero a medida que pasaron las semanas empezó a surgir entre el joven y su familia una especie de tensión, acrecentada en el caso de su madre por su manifiesta disconformidad con cualquier indagación sobre los estudios de Curwen.

En octubre Ward empezó a frecuentar otra vez las bibliotecas, pero no por motivos arqueológicos como en los primeros tiempos. Lo que le interesaba ahora eran la magia, la hechicería, el ocultismo y la demonología, y cuando las fuentes de Providence resultaban insuficientes, cogía el tren a Boston y hurgaba en la riqueza de la gran biblioteca de Copley Square, la biblioteca Widener en Harvard o la biblioteca de Estudios Sionistas en Brookline, donde encontró disponibles varias obras raras sobre temas bíblicos. Compró mucho y mandó instalar una estantería nueva en su estudio para colocar las obras recién adquiridas sobre cuestiones muy peculiares; aprovechando las vacaciones de Navidad hizo varios viajes fuera de la ciudad, incluido uno a Salem, para consultar ciertos archivos en el Instituto Essex.

A mediados de enero de 1920, en su rostro se notaba una expresión de triunfo que nunca explicó y dejó de trabajar en el manuscrito cifrado de Hutchinson. En lugar de eso empezó a hacer experimentos químicos al tiempo que seguía buscando en los archivos. Para lo primero instaló un laboratorio en el desván de la casa, y para lo segundo repasó una y otra vez los censos y archivos estadísticos de Providence. Los proveedores de sustancias químicas y material de laboratorio aportaron, en ulteriores interrogatorios, un extraño y descabellado catálogo de los productos y el instrumental que había adquirido; no obstante, los funcionarios de la Cámara Legislativa y de las diversas bibliotecas coinciden en el objeto de su otro interés: estaba obsesionado con la búsqueda febril de la tumba de Joseph Curwen, de cuya lápida una generación anterior había borrado sabiamente el nombre.

La familia Ward fue dándose cuenta, poco a poco, de que algo iba mal. Charles había tenido antes excentricidades y cambios de interés, pero aquel creciente secretismo y su absorción en extrañas investigaciones eran atípicos incluso para alguien como él. Apenas fingía estudiar y, aunque no le suspendieron ningún examen, había dejado de ser tan aplicado como solía. Ahora tenía otras preocupaciones, y cuando no estaba encerrado en su laboratorio con una veintena de antiguos libros de alquimia, podía encontrársele o bien repasando los viejos registros de los cementerios o encerrado con sus libros de ocultismo en su estudio, donde los rasgos, sorprendentes, y casi se podría decir que cada vez más parecidos, del retrato de Joseph Curwen lo contemplaban con la mirada vacía desde encima de la chimenea de la pared norte.

A finales de marzo Ward añadió una macabra serie de paseos por los antiguos cementerios de la ciudad a su búsqueda de los archivos. La causa no se supo hasta más tarde, cuando los funcionarios municipales dieron a entender que era posible que hubiese encontrado alguna pista importante. De pronto, había dejado de buscar la tumba de Joseph Curwen y se había interesado por la de un tal Naphthali Field, un cambio que se explicó cuando, al examinar los documentos que había estudiado, los investigadores encontraron parte del registro del entierro de Curwen que no había sido eliminado como los demás, y que afirmaba que el extraño ataúd de plomo había sido enterrado «A diez pies al sur y cinco pies al oeste de la tumba de Naphtali Field en ------». El nombre del cementerio estaba omitido en el documento, lo que. dificultaba la búsqueda tanto que resultó tan complicado encontrar a Napthali Field como al propio Curwen, aunque la diferencia estaba en que, en este caso, nadie se había dedicado a borrar todas las pistas y cabía la posibilidad de encontrar la lápida por más que el registro hubiese desaparecido. De ahí, los paseos, de los que excluyó tanto el cementerio de Saint John (antes de King's) como el camposanto congregacional que hay en mitad del de Swan Point, pues los registros le habían dado a entender que el único Naphthali Field, fallecido en 1729, a cuya tumba podía referirse esa inhumación había sido baptista.

4

Ward padre pidió, hacia el mes de mayo, al doctor Wilett que hablara con Charles, para lo que le proporcionaron toda la información que la familia había podido sonsacarle antes de que adoptara aquella actitud tan reservada. La conversación, apenas concluyente, sirvió de poco, pues Willett tuvo la sensación en todo momento de que Charles era totalmente dueño de sí mismo y de que se hallaba inmerso en asuntos de verdadera importancia, aunque al menos obligó al misterioso joven a dar una explicación racional de su comportamiento reciente. Ward no era de los que se achicaban fácilmente y, pálido e impasible, accedió a hablar de la razón que movía sus investigaciones, pero no su objetivo. Afirmó que los documentos de su antepasado contenían varios secretos notables sobre conocimientos científicos antiguos, en su mayor parte en clave, y de un alcance comparable a los del fraile Bacon, algo que incluso podría superarlos. No obstante, carecían de sentido a menos que se comparasen con una serie de conocimientos hoy anticuados, por lo que, si los presentaba al mundo basándose sólo en la ciencia moderna, no podrían apreciarse ni su importancia ni su extrema trascendencia. Para que ocuparan su lugar en la historia del pensamiento, alguien debía establecer su relación con el trasfondo histórico en que habían sido concebidos, y a esa tarea estaba dedicado él ahora. Se esforzaba en dominar lo mejor posible aquellas artes antiguas y olvidadas, imprescindibles para quien de verdad quisiera interpretar los datos de Curwen, y con el tiempo esperaba hacer un anuncio de crucial interés para el pensamiento y la humanidad. Ni siquiera Einstein, afirmó, podría revolucionar de manera más profunda nuestro modo actual de entender las cosas.

Sobre su búsqueda en los cementerios, admitió su objeto de buen grado, aunque no quiso dar detalles de su progreso. Dijo tener razones para pensar que en la lápida mutilada de Joseph Curwen había inscritos ciertos símbolos misteriosos —según las instrucciones de su testamento y respetados por la ignorancia de quienes habían borrado su nombre— y que eran absolutamente esenciales para resolver la clave. Según creía, Curwen había deseado guardar su secreto con el mayor cuidado y, en consecuencia, había desperdigado los datos clave del modo más extraño. El doctor Willett le pidió, entonces, echar un vistazo a los misteriosos documentos, pero Ward se mostró reticente e intentó satisfacer su petición mostrándole las copias fotostáticas del documento en clave de Hutchinson y de las fórmulas y diagramas de Orne, aunque, al final, le permitió ver la portadilla de algunos de los papeles de Curwen que había hallado: El «Diario y notas», el documento cifrado (con el título también en clave) y el mensaje lleno de fórmulas «A aquel que vendrá después», y le permitió hojear los que estaban escritos con extraños caracteres.

También le permitió abrir el diario, aunque seleccionó cuidadosamente una página por su inocuidad y dejó que Willett vislumbrara la abigarrada caligrafía de Curwen en inglés. El médico examinó con cuidado aquella letra elaborada e indescifrable, y el aura general del siglo XVII que rodeaba tanto a la caligrafía como al estilo a pesar de que el escritor había sobrevivido hasta el XVIII, y enseguida se convenció de que el documento era auténtico. El texto en sí mismo era relativamente trivial, y el doctor Willett recordaba sólo un fragmento:

«Miércoles, 16 de octubre de 1754. Mi balandra *Wakeful* arribó hoy de Londres con XX hombres recién reclutados en las Indias: españoles de la Martinica y holandeses de Surinam. Es probable que los holandeses deserten pues han oído hablar mal de estas empresas, pero intentaré convencerlos de que se queden. Para el señor Knight Dexter de la bahía 120 piezas de camelote, 100 piezas de tafetán de colores variados, 20 piezas de muletón azul, 100 piezas de chalón, 50 piezas de calamaco, 300 piezas de paños de lino y algodón indio. Para el señor Green del Elefante 50 hervidores de un galón, 20 calentadores, 15 moldes de hornear, 10 tenazas de chimenea. Para el señor Perrigo, 1 juego de leznas. Para el señor Nightingale, 50 resmas de papel de primera calidad. Dije el *sabaoth*[9] tres veces anoche, pero no apareció nadie. Tengo que averiguar más del señor H. de Transilvania, aunque es difícil ponerse en contacto con él y me parece raro que no quiera dejarme usar lo que él ha empleado tan bien durante cientos de años. Simon no ha escrito en estas últimas V semanas, pero espero tener noticias suyas pronto».

Al llegar a este punto, el doctor Willett hizo un intento de pasar la página, pero Ward se lo impidió precipitadamente y prácticamente le arrancó el cuaderno de las manos. Lo único que el médico pudo entrever de la página siguiente fueron un par de frases muy breves, que, por curioso que parezca, se le quedaron grabadas en la memoria. Decían:

---

[9] *Sabaoth* es una palabra de origen hebreo que se refiere a los ejércitos de Jehová. *(N. del T.)*

«Puesto que he recitado el verso del *Liber Damnatus* V primeros de mayo y IV vísperas de Todos los Santos, tengo la esperanza de que el ser se reproduzca más allá de las esferas. Traerá a Uno que tiene que venir, si llego a conseguir que así sea, y pensará en cosas pasadas y recordará a través de los años, para todo lo cual tengo que tener dispuestas las sales o Aquello con que prepararlas».

Willett no pudo ver más, pero, de algún modo, aquel breve vistazo prestó un nuevo y vago horror a los rasgos pintados de Joseph Curwen que miraba inexpresivamente desde encima de la chimenea. A partir de ese momento tuvo la extraña sensación —por más que su escepticismo científico le indicara que debía de tratarse de una fantasía— de que los ojos del retrato tenían tendencia, si no el propósito, de seguir los movimientos del joven Charles Ward mientras estaba en la habitación. Antes de salir del estudio se detuvo a examinar de cerca el cuadro, maravillado por su parecido con Charles, y memorizó hasta el último detalle de su rostro lívido e inescrutable, incluido el pequeño hoyuelo o cicatriz que tenía en la ceja del ojo derecho. Cosmo Alexander, decidió, era un pintor digno de la Escocia que había producido un Raeburn y un no menos digno profesor de su industrioso alumno Gilbert Stuart.

Los Wards quedaron convencidos por el médico de que la salud mental de Charles no estaba en peligro, aparte de que, por otro lado, parecía estar inmerso en investigaciones que podían llegar a tener mucha importancia, lo que hizo que se mostraran más benévolos que de costumbre cuando, en junio, el joven se negó a matricularse en la universidad. Tenía, afirmó, investigaciones mucho más importantes que llevar a cabo, y expresó su deseo de viajar al extranjero al año siguiente para consultar ciertas fuentes no disponibles en Estados Unidos. Ward padre se opuso a aquel viaje que tildó de absurdo para un muchacho de sólo dieciocho años, pero aceptó respecto a la universidad, por lo que, tras terminar sin demasiada brillantez sus estudios en la Moses Brown School, Charles pasó tres años consagrado a los estudios de ocultismo y a buscar en los cementerios. Se labró fama de raro y los amigos de la familia apenas volvieron a verle; pasaba el tiempo trabajando y, de vez en cuando, viajaba a otras ciudades para consultar oscuros archivos. En una ocasión fue al sur para hablar con un extraño anciano mestizo que vivía en un pantano y acerca del cual un periódico había publicado un curioso artículo. Otra vez viajó a un pueblecito en las Adirondack[10] donde tuvo noticia de ciertas prácticas ceremoniales exóticas. No obstante, sus padres continuaron prohibiéndole el viaje al Viejo Mundo que tanto ansiaba realizar.

En abril de 1923, tras heredar una pequeña pensión de su abuelo materno, y teniendo en cuenta que ya era mayor de edad, Ward decidió emprender aquel viaje a Europa que hasta entonces le habían impedido realizar. No dijo nada del itinerario previsto, sólo que sus estudios lo llevarían a lugares diferentes, pero prometió escribir larga y puntualmente a sus padres. Cuando vieron que no podían disuadirle, cejaron en su oposición y le ayudaron en cuanto pudieron; así, en junio, el joven partió hacia Liverpool con las bendiciones de su padre y de su madre, que lo acompañaron a Boston y le saludaron con la mano desde el muelle de la White Star, en Charlestown, hasta que se perdió de vista. Pronto recibieron cartas informándoles de que había llegado sano y salvo y se había instalado en Great Russell Square, en Londres, donde pensaba quedarse, sin visitar a los amigos de la familia, hasta que hubiera agotado los recursos del Museo Británico. Apenas les habló de su vida cotidiana, pues no había mucho que decir. El estudio y los experimentos consumían todo su tiempo y aludió a un laboratorio que había instalado en sus habitaciones. Sus padres consideraron un claro indicio de hasta qué punto lo habían absorbido sus nuevos intereses el hecho de que no dijera nada de paseos históricos por la elegante y antigua ciudad, con su atractivo perfil de viejas cúpulas y campanarios y su maraña de calles y pasajes cuyas misteriosas vueltas y revueltas alegran tanto como sorprenden.

En junio de 1924, una breve nota les informó de su salida hacia París, donde había hecho varias visitas relámpago a la Bibliothèque Nationale. A partir de entonces, por espacio de tres meses sólo envió tarjetas postales, con remite en la rue St. Jacques, y en ellas mencionaba su búsqueda entre los manuscritos de un coleccionista anónimo. Evitó a los conocidos que habían ido a hacer turismo a la ciudad de modo que todos regresaron sin noticias suyas. En octubre, después de unos meses de silencio, los Ward recibieron una tarjeta postal desde Praga, Checoslovaquia, en la que Charles les informaba de que se

---

[10] El macizo montañoso de Adirondack, situado en el nordeste del Estado de Nueva York, cerca de Vermont. *(N. del T.)*

hallaba en aquella ciudad con el propósito de visitar a un hombre muy anciano que, al parecer, era la última persona con vida que poseía ciertos datos muy curiosos sobre la Edad Media. Les dio una dirección en la Neustadt, sin anunciarles ningún otro traslado. Pero en el mes de enero siguiente, les envió varias postales desde Viena, contándoles que estaba de paso en esa ciudad camino de otro lugar más al este, sin mencionarlo, donde lo había invitado uno de sus corresponsales, dedicado como él al estudio del ocultismo.

La siguiente postal, que llegó desde Klausenburg, en Transilvania[11], les relató el viaje de Ward hacia su lugar de destino, donde se proponía visitar a un tal barón Ferenczy, cuyas fincas estaban en las montañas al este de Rakus, y debían escribirle a Rakus a la dirección de dicho noble. Una semana después llegó desde Rakus otra tarjeta diciendo que su anfitrión había enviado un coche a recogerle y que iba a dejar el pueblo para dirigirse a las montañas. Aquel fue su último mensaje durante una larga temporada. No respondió a las constantes cartas de sus padres hasta el mes de mayo, cuando escribió a su madre para disuadirla de su plan de reunirse con él en Londres, París o Roma en verano, momento en que los Ward tenían planeado viajar a Europa. Sus investigaciones, afirmó, le impedían abandonar su actual lugar de residencia, y el castillo del barón Ferenczy no era un sitio agradable para ir de visita. Se hallaba en lo alto de un risco entre montañas boscosas, en una región que los lugareños evitaban de tal modo que la gente normal no podía sino sentir cierta inquietud. Además, el barón no era persona que pudiera caer en gracia a unas personas correctas y conservadoras de Nueva Inglaterra. Su aspecto y sus modales tenían una peculiar idiosincrasia, y su edad era tan avanzada que casi resultaba inquietante. Sería mejor, escribió Charles, que sus padres aguardasen a su regreso a Providence, que ya no podía demorarse mucho.

El deseado regreso del hijo no aconteció hasta mayo de 1926, cuando tras enviar unas cuantas tarjetas en las que anunciaba su llegada, el joven arribó discretamente a Nueva York a bordo del *Homeric* y recorrió en autobús los largos kilómetros hasta Providence, deleitándose con las verdes y onduladas montañas, los huertos fragantes y en flor, y los pueblos blancos con sus campanarios y de la primavera

---

[11] Se refiere a la actual Cluj-Napoca, en Rumania, capital histórica de Transilvania. Klausenburg es el nombre en alemán. *(N. del T.)*

de Connecticut; era su primer contacto con la vieja Nueva Inglaterra después de casi cuatro años. Cuando el autobús cruzó el Pawcatuck y entró en Rhode Island entre la luz dorada de una tarde de finales de primavera se le aceleró el corazón, y la entrada en Providence por las avenidas Reservoir y Elmwood lo dejó sin aliento, a pesar de los insondables saberes prohibidos en que se había sumergido. En la plaza donde confluyen Broad Street, Weybosset Street y Empire Street, vio ante sí el atardecer con las hermosas casas que tan bien recordaba, las cúpulas y los pináculos de la antigua ciudad, y la cabeza le dio vueltas mientras el vehículo rodaba hasta la terminal situada detrás del Biltmore, mostrando a su paso la enorme cúpula y el verdor salpicado de tejados de la antigua colina al otro lado del río, y el alto campanario colonial de la Primera Iglesia Baptista teñida de rosa por la mágica luz y recortada sobre el verde primaveral del escarpado fondo.

¡La vieja Providence! Era aquel lugar y las misteriosas fuerzas de su larga y continuada historia lo que le habían dado su razón de ser y le habían empujado a buscar prodigios y secretos cuyos límites no podría fijar profeta alguno. Allí se hallaban los arcanos, temibles o maravillosos, para los que se había preparado durante tantos años de estudios y viajes. El taxi que tomó cruzó la plaza de Correos, desde donde vislumbró el río, pasó frente al antiguo edificio del mercado, en lo alto de la bahía, y subió por la empinada cuesta de Waterman Street en dirección a Prospect, donde la enorme y reluciente cúpula y las columnas jónicas iluminadas por el sol poniente de la Iglesia de la Ciencia Cristiana emitían sus reflejos hacia el norte. Pasadas ocho manzanas, las viejas y hermosas mansiones que conocía desde la infancia y las pintorescas aceras de ladrillo que tan a menudo había hollado en la juventud aparecieron ante él. Y, al fin, vio a la derecha la pequeña granja blanca y, a la izquierda, el porche estilo Adam y la elegante fachada de color rojizo de la gran casa de ladrillo donde había nacido. Estaba atardeciendo y Charles Dexter Ward había vuelto a su hogar.

5

Otros médicos, tal vez no tan académicos como el doctor Lyman, atribuyen a su viaje por Europa el inicio de la locura de Ward. Admiten que estaba cuerdo cuando partió, pero consideran que en su comportamiento a su regreso se denota una desdichada perturbación. Sin embargo, el doctor Willett se niega a verlo así. Insiste en que algo debió de suceder más tarde, atribuye las rarezas del joven en esa época por la práctica de los rituales que aprendió en el extranjero, extraños sin duda, pero que no implicaban un trastorno mental por su parte. Aunque estaba visiblemente envejecido y endurecido, por lo general Ward seguía teniendo reacciones normales y en varias conversaciones con Willett demostró un equilibrio mental que ningún loco —ni siquiera incipiente— habría podido fingir de forma continuada. Lo que indujo a pensar en algún tipo de trastorno durante esa época fueron los sonidos que se oían a todas horas en el laboratorio del desván, donde pasaba la mayor parte del tiempo. Eran cánticos, repeticiones y atronadoras declamaciones de ritmos extraños, y aunque fuese siempre la voz de Ward quien los pronunciara, había algo en la cualidad de dicha voz, y en los acentos de las fórmulas que repetía, que helaba la sangre de quienes las escuchaban. Nig, el venerable y amado gato negro de la casa, erizaba el pelo y arqueaba el espinazo al oír algunas de aquellas declamaciones.

Del laboratorio, en algunas ocasiones, emanaban unos olores que resultaban igual de peculiares. No siempre eran repugnantes: muy a menudo eran aromáticos y poseían una cualidad elusiva y cautivadora que parecían tener el poder de evocar imágenes quiméricas. Quienes los olían tendían a vislumbrar por un momento espejismos de vastos paisajes, con peculiares colinas o interminables avenidas de esfinges e hipogrifos que se extendían hasta el infinito. Ward no sólo no reanudó sus antiguos paseos, sino que se concentró en los extraños libros que había traído consigo y en las investigaciones no menos extrañas que llevaba a cabo en su cuarto; explicó que las fuentes consultadas en Europa habían aumentado mucho las posibilidades de éxito de su trabajo y prometió en los años venideros grandes revelaciones. Su aspecto envejecido aumentó de manera sorprendente su parecido con el retrato de Curwen que había en su biblioteca, y el doctor Willett a menudo se detenía a contemplarlo al finalizar sus visitas, maravillado por aquella asombrosa identidad y concluía que sólo el hoyuelo sobre el ojo derecho seguía distinguiendo al hechicero muerto hacía tanto tiempo del joven estudioso. Las visitas de Willett, hechas a petición de los Ward, eran raras. Aunque Ward nunca se negó a recibir al médico, este pronto percibió que no conseguía penetrar en su mente. Con frecuencia reparaba en la presencia de objetos curiosos: figuritas de cera de grotescas formas sobre las mesas o las estanterías, y restos medio borrados de círculos, triángulos o estrellas de cinco puntas trazados con tiza o carboncillo en el centro de la gran habitación. De noche siguieron oyéndose aquellos ritmos y encantamientos atronadores, hasta que fue muy difícil conservar a los sirvientes y acallar las conversaciones furtivas sobre la demencia de Charles.

En enero de 1927 sucedió algo peculiar. Una noche, a eso de las doce, mientras Charles entonaba un ritual cuya desagradable salmodia se oía por toda la casa, llegó de la bahía una súbita racha de aire helado que anticipó un leve temblor de tierra que se notó cn todo el vecindario. El gato dio extraordinarias muestras de espanto y todos los perros en un kilómetro a la redonda se pusieron a aullar. Fue el preludio a una repentina tormenta, anómala en esa época del año, que produjo tal estruendo que el señor y la señora Ward pensaron que había caído un rayo en la casa. Corrieron al piso de arriba para comprobar los daños, pero Charles les recibió a la puerta del desván; pálido, fatuo y decidido, con una combinación casi temible de triunfo y seriedad pintada en el semblante. Les aseguró que no había caído ningún rayo y que la tormenta cesaría enseguida. Se asomaron a la ventana y comprobaron que estaba en lo cierto, pues los relámpagos se fueron alejando y los árboles dejaron de cimbrearse bajo la extraña racha de viento llegada del mar. Poco a poco los truenos se convirtieron en una especie de murmullo lejano hasta apagarsc del todo. Asomaron las estrellas y la expresión en el rostro de Charles Ward cristalizó en una singular mueca de triunfo.

Después de este incidente, y durante algo más de dos meses, Ward dejó de encerrarse con tanta frecuencia en su laboratorio. De pronto, mostró un curioso interés por el tiempo e hizo extrañas preguntas sobre el inicio del deshielo en primavera. Una noche, a finales de marzo, salió de casa después de las doce y no regresó hasta poco antes del amanecer; su madre, que estaba despierta, oyó ronronear un motor junto a la entrada de carruajes. Se oyeron varios juramentos contenidos que llevaron a la señora Ward a levantarse y asomarse a la ventana. Pudo distinguir cuatro sombras que, bajo las indicaciones de

Charles, sacaban una caja larga y pesada de un camión. Oyó jadeos y pisadas en las escaleras y por fin un golpe sordo en el desván. Después, de nuevo, las pisadas bajando, los cuatro hombres reaparecieron en el exterior y se marcharon en su camión.

Al día siguiente, Charles no sólo se encerró de nuevo en el desván, sino que, incluso, bajó las persianas de las ventanas del laboratorio: al parecer estaba trabajando con algún metal. Se negó a abrir la puerta a nadie y rechazó obstinadamente toda la comida que le llevaron. A mediodía, se oyó un violento sonido seguido de un grito terrible y de una caída, pero cuando la señora Ward llamó a la puerta su hijo respondió con un hilo de voz que no había pasado nada. Explicó el espantoso e indescriptible hedor que brotaba del desván como un olor totalmente inocuo y, por desgracia, necesario. Lo esencial era que lo dejaran solo, después bajaría a cenar. Esa tarde, cuando cesaron los extraños silbidos que se oían tras la puerta cerrada, apareció por fin muy demacrado y prohibió que entraran en el laboratorio bajo ningún pretexto. De hecho, fue el inicio de un nuevo período de secretismo, pues no permitió que nadie visitara la misteriosa buhardilla, ni el almacén adyacente que él mismo había limpiado, amueblado con austeridad y añadido como dormitorio a sus dominios inviolables. Allí vivió con los libros que subió desde la biblioteca hasta el momento en que compró el bungaló de Pawtuxet y se trasladó allí con todo su instrumental científico.

Por la tarde, Charles se hizo con el periódico antes de que pudiera leerlo su familia y rompió una hoja, fingiendo que lo hacía por accidente. Luego el doctor Willett, tras averiguar la fecha por las indicaciones de los criados, leyó un ejemplar intacto en las oficinas del Journal y descubrió que en la parte destruida figuraba la siguiente noticia:

DESCONOCIDOS SORPRENDIDOS CAVANDO EN EL CEMENTERIO DE NORTH END

Robert Hart, el vigilante nocturno del cementerio de North End, sorprendió esta madrugada a un grupo de hombres con un camión en la parte más antigua del mismo, aunque, al parecer, salieron huyendo sin lograr lo que se hubieran propuesto.

El suceso tuvo lugar alrededor de las cuatro de la madrugada, cuando Hart oyó el ruido de un motor desde su caseta. Al salir a investigar vio un camión a varios metros del camino principal, pero el ruido de sus pasos en la grava delató su llegada. Los hombres metieron apresuradamente una caja muy grande en el camión y se alejaron antes de que pudiera alcanzarles. Dado que ninguna tumba ha sufrido daño alguno, Hart está convencido de que pretendían enterrar la caja en cuestión.

Los intrusos debían de llevar un buen rato cavando cuando los descubrió, pues Hart encontró una enorme fosa a considerable distancia de la carretera por la parte de Amasa Field, sector del que hace tiempo han desaparecido casi todas las lápidas. La fosa, grande y profunda como una tumba, estaba vacía y no coincidía con ninguna inhumación citada en los registros del cementerio.

Tras inspeccionar el lugar, el sargento Riley, del Segundo Distrito, declaró que, en su opinión, la fosa había sido cavada por contrabandistas, a modo de macabro e ingenioso escondrijo para el licor. Al ser interrogado, Hart afirmó que creía que el camión había huido por Rochambeau Avenue, aunque no estaba seguro.

En los días que siguieron, Ward no se dejó ver demasiado. Tras añadir el dormitorio a sus dominios del desván, se encerró allí, pidió que le dejaran la comida en la puerta, que sólo abría cuando el criado se había marchado. La salmodia de sus monótonas fórmulas y extraños cánticos se repetía de vez en cuando, mientras, a ratos, si se prestaba atención, se oía el tintinear del vidrio, el silbido de los productos químicos, el correr del agua o el zumbido de las llamas del mechero. Los olores que a veces emanaban por debajo de la puerta eran totalmente inclasificables y distintos de los que habían notado hasta entonces, y el aire de tensión que podía apreciarse en el joven recluso cada vez que se aventuraba a salir unos instantes bastaban para avivar todo tipo de vehemente especulación. En una ocasión hizo un apresurado viaje al Ateneo a buscar un libro que necesitaba, y en otra contrató a un mensajero para que le trajese un rarísimo volumen de Boston. La sensación reinante era de inquietud, y tanto la familia como el doctor Willett se confesaban perdidos respecto a qué hacer o pensar al respecto.

6

El 15 de abril se produjo otro hecho extraño. Aunque aparentemente todo pareció seguir igual, supuso un cambio cualitativo y el doctor Willett lo considera muy revelador. Aquel día era Viernes Santo, un detalle al que los criados concedieron mucha importancia, aunque los demás lo descartaran como una simple coincidencia. A última hora de la tarde el joven Ward empezó a repetir cierta fórmula en voz más alta de lo habitual, y al mismo tiempo quemó alguna sustancia de olor tan acre que impregnó toda la casa. La salmodia se oía con tanta claridad desde el rellano que la señora Ward no pudo sino memorizarla mientras esperaba y escuchaba angustiada, y más tarde la transcribió a instancias del doctor Willett. Los expertos han informado al doctor Willett que guarda un claro parecido con los escritos místicos de Eliphas Lévi, aquella alma misteriosa que se asomó por una rendija de la puerta prohibida y vislumbró la imagen terrible del vacío que había más allá. Dice así:

«Per Adonai Eloim, Adonai Jehova,
Adonai Sabaoth, Metraton On Agla Mathon,
verbum pythonicum, mysterium salamandrae,
conventus sylvorum, antra gnomorum,
daemonia Coeli God, Almonsin, Gibor, Jehosua,
Evam, Zariatnatmik, veni, veni, veni»[12].

Continuó de este modo durante más de dos horas, sin un cambio ni interrupción, hasta que los perros del vecindario comenzaron a aullar de un modo helador. Tal fue la magnitud de aquel pandemonio de aullidos que hasta los periódicos del día siguiente le dedicaron un espacio, aunque, en casa de los Ward, el olor que pronto se extendió hizo que los aullidos pasaran a un segundo plano. Era un hedor espan-

---

[12] Conjuro que mezcla el hebreo de la cábala y el latín «Por mi Señor que es Dios, por mi Señor que vive, por mi Señor de los ejércitos, por Metatron [uno de los arcángeles], por On [un ángel], por AGLA [acrónimo cabalístico, o notarikon, de «Atah Gibor Le-olam Adonai»: «Tú, Oh Dios, eres Todopoderoso para siempre»], por Mathom [otro nombre de ángel], por la palabra del adivino, por el misterio de la salamandra, por la asamblea de las sílfides, por la gruta de los gnomos, por los demonios del Cielo de God, por Almonsin, por Gibor [ambos nombres para Dios], por Jehosua [Jesús], por Evan [nombre del dios Baco, tomado del grito de sus acólitas, las bacantes, ¡Evan, Evan!], por Zariatnatmik [otro nombre de Dios], ¡venid, venid, venid!». Cabe destacar que Lovecraft tomó la fórmula literalmente de Eliphas Levi, quien comete un error al escribir el nombre del arcángel, que Lovecraft repite: es «Metatrón», no «Metratón». *(N. del T.)*

toso que lo impregnó todo y que ninguno de ellos había olido antes ni ha vuelto a oler jamás. En mitad de aquella emanación mefítica se produjo un resplandor como el de un rayo, que habría sido cegador e impresionante de no ser por la luz del día, y se oyó una voz que nadie de los que la escucharon podrá olvidar nunca, debido a su atronadora lejanía, su increíble profundidad y su sobrenatural diferencia con la de Charles Ward. La voz hizo que toda la casa retumbara y, a pesar de los aullidos de los perros, pudieron oírla con claridad al menos dos de los vecinos. La señora Ward, que había estado escuchando desesperada tras la puerta del laboratorio de su hijo, se estremeció al reconocer en ella un carácter infernal, pues Charles le había hablado de su fama funesta en los libros oscuros y del modo en que, según las cartas de Fenner, se había oído atronadora sobre la granja maldita de Pawtuxet la noche de la aniquilación de Joseph Curwen. Era imposible confundir esa frase de pesadilla, ya que Charles la había descrito con gran viveza en los tiempos en que hablaba con franqueza de sus pesquisas acerca de Curwen. Y, sin embargo, fue sólo este fragmento en un lenguaje arcaico y olvidado: «DIES MIES JESCHET BOENE DOESEF DOUVEMA ENITEMAUS».

Justo después de la atronadora voz, el día se hizo noche por unos instantes, pese a que faltaba más de una hora para el crepúsculo, y a continuación sobrevino otro hedor diferente al primero, aunque igualmente insoportable e ignoto. Charles reanudó sus salmos de los que su madre sólo logró distinguir sílabas sueltas que sonaban como «Yinash-Yog-Sothoth-he-lgeb-fi-throdag» y terminaban con un «¡Yah!» cuya fuerza maníaca aumentaba en un crescendo capaz de reventarle los tímpanos a cualquiera. Un segundo después, cualquier recuerdo anterior quedó borrado por el quejoso chillido que estalló frenético y se transformó gradualmente en un paroxismo de risas histéricas y diabólicas. La señora Ward, con una mezcla de temor y el valor ciego característico de una madre, se adelantó y, asustada, dio unos golpes en los paneles, pero no obtuvo respuesta. Volvió a golpear, pero se interrumpió desfallecida al oír un segundo chillido en el que reconoció de forma inconfundible la voz de su hijo, que coincidió con las aún atronadoras carcajadas de la otra voz. En ese instante se desmayó, aunque sigue sin poder recordar cuál fue la causa exacta e inmediata. La memoria a veces sufre olvidos piadosos.

El señor Ward regresó de su negocio a las seis y cuarto. Al no encontrar abajo a su mujer, los criados le dijeron asustados que probablemente estuviese vigilando la puerta del cuarto de Charles, de donde habían salido unas voces más raras que nunca. Subió a toda prisa y encontró a la señora Ward tendida en el pasillo; al reparar en que se había desmayado corrió a llenar un vaso de agua de una jarra que había en un rincón. Salpicó su rostro con el líquido frío y se reconfortó al observar una inmediata respuesta por su parte; justo en el instante en que ella abrió los ojos aturdida, le recorrió un escalofrío que casi lo reduce al mismo estado del que estaba saliendo su mujer. El laboratorio no estaba en silencio como parecía, sino que se oían los murmullos de una tensa y callada conversación en un tono tan bajo que apenas resultaba comprensible, y de una naturaleza profundamente perturbadora para el alma.

No era la primera vez que Charles pronunciaba fórmulas, pero esos susurros eran totalmente distintos, porque se trataba de un diálogo, o de un remedo de un diálogo, con las alteraciones e inflexiones propias de una serie de preguntas y respuestas. Sin duda, la primera voz era la de Charles, pero la otra era tan hueca y profunda que no se podía atribuir a las dotes de imitación ceremonial del joven. Había en ella algo odioso, blasfemo y anormal, y de no ser por el grito que soltó su mujer al recuperarse, que despejó su mente y su instinto de protección, es probable que Theodore Howland Ward no hubiese podido alardear más de no haberse desmayado nunca. El caso es que cogió a su mujer en brazos y la llevó abajo antes de que pudiera escuchar las voces que le habían turbado de manera tan horrible. No obstante, no fue lo bastante rápido y oyó algo que le hizo tambalearse peligrosamente por las escaleras. Era evidente que no había sido el único en oír el grito de la señora Ward; desde detrás de la puerta cerrada les llegaron las primeras palabras comprensibles de aquel coloquio susurrado y terrible. Fue sólo una tensa advertencia, pronunciada por la voz de Charles, pero por alguna razón sus implicaciones causaron un terror indecible a su padre. La frase fue sólo: «¡Chist...! ¡Escriba!».

Después de la cena, el señor y la señora Ward acordaron que el padre tendría una firme y seria conversación con Charles esa misma noche. Por muy importante que fuese su propósito, no se podía seguir tolerando aquel comportamiento; los últimos acontecimientos habían superado los límites de la cordura y constituían una amenaza para el orden y el equilibrio mental de toda la casa. El joven debía de haber perdido el juicio, pues sólo la locura podría empujar a alguien a dar gritos e imitar conversaciones con voces fingidas. Tenían que poner fin a aquello o la señora Ward caería enferma y resultaría imposible conservar a los criados.

Terminada la cena, el señor Ward se levantó y subió a ver a Charles. Al llegar al tercer piso, le pareció oír ruidos procedentes de la antigua biblioteca de su hijo y se detuvo. Alguien estaba tirando los libros y revolviendo papeles con gran agitación. Al cruzar el umbral el señor Ward encontró al joven, cargado con un montón de volúmenes de todas las formas y tamaños. Charles estaba pálido y demacrado. Al oír la voz de su padre se sobresaltó, soltando todo lo que llevaba encima. Se sentó, obedeciendo las órdenes de su progenitor, y oyó sus merecidos reproches. No montó ninguna escena. Al final de la reprimenda admitió que su padre tenía razón y que los ruidos, murmullos, encantamientos y olores químicos suponían una molestia inexcusable. Se comprometió a actuar con mayor discreción en el futuro, pero insistió en prolongar su extremo aislamiento. Al fin y al cabo, la parte del trabajo que le quedaba por hacer consistía en su mayoría en la consulta de libros, así que buscaría algún alojamiento en otro lugar por si, más adelante, debía hacer algún ritual. Expresó su más sincera contrición por haber asustado tanto a su madre, se lamentó de su desmayo y explicó que la conversación que habían oído era parte de un elaborado simbolismo pensado para crear determinado ambiente espiritual. Utilizó abstrusos tecnicismos químicos que dejaron perplejo al señor Ward, a quien, al despedirse de su hijo, le quedó de él una impresión clara de indiscutible cordura y equilibrio, a pesar de la tensión solemne con la que se comportaba. La conversación no fue en realidad muy concluyente, y cuando Charles recogió sus libros del suelo y salió de su cuarto, el señor Ward seguía sin saber a qué atenerse. Le pareció todo tan misterioso como la muerte del pobre Nig, al que habían encontrado tieso, con los ojos muy abiertos y la boca contraída por una mueca de terror, una hora antes en el sótano.

Movido por un vago impulso detectivesco, el padre miró con curiosidad los estantes vacíos para ver qué se había llevado su hijo al desván. La biblioteca del joven estaba clasificada de modo muy estricto y sencillo, de manera que cualquiera podía ver de un sólo vistazo qué libros, o al menos sobre qué materias, se había llevado consigo. El señor Ward se quedó sorprendido al ver que no faltaba ningún volumen de arqueología u ocultismo, aparte de los que había subido previamente. En esta ocasión se trataba de asuntos modernos: libros de historia, tratados científicos y de geografía, manuales de literatura, obras filosóficas y algunos periódicos y revistas modernas. Aquel cambio tan curioso de lecturas de Charles Ward sumió al padre en un abrumador torbellino de perplejidad y en una creciente extrañeza, tan agobiante que casi le oprimía el pecho mientras se esforzaba en entender qué era lo que no encajaba. Porque había algo que no acababa de encajar, y no sólo desde el punto de vista espiritual. Desde el momento cn que hizo su entrada en la biblioteca había notado algo extraño de lo que, finalmente, se percató.

En la pared norte, se alzaba aún la antigua repisa tallada de la casa de Olney Court, pero el enorme retrato de Curwen, tan agrietado y solo precariamente restaurado, había sufrido un gran destrozo. El tiempo y el calor excesivo habían hecho su trabajo. En algún momento después de la última limpieza de la habitación, había ocurrido lo peor: se había despegado de la madera, cada vez más abarquillada, y deshecho en pedazos con una súbita y maligna rapidez. El retrato de Joseph Curwen ya no vigilaba al joven con quien guardaba tan gran parecido y yacía esparcido por el suelo en forma de una fina capa de polvo gris azulado.

CAPÍTULO IV

Una mutación y una locura

1

A partir de la semana siguiente a aquel inolvidable Viernes Santo, Charles Ward se dejó ver más de lo habitual, aunque seguía trasladando libros de la biblioteca al laboratorio del desván. Su comportamiento parecía racional y tranquilo, pero tenía un no sé qué furtivo y huidizo que a su madre no terminaba de agradar. Además, a juzgar por los encargos que hacía a la cocina, se le había despertado un apetito voraz. El doctor Willett fue convenientemente informado de los acontecimientos del viernes, y al martes siguiente tuvo una larga conversación con el joven en la biblioteca, donde el retrato había dejado de observarles. La charla, como era habitual, no le sirvió para llegar a ninguna conclusión clara, pero Willett sigue dispuesto a jurar que el joven estaba cuerdo y era dueño de sus actos. Insistía en sus promesas de una revelación próxima y comentó la necesidad de instalar su laboratorio en alguna otra parte. No pareció lamentar mucho la pérdida del retrato, teniendo en cuenta su primer entusiasmo, y en cambio daba la impresión de que le hacía gracia que se hubiera deshecho tan rápidamente.

Un par de semanas después, Charles comenzó a ausentarse de casa durante largos períodos y un día en que Hannah, la vieja criada negra, fue a ayudar con la limpieza general de primavera, refirió sus frecuentes visitas a la vieja casona de Olney Court, adonde llegaba con una enorme maleta y en cuyo sótano llevaba a cabo extrañas búsquedas. Siempre era generoso con ella y con el viejo Asa, pero se le veía más preocupado que de costumbre, lo que ella lamentaba enormemente ya que lo había visto crecer desde que era un bebé. De Pawtuxet les llegó otra información sobre sus andanzas, donde unos amigos de la familia lo vieron a lo lejos en varias ocasiones. Al parecer frecuentaba la playa y el embarcadero de Rhodes-on-the-Pawtuxet, según había podido averiguar el doctor Willett con sus pesquisas, en busca de un acceso entre los setos de la orilla del río, por la luego se alejaba en dirección norte para no regresar hasta mucho más tarde.

Cuando el mes de mayo se hallaba avanzado, los ruidosos rituales se repitieron brevemente en el laboratorio del desván, lo que provocó otro severo reproche del señor Ward y otra distraída promesa de enmienda por parte de Charles. Ocurrió por la mañana y fue como si se reanudara la conversación imaginaria del pasado y turbulento Viernes Santo. Se oyó al joven discutiendo de forma acalorada consigo mismo y, de pronto, una serie de gritos en tono muy claro a modo de exigencias y negativas que hicieron que la señora Ward corriera a escuchar detrás de la puerta. No comprendió más que una frase: «Necesitará sangre durante tres meses», pero en cuanto llamó a la puerta, los ruidos cesaron de inmediato. Cuando, más tarde, su padre le preguntó por lo que estaba haciendo, Charles respondió que había ciertos conflictos de esferas de conciencia que sólo podían evitarse con suma habilidad, pero que intentaría transferirlos a otras regiones.

A mediados de junio sucedió otro incidente nocturno llamativo. A primera hora de la tarde se habían oído ruidos y golpes en el laboratorio. El señor Ward ya estaba dispuesto a subir para averiguar qué es lo que estaba ocurriendo cuando cesaron de repente. Esa medianoche, cuando la familia se acababa de ir a acostar, el mayordomo estaba cerrando con llave la puerta principal cuando, según sus palabras, Charles apareció tambaleándose al pie de las escaleras con una enorme maleta y le indicó por gestos que le abriera. El joven no dijo una sola palabra, pero el honrado inglés, procedente de Yorkshire, vio sus ojos inyectados en fiebre y, sin saber por qué, se puso a temblar. Abrió la puerta para que el joven se fuera y, a la mañana siguiente, presentó su renuncia a la señora Ward. Según dijo, había algo impío en el modo en que Charles le había mirado. No era propio de un joven caballero mirar así a una persona honrada y no estaba dispuesto a quedarse ni una sola noche más. La señora Ward le dejó marchar, aunque no concedió demasiada credibilidad a sus palabras. Imaginar a Charles desquiciado esa noche le resultaba absurdo, pues mientras estuvo despierta había oído ruidos apagados en el laboratorio, sollozos, pasos y un suspiro que revelaba una profunda desesperación. La señora Ward se había acostumbrado a escuchar por las noches, pues el misterio de su hijo había acabado por apartar cualquier otra cosa de su mente.

Al día siguiente, por la tarde, igual que había hecho tres meses antes, Charles Ward cogió el periódico y estropeó «por accidente» las páginas centrales. El incidente no tuvo mayor importancia hasta que el doctor Willett empezó a atar cabos sueltos y a averiguar detalles aquí y allá. En las oficinas del Journal encontró las páginas que había echado a perder Charles, y señaló dos noticias de posible interés. Decían lo siguiente:

OTRA INTRUSIÓN EN EL CEMENTERIO DE NORTH END

Robert Hart, el vigilante nocturno del cementerio de North End, descubrió esta mañana que los malos espíritus han vuelto a actuar en la parte antigua del camposanto. La tumba de Ezra Weeden, nacido en 1740 y fallecido en 1824, según la inscripción de la lápida, que fue violentamente arrancada y hecha pedazos, apareció profanada y saqueada, probablemente con una pala sacada de un cobertizo cercano.

El contenido de la sepultura, un siglo después de la inhumación, ha desaparecido por completo, fuese lo que fuese, y sólo han quedado unas cuantas astillas de madera podrida. No había huellas de ruedas, pero la policía ha encontrado unas pisadas cerca del lugar que parecen corresponder a los zapatos de un hombre elegante.

Hart se inclina a relacionar el incidente con la fosa descubierta el pasado mes de marzo, cuando un grupo de hombres emprendió la huida en un camión tras cavar un profundo hoyo; pero el sargento Riley del Segundo Distrito descarta esa teoría y señala evidentes diferencias entre los dos casos. En marzo, la excavación se produjo en un lugar donde no había tumba alguna, mientras que en esta ocasión han profanado premeditadamente una sepultura bien señalada y cuidada, y además hay indicios de ensañamiento tal como demuestra el hecho de que hayan roto la lápida, intacta el día anterior.

Los miembros de la familia Weeden han expresado su pesar y sorpresa al serles notificado el suceso, pero no han podido aportar datos sobre ningún enemigo que pudiese tener interés en profanar la tumba de su antepasado. Hazard Weeden, del 598 de Angell Street, recuerda una leyenda familiar según la cual Ezra Weeden estuvo implicado en un extraño suceso, de ningún modo deshonroso para él, unos años antes de la Revolución, pero ignora por completo la existencia de cualquier rencilla actual. El inspector Cunningham se ha hecho cargo del caso y espera encontrar alguna pista en los próximos días.

SERENATA CANINA EN PAWTUXET

Los residentes de Pawtuxet despertaron hoy hacia las tres de la madrugada a causa del colosal alboroto que han organizado los aullidos de unos perros, al parecer procedentes del río, justo al norte de Rhodes-on-the-Pawtuxet. El volumen y la potencia de dichos aullidos eran totalmente inusitados según quienes los oyeron, y Fred Lemdin, vigilante nocturno en Rhodes, declara que parecían estar mezclados con los gritos de un hombre dominado por el terror o una mortal agonía. Una brusca y breve tormenta que se desató en la orilla puso fin a ese alboroto. Varios olores extraños y desagradables, probablemente procedentes de los depósitos de petróleo de la bahía, se han relacionado con el caso y se cree que tal vez contribuyesen a alterar a los perros.

El carácter de Charles se había vuelto más huraño y esquivo, a juzgar por todo, parecía como si quisiera confesar o declarar algo y un terror insuperable se lo impidiera. Su madre lo empezó a someter a una vigilancia enfermiza que desveló sus frecuentes salidas nocturnas, al amparo de la oscuridad, hasta el extremo de que la mayoría de los médicos académicos lo señalan ahora a él por los repugnantes casos de vampirismo que, con tanto sensacionalismo, había estado publicando la prensa y cuya autoría no se había podido establecer de manera concluyente. Dichos casos, ya famosos y de sobra conocidos como para que valga la pena entrar en detalles, afectaron a personas de toda edad y condición y parecieron concentrarse en torno a dos localidades distintas: el área residencial de North End, cerca de la casa de los Ward, y los barrios de las afueras al otro lado del ferrocarril de Cranston, cerca de Pawtuxet. Las víctimas fueron transeúntes y gente que dormía con la ventana abierta, y quienes vivieron para contarlo coinciden en hablar de un monstruo ágil y delgado de ojos enrojecidos que clavaba los dientes en el cuello o en la parte superior del brazo y saciaba su sed con voracidad.

El doctor Willett, que se niega a datar la locura de Charles Ward en esas fechas, muestra precauciones a la hora de explicar esos horrores. Asegura que tiene su propia teoría y limita sus afirmaciones a una negación concreta: «No entraré en quién o qué perpetró en mi opinión esos ataques y asesinatos, pero sí diré que Charles Ward es inocente. Tengo razones para creer que desconocía el sabor de la sangre, como prueban, mejor que ningún otro argumento, su progresiva anemia y su cada vez más acusada palidez. Ward se involucró en cosas terribles y lo pagó caro, pero nunca fue un monstruo ni un malvado. Hoy no quiero pensar más en ello. Me contento con creer que sobrevino un cambio y que el antiguo Charles Ward murió con él. O al menos lo hizo su alma, porque esa carne demente que desapareció del hospital de Waite tenía otra».

Willett habla con la autoridad que le otorga el hecho de que acudió a menudo a casa de los Ward para tratar a la madre de Charles, cuyos nervios habían empezado a fallar a causa de la tensión. Sus desvelos nocturnos le habían producido alucinaciones enfermizas que confió dubitativa al médico y a las que él procuró quitar importancia durante sus conversaciones, por más que a solas le dieran mucho en que pensar. Las alucinaciones siempre tenían que ver con los sonidos amortiguados que le parecía oír en el laboratorio del desván y en el dormitorio, e insistía en que se trataba de suspiros y sollozos a las horas más descabelladas. A primeros de julio el doctor Willett envió a la señora Ward a pasar una temporada a Atlantic City para recuperarse y aconsejó al señor Ward y al desmejorado y huidizo Charles que sólo le escribieran cartas alegres. Es probable que deba la vida y la cordura a este retiro impuesto, aunque ella solo lo aceptó a regañadientes.

2

Poco después de la partida de su madre, Charles Ward comenzó las negociaciones para adquirir el bungaló de Pawtuxet. Era un edificio raquítico de madera, con un garaje de cemento, encaramado en lo alto de la poco poblada orilla del río más allá de Rhodes, pero por alguna extraña razón el joven no quería ningún otro. Hostigó a los agentes inmobiliarios hasta que uno de ellos logró convencer al reticente propietario para que lo vendiera por un precio desorbitado. En cuanto estuvo vacío, tomó posesión de él en plena noche y transportó en una furgoneta cerrada todo el contenido de su laboratorio, incluidos los libros sobre asuntos modernos y extraños que había cogido de la biblioteca. Hizo que cargaran la furgoneta de madrugada una noche de la que su padre sólo recuerda haber oído medio en sueños pisadas y juramentos. Después, Charles volvió a mudarse a sus antiguas habitaciones del tercer piso y nunca volvió a subir al desván.

Charles trasladó al bungaló de Pawtuxet todo el secretismo que había rodeado sus dominios del desván, aunque ahora pareció compartir sus misterios con otras dos personas: un mestizo portugués de aspecto patibulario procedente de los muelles de South Main Street, que le hacía las veces de criado, y un desconocido delgado con gafas oscuras y barba de varios días, tan espesa que parecía teñida, cuyo aspecto erudito daba a entender que se trataba de un colega. Los vecinos intentaron en vano conversar con dichas personas, pero el mulato

Gomes apenas hablaba inglés y el hombre de la barba, que se hacía llamar doctor Allen, parecía seguir su ejemplo. Ward se esforzó en ser más amable con ellos, pero sólo logró despertar la curiosidad de todos con su palabrería acerca de sus experimentos químicos. Pronto empezaron a circular rumores acerca de luces extrañas que no se apagaban en toda la noche, y poco después, cuando dejaron de verse las luces, sobre las aún más extrañas desproporcionadas cantidades de carne que enviaba el carnicero y sobre los gritos, declamaciones, cantos rítmicos y chillidos que parecían llegar de algún profundo sótano situado debajo del cobertizo. Los honrados burgueses de la zona acogieron con evidente disgusto a sus nuevos vecinos, y no es raro que hubiese quien relacionara aquel lugar odioso con la epidemia de ataques vampíricos y asesinatos, sobre todo desde que el radio de aquella epidemia pareció reducirse por entero a Pawtuxet y las calles cercanas a Edgewood.

Aunque Ward pasaba casi todo el tiempo en el bungaló, de vez en cuando dormía en casa y aún se le consideraba residente de la casa paterna. En dos ocasiones se ausentó de la ciudad durante más de una semana, pero se desconoce su destino. Parecía estar cada vez más pálido y demacrado, y ya no repetía con tanta seguridad al doctor Willett la gastada historia sobre sus investigaciones vitales y revelaciones futuras. Willett le abordaba a menudo en casa de su padre, pues el señor Ward estaba muy preocupado y confundido, y quería tener vigilado a su hijo dentro de lo posible, considerando que, al fin y al cabo, era un adulto reservado e independiente. El médico insiste en que, incluso en esos días, el joven seguía en sus cabales y alega muchas conversaciones para demostrar su teoría.

En septiembre se redujeron los casos de vampirismo, pero el enero siguiente Ward casi se vio envuelto en un asunto muy grave. Hacía tiempo que la gente comentaba las idas y venidas nocturnas de camiones al bungaló de Pawtuxet, cuando un incidente imprevisto desveló la naturaleza de al menos una parte de su cargamento. Cerca de Hope Valley, varios asaltantes tendieron una emboscada a uno de los camiones en busca de licor, aunque se llevaron un buen susto, pues las cajas alargadas que robaron resultaron contener algo espantoso, tanto que no pudieron evitar que el rumor se extendiera por los bajos fondos. A pesar de que los ladrones se apresuraron a enterrar aquello que habían descubierto, cuando el asunto llegó a oídos de la policía del Estado se desencadenó una meticulosa investigación. Un vagabundo detenido hacía poco tiempo accedió, a condición de que no presentaran otros cargos contra él, a mostrarles el lugar; y en aquel improvisado escondrijo hallaron algo repulsivo y vergonzoso. No pareció conveniente, por respeto al decoro nacional —e incluso internacional—, que lo descubierto por los horrorizados policías llegase a saberse. No había duda posible, ni siquiera para aquellos agentes iletrados, y se enviaron febriles y apresurados telegramas a Washington.

Las cajas iban dirigidas a Charles Ward, a su bungaló de Pawtuxet, y los agentes estatales y federales no tardaron en hacerle una visita. Lo encontraron pálido y preocupado en compañía de sus dos extraños ayudantes, pero les ofreció una explicación que les pareció plausible y que conformaba una prueba válida de su inocencia: necesitaba ciertos especímenes anatómicos como parte de un programa de investigación de cuya profundidad y relevancia podría dar fe cualquiera que lo hubiera conocido el último decenio, y los había encargado a sociedades que le habían parecido completamente legítimas. Nada sabía sobre la identidad de los especímenes y pareció asustarse mucho cuando los inspectores insinuaron el monstruoso efecto que podría tener aquello sobre la opinión pública y la dignidad nacional si llegara a saberse. Su barbado colega, el doctor Allen, apoyó firmemente su declaración, con aquella extraña voz hueca que expresaba aún más convencimiento que las nerviosas explicaciones de Ward, de manera que al final los agentes no tomaron medida alguna, aunque anotaron cuidadosamente las señas y el nombre de la empresa neoyorquina que Ward les proporcionó para iniciar una investigación que acabó quedando en nada. Conviene añadir que los especímenes fueron discretamente devueltos a su lugar de origen, sin que el público llegara a tener noticia jamás de tan blasfemo asunto.

El 9 de febrero de 1928, el doctor Willett recibió una carta de Charles Ward que, en su opinión, tiene una importancia crucial y sobre la que ha discutido a menudo con el doctor Lyman. Lyman cree que dicha epístola contiene ya pruebas evidentes de un avanzado caso de demencia precoz, mientras que Willett la considera la última expresión de cordura del desdichado joven. Subraya el carácter totalmente normal de su caligrafía, que, aunque muestra indicios de unos nervios destrozados, sigue siendo la de Ward. El texto completo dice lo siguiente:

100 de Prospect Street
Providence, R. I.[13]
8 de febrero de 1928

Estimado doctor Willett:

Entiendo que por fin ha llegado el momento de hacer las revelaciones que le prometí hace largo tiempo y que tantas veces me ha pedido. Nunca le agradeceré lo bastante la paciencia que ha demostrado conmigo y su confianza en mi cordura e integridad.

Ahora que me dispongo a hablar, debo admitir con humildad que jamás alcanzaré el triunfo con el que había soñado. En lugar de eso he descubierto el terror, y mi carta lejos de ser un alarde victorioso, es una súplica de ayuda y consejo para salvarme a mí y al mundo de un horror que supera cualquier otro que cualquiera pueda imaginar o calcular. Recordará lo que decían las cartas de Fenner sobre el asalto a la vieja granja de Pawtuxet. Es necesario repetirlo, y cuanto antes. De nosotros depende, más de lo que puede expresarse con palabras, el mantenimiento de la civilización, la ley natural y puede que, incluso, el destino del sistema solar y del universo. Aunque lo he hecho en nombre del progreso del conocimiento, he sacado a la luz una anormalidad monstruosa. Ahora debe usted ayudarme a devolverla a las tinieblas en nombre de la vida y la naturaleza.

He dejado la casa de Pawtuxet para siempre. Debemos eliminar todo lo que alberga, esté vivo o muerto. Si oye decir que sigo allí, no lo crea. Le explicaré por qué digo todo esto cuando nos veamos. He regresado definitivamente a casa y espero que pueda pasar a visitarme en cuanto disponga de cinco o seis horas libres para oír todo lo que tengo que contarle. Necesitaré todo ese tiempo, y créame si le digo que nunca ha tenido usted un deber profesional más acuciante. Mi vida y mi razón no son lo más importante que hay en juego.

---

[13] R.I. son las siglas del Estado de Rhode Island. *(N. del T.)*

No me atrevo a contárselo a mi padre porque no podría entenderlo. Pero le he hablado del peligro que corro y ha contratado a cuatro hombres en una agencia de detectives para que vigilen la casa. No sé si servirán de mucho, pues se enfrentan a fuerzas que ni siquiera usted puede concebir, por lo que, si quiere verme aún con vida y saber cómo puede salvar al cosmos del infierno, venga sin tardanza.

Cualquier hora es buena, no saldré de casa. No telefonee usted porque es imposible saber qué o quién podría intentar salirle al paso. Y recemos a los dioses, si es que los hay, para que nada impida su visita.

Con la mayor seriedad y desesperación,

Charles Dexter Ward

P. D.: Si se encuentra con el doctor Allen mátelo y *disuelva su cuerpo en ácido. No lo queme.*

El doctor Willett recibió esta nota a las diez y media de la mañana y lo dispuso todo para dedicar la tarde y la mayor parte de la noche, si fuera necesario, a aquella conversación tan trascendental. Su idea era presentarse a eso de las cuatro y hasta esa hora se sumió en todo tipo de especulaciones descabelladas de forma que atendió a sus obligaciones maquinalmente. Por desquiciada que pudiera parecer la carta, Willett conocía demasiado bien las rarezas de Charles Ward como para clasificarla de mero delirio. Estaba convencido de que había algo muy delicado, antiguo y horrible detrás de todo aquello, y casi comprendía lo que decía del doctor Allen, en vista de lo que se rumoreaba en Pawtuxet sobre el enigmático colega de Ward. Willett no lo había visto nunca, pero había oído hablar tanto de su aspecto y su comportamiento que no podía sino preguntarse cómo serían esos ojos que se ocultaban tras las famosas gafas oscuras.

Eran las cuatro en punto cuando el doctor Willett se presentó en casa de los Ward, pero descubrió contrariado que Charles no había respetado su promesa de no salir. Los vigilantes, que seguían allí, le dijeron que el joven parecía haber perdido en parte su temor. Uno de los detectives afirmó que había pasado la mañana hablando y discutiendo muy asustado por teléfono, respondiendo a una voz desconocida con frases como: «Estoy muy fatigado y necesito descansar»,

«No puedo recibir a nadie por un tiempo, tendrá que disculparme», «Por favor, posponga cualquier acción decisiva hasta que podamos llegar a un acuerdo» o «Lo siento mucho, pero ahora necesito descansar; luego hablaré con usted». Después, haciendo acopio de valor, se había escabullido tan discretamente de la casa que nadie lo había visto salir, ni se habían enterado de que se había ido hasta que regresó a la una en punto sin decir palabra. A continuación, subió al piso de arriba, donde debieron de acometerlo de nuevo sus temores, pues al entrar en la biblioteca le oyeron gritar aterrorizado, aunque sus gritos se acallaron hasta convertirse en una especie de jadeo ahogado. No obstante, cuando el mayordomo subió a ver lo que ocurría, salió a la puerta con mucha determinación a decirle con gestos que se fuese, lo que aterrorizó al hombre de un modo inexplicable. Después, los innumerables golpes y crujidos que se oyeron hicieron evidente que se había dedicado a reorganizar los estantes, tras lo que reapareció para volver a marcharse enseguida. Willett preguntó si había dejado algún recado, pero le dijeron que no. El mayordomo parecía extrañamente turbado por el aspecto y el comportamiento de Charles, y preguntó solícito si había esperanza de cura para sus nervios alterados.

En vano espero el doctor durante dos horas en la biblioteca de Charles, mirando con una sonrisa lúgubre los estantes polvorientos, con los huecos dejados por los libros que el joven se había llevado y el panel vacío sobre la chimenea, donde, hace un año, los rasgos melifluos del cuadro de Joseph Curwen miraban con gesto inexpresivo. Luego empezó a oscurecer y la exultación del crepúsculo fue seguida por el terror vago y creciente que precedía a la noche como una sombra. Cuando el señor Ward llegó por fin, se llevó una grata sorpresa, pero también un gran disgusto ante la ausencia de su hijo, después de todas las molestias que se había tomado para tenerlo bajo vigilancia. No sabía nada de la cita de Charles y prometió avisar a Willett en cuanto regresara el joven. Al despedirse del médico expresó su total perplejidad ante el estado de su hijo y le insistió en que hiciese todo lo posible por devolverlo a la normalidad. Willett se alegró de escapar de aquella biblioteca, pues parecía poseída por algo inmoral y espantoso, como si el desaparecido retrato hubiese dejado tras de sí un legado de maldad. Nunca le había gustado aquel retrato. Incluso ese día, pese a ser hombre de nervios templados, tuvo la impresión de que en el panel vacío acechaba algo que le apremiaba a salir cuanto antes al aire libre.

3

A la mañana siguiente, Ward padre mandó un mensaje a Willett informándole de que Charles seguía sin aparecer. El señor Ward añadió que le había telefoneado el doctor Allen para avisarle de que Charles se quedaría un tiempo en Pawtuxet y que no quería que lo molestaran. Era imprescindible que así fuera porque él tenía que ausentarse durante un tiempo y debía dejar todas las investigaciones bajo la supervisión constante de Charles. Charles le enviaba recuerdos y lamentaba las molestias que pudiera causarle aquel brusco cambio de planes. Gracias a aquel recado, el señor Ward había oído por primera vez la voz del doctor Allen, lo que despertó en él un vago y esquivo recuerdo que no logró identificar, aunque le resultaba sumamente inquietante.

Enfrentado a informaciones tan contradictorias y desconcertantes, el doctor Willett no supo qué hacer. La gravedad frenética de la nota de Charles era indiscutible, pero ¿qué pensar del modo en que había faltado enseguida a su promesa? El joven Ward había escrito que sus investigaciones se habían vuelto blasfemas y amenazadoras, que debían ser destruidas junto con su colega a cualquier precio, y que jamás volvería a aquel lugar; sin embargo, de acuerdo con las últimas novedades, se había olvidado de todo aquello para volver a sumirse en el misterio. El sentido común le aconsejaba dejar al joven con sus rarezas, pero un instinto más profundo impidió que olvidara la impresión causada por la carta. Willett volvió a leerla, y no consiguió que le sonara tan vacía ni desquiciada como daban a entender su exagerada grandilocuencia y su falta de concreción. El terror que le inspiraba era demasiado profundo y real, y sumado a lo que ya sabía, sugería monstruosidades más allá del tiempo y el espacio de un modo demasiado vívido como para dejar espacio a una explicación cínica. Ahí fuera había horrores desconocidos y, por muy inalcanzables que pareciesen, debía estar preparado para pasar a la acción en cualquier momento.

Durante más de una semana el doctor Willett sopesó el dilema que se había presentado ante él, y cada vez se mostró más inclinado por hacer una visita a Charles en el bungaló de Pawtuxet. Ningún amigo del joven se había aventurado jamás a presentarse en aquel lugar prohibido, e incluso su padre conocía su interior sólo por las descripciones que él le había dado, pero Willett estaba convencido de que era necesario mantener una conversación en persona con su paciente. El señor Ward había ido recibiendo breves notas evasivas mecanografiadas, y afirmaba que su mujer apenas había tenido noticias de él en su retiro de Atlantic City. Así que, al final, el médico se decidió a actuar, y a pesar de la extraña sensación que le inspiraban las antiguas leyendas sobre Joseph Curwen, y las más recientes revelaciones y advertencias de Charles Ward, se dirigió valientemente al bungaló del acantilado sobre el río.

Willett había estado antes allí por pura curiosidad, aunque por supuesto no había entrado en la casa ni anunciado su presencia, por lo que sabía exactamente qué ruta tomar. Al salir en su pequeño automóvil por Broad Street una tarde de finales de febrero, le vino el pensamiento de la partida de hombres hostiles que había recorrido aquel mismo camino solitario ciento cincuenta y siete años antes con una terrible misión que nadie llegaría a comprender jamás.

Dejó atrás en poco tiempo los decadentes suburbios y se extendieron ante él el pulcro Edgewood y el somnoliento Pawtuxet. Willett dobló a la derecha por Lockwood Street y siguió por aquel camino rural hasta donde pudo, luego se apeó y se dirigió al norte, donde el acantilado se alzaba sobre las solitarias revueltas del río y las neblinosas tierras bajas que había detrás. Seguía habiendo pocas casas y era imposible confundir el bungaló aislado con su garaje de cemento sobre una roca que había a la izquierda. Avanzó decidido por el descuidado sendero de grava, llamó a la puerta con mano firme y habló sin que la voz le temblara con el torvo mulato portugués que apenas abrió una rendija.

Dijo que debía ver a Charles Ward cuanto antes por un asunto de vital importancia, que no aceptaría una excusa y que si se negaba a recibirle, iría a informar al señor Ward. El mulato dudó un momento, pero se interpuso cuando Willett intentó abrir la puerta. El médico se limitó a alzar la voz y repetir sus exigencias. Entonces oyó desde el oscuro interior de la casa un susurro ronco que le heló la sangre, aunque no habría sabido decir por qué.

—Déjale pasar, Tony —dijo—. Ahora es tan buen momento para hablar como cualquier otro.

Pero por perturbador que fuese aquel susurro, lo que siguió le inspiró un temor aún mayor. El suelo crujió, el dueño de aquella voz extraña y crepitante se dejó ver y resultó no ser otro que Charles Dexter Ward.

El doctor Willett recordó y transcribió con absoluta minuciosidad la conversación de aquella tarde debido a la importancia que atribuye a aquel período: por fin admite un cambio crucial en la mentalidad de Charles Dexter Ward, y está convencido de que el cerebro del joven que le habló entonces ya era totalmente distinto de aquel que había visto desarrollarse a lo largo de veintiséis años. La controversia con el doctor Lyman le ha obligado a ser muy preciso, y data la locura de Charles Ward concretamente en la época en que sus padres empezaron a recibir las notas mecanografiadas. Dichas notas no están escritas en el estilo habitual de Ward, ni siquiera en el de la última y desquiciada carta que envió a Willett. Por el contrario, son extrañas y con tendencia al arcaísmo, como si al perder la razón se hubiesen liberado en su autor las tendencias e impresiones acumuladas inconscientemente durante una infancia consagrada a las antigüedades. Es evidente su esfuerzo por parecer moderno, pero el espíritu y el lenguaje, ocasionalmente, pertenecen al pasado. Pasado que también se hizo evidente en todas y cada una de las palabras y gestos de Ward cuando recibió al médico en aquel sombrío bungaló. Le saludó con una reverencia, le indicó con un gesto que tomara asiento y empezó a hablarle con aquel extraño susurro al que se esforzó en dar una explicación desde el primer momento.

—Estoy tísico —empezó— por culpa del aire de este río maldito. Debéis disculpar mi lenguaje. Supongo que os envía mi padre para averiguar qué es lo que me aflige, y confío en que no le digáis nada que pueda alarmarle.

Willett prestó mucha atención a aquella voz ronca, pero aún se fijó más en el rostro de quien hablaba en el que había algo que le pareció que no encajaba. Recordó lo que le había contado la familia sobre el miedo que había sentido una noche el mayordomo de Yorkshire. Habría preferido que no estuviese tan oscuro, pero no pidió que subieran las persianas. En lugar de eso le preguntó a Ward por qué razón había faltado a la promesa que le había hecho en aquella nerviosa carta de hacía poco más de una semana.

—A eso mismo iba —replicó su anfitrión—. Debéis haber notado ya que mis nervios están deshechos, por lo que hago y digo cosas que no sabría explicar. Como os he dicho a menudo, me hallo al borde de grandes cosas, tanto que la cabeza me da vueltas. A cualquier otro le habrían espantado mis descubrimientos, pero yo no me desanimo tan fácilmente. Fui un idiota por poner esos vigilantes en casa, después de haber llegado tan lejos mi único sitio está aquí. Los fisgones de mis vecinos nunca hablan bien de mí, y es posible que la debilidad me empujara a creer lo que dicen. Lo que hago no tiene nada malo, siempre que se haga como es debido. Tened la bondad de esperar seis meses y vuestra paciencia será recompensada.

»Más vale que sepáis que me es posible aprender viejas materias por medios más fiables que los libros, y dejaré que vos mismo juzguéis la importancia de cuál puede ser mi legado para la historia, la filosofía y las artes gracias a las puertas a las que puedo tener acceso. Mi antepasado lo tenía cuando lo asesinaron aquellos estúpidos entrometidos. Y ahora he vuelto a conseguirlo, o estoy a punto en parte. En esta ocasión, nada de eso debe suceder y menos por mis necios temores. Os ruego que olvidéis la carta que os escribí, señor mío, y que no temáis este lugar ni nada de lo que hay en él. El doctor Allen es un hombre de excelentes dotes, y le debo una disculpa por lo que haya podido decir de él. Ojalá no hubiese tenido que prescindir de su ayuda, pero tenía cosas que hacer en otra parte. Su celo en esta empresa es idéntico al mío y supongo que cuando me asustó mi trabajo, me asustó también él, que ha sido mi colaborador.

Ward hizo una pausa y el médico apenas supo qué decir ni qué pensar. En parte, se sintió como un estúpido ante aquella tranquila repulsa de la carta, pero, por otro lado, seguía siendo consciente de que el presente discurso le sonaba extraño, ajeno e insensato, mientras que la nota le había parecido de una naturalidad trágica mucho más propia del Charles Ward que él conocía. Willett intentó desviar la conversación a asuntos anteriores y recordarle sucesos que permitiesen restablecer un clima más familiar, pero el resultado obtenido en el proceso fue grotesco. Lo mismo les ocurrió después a los otros médicos. Una parte considerable de los recuerdos de Charles Ward, sobre todo los relativos al mundo moderno y a su vida personal, habían sido borrados de un modo inexplicable, en cambio los estudios históricos de su juventud habían aflorado de algún profundo inconsciente para devorar todo lo contemporáneo y personal. El detallado conocimiento del pasado por parte del joven era impropio y anormal e hizo cuanto pudo por ocultarlo. A menudo, cuando Willett hacía referencia a alguno de los asuntos que más le habían interesado en su juventud, Ward vertía sobre él una luz que ningún mortal podía poseer, y el médico se estremecía ante la elocuencia de las alusiones que escapaban de sus labios.

No era natural que supiese cómo se le cayó la peluca al gordo alguacil cuando se agachó ante la función interpretada en la Academia Teatral del señor Douglass en King Street el 11 de febrero de 1762, que fue un jueves; o cómo los actores destrozaron el texto de «Los amantes conscientes», de Steele, que la gente casi se alegró cuando el ayuntamiento, dominado por los baptistas, cerró el teatro una quincena después. Que la diligencia de Thomas Sabin, de Boston, era «condenadamente incómoda» pudo haberlo leído en cartas antiguas, pero ¿qué historiador podría saber que los crujidos del nuevo cartel de la posada de Epenetus Olney (la llamativa corona que colocó cuando decidió llamar a su taberna Café la Corona) eran idénticos a los primeros compases de la nueva pieza de jazz que sonaba en todas las radios de Pawtuxet?

No obstante, Ward no se dejó interrogar en estas materias. Pronto dejó de lado las cuestiones modernas y personales y exhibió un evidente hastío ante las antiguas. Lo único que deseaba era satisfacer la curiosidad de su visitante y que se fuese sin la idea de volver por allí. Por ello se ofreció a enseñarle la casa a Willett y procedió a guiarle por todas las habitaciones desde la bodega hasta el desván. Willett se fijó en todo y reparó en que los libros que había a la vista eran demasiado escasos y demasiado triviales como para haber rellenado los huecos dejados en los estantes de casa de los Ward, y en que el austero y supuesto «laboratorio» no era más que una pantalla. Estaba claro que había otra biblioteca y otro laboratorio en alguna otra parte, aunque era imposible saber dónde. Frustrado en su búsqueda de algo que no acertaba a definir, Willett regresó a la ciudad antes de que anocheciera y le contó a Ward padre todo lo ocurrido. Ambos llegaron a la conclusión de que el joven había perdido la razón, pero decidieron que no era preciso, de momento, tomar alguna medida drástica: por encima de todo, era imprescindible que la señora Ward siguiese ajena a todo aquello, tanto como lo permitieran las extrañas notas mecanografiadas de su hijo.

Una tarde, el señor Ward se decidió a ir a ver a su hijo en persona, presentándose por sorpresa. El doctor Willett lo acompañó en su coche, lo dejó frente al bungaló y esperó pacientemente su regreso. La sesión fue larga y el padre salió deprimido y confuso. El recibimiento de Charles fue muy parecido al que dispensó a Willett, pero esta vez había tardado mucho en aparecer después de que el visitante se abriera paso hasta el vestíbulo y echara de allí al portugués con una orden terminante, y en su actitud alterada no hubo ni rastro de amor filial. Las luces estaban muy tenues y aun así el joven se había quejado de que le cegaban. Con la excusa de tener dolor de garganta apenas había alzado la voz, pero su ronco susurro tenía algo vagamente turbador que el señor Ward no podía quitarse de la cabeza.

Decididos a hacer cuanto estuviera en su mano por devolver la razón al joven, el señor Ward y el doctor Willett se aliaron para reunir toda la información posible sobre el caso. Primero analizaron las habladurías que circulaban por Pawtuxet, lo que no les resultó complicado ya que ambos tenían amigos en la zona. Aun así, el doctor Willett lo tuvo más fácil porque la gente hablaba con más franqueza con él que con el padre del interesado. De lo que les contaron dedujeron que la vida del joven Ward se había vuelto sumamente extraña. Los rumores seguían relacionando la casa con el vampirismo del verano anterior, mientras que las idas y venidas nocturnas de los camiones daban pie a toda suerte de siniestras especulaciones. Los tenderos locales le hablaron de los extraños pedidos que les hacía el torvo mulato, y en particular de las enormes cantidades de carne y sangre fresca que le servían las dos carnicerías más próximas. Para una casa donde sólo vivían tres personas dichas cantidades eran descabelladas.

Después estaba el asunto de los ruidos que surgían de debajo de la tierra. Esta información resultó más difícil de obtener, pero las vagas insinuaciones coincidían en ciertas cuestiones básicas: sin duda, eran voces de un marcado carácter ritual, pero sólo se oían a horas en que el bungaló estaba a oscuras. Por supuesto, cabía la posibilidad de que procedieran de la bodega, pero los rumores insistían en que probablemente había un sistema de túneles que se extendían más abajo. Al recordar las antiguas leyendas sobre las catacumbas de Joseph Curwen, y dando por sentado que el actual bungaló había sido escogido por estar situado sobre la antigua granja de Curwen, tal como debía de haberlo revelado alguno de los documentos hallados detrás del cuadro, Willett y el señor Ward dieron mucha credibilidad a estos chismorreos y buscaron, sin éxito, la puerta a la orilla del río de la que hablaban los antiguos manuscritos. En cuanto a la opinión popular sobre los habitantes del bungaló, pronto se hizo evidente que odiaban al sicario portugués, temían al barbado doctor Allen y detestaban al pálido y estudioso joven. En las últimas semanas, Ward había cambiado mucho: había abandonado sus intentos de mostrarse amable y, en las pocas ocasiones que se aventuraba a salir, sólo hablaba con susurros roncos y especialmente repulsivos.

Sobre estos retazos de información, recogidos de aquí y de allá, el señor Ward y el doctor Willett departieron larga y seriamente en numerosas ocasiones. Se esforzaron al máximo por ejercer la deducción, la inducción y la imaginación constructiva, y por relacionar cualquier dato conocido de la vida de Charles, incluida la desquiciada carta que el doctor le enseñó al padre, con las escasas pruebas documentales disponibles acerca del viejo Joseph Curwen. Habrían dado cualquier cosa por poder hojear los papeles encontrados por Charles, pues era evidente que la clave de la locura del joven se hallaba en lo que había descubierto del antiguo hechicero y sus actividades.

4

No obstante, el siguiente paso en este singular caso no lo dieron ni el señor Ward ni el doctor Willett. El padre y el médico, frustrados y confundidos por una sombra demasiado informe e intangible para poder combatirla, seguían inquietos y sin saber qué hacer mientras las cartas mecanografiadas del joven Ward se iban volviendo cada vez más escasas. Pero, luego llegó el primero de mes con sus acostumbrados asuntos financieros, y los empleados de ciertos bancos empezaron a menear la cabeza y a telefonearse unos a otros. Quienes conocían de vista a Charles Ward fueron al bungaló a preguntarle por qué los cheques de los últimos tiempos parecían burdas falsificaciones, y no quedaron muy convencidos cuando el joven les explicó con voz ronca que una afección nerviosa le impedía escribir normalmente. Según dijo apenas podía trazar las letras excepto con gran dificultad, tal como demostraba el hecho de que se hubiese visto obligado a escribir a máquina sus últimas cartas, incluso las que dirigía a sus padres, como estos podrían confirmar.

Sin embargo, lo que dejó perplejos a los que fueron a indagar no fue sólo esa circunstancia, para la que no faltaban precedentes y que no resultaba tan difícil de creer; tampoco los cotilleos que circulaban por Pawtuxet y cuyos ecos habían llegado a sus oídos. Lo que les produjo estupefacción fue el discurso embrollado del joven, que implicaba una falta de memoria casi total respecto a importantes cuestiones financieras que, hace un par de meses, se conocía al dedillo. Algo no terminaba de encajar, pues a pesar de la coherencia y racionalidad de su discurso, no había explicación para aquellas mal disimuladas lagunas sobre asuntos de tanta relevancia. Además, aunque ninguno de aquellos hombres conocía bien a Ward, les llamó poderosamente la atención el cambio producido en su forma de hablar y sus modales. Habían oído decir que era historiador, pero ni los historiadores más fanáticos emplean a diario aquellos gestos y aquella fraseología tan arcaica. La combinación de la ronquera, la parálisis de las manos, la mala memoria y el cambio en el habla y los modales debían ser síntomas de una perturbación o enfermedad grave, que sin duda habían dado pie a todos aquellos rumores. Al marcharse de la casa, los empleados de la banca consideraron imprescindible mantener una conversación con el señor Ward.

Así que el 6 de marzo de 1928 tuvo lugar una larga y seria conversación en el despacho del señor Ward, tras la cual el confundido padre llamó al doctor Willett con una especie de resignado desamparo. Willett estudió la firma torpe y tensa de los cheques y la comparó en su imaginación con la caligrafía de la última carta. Desde luego, el cambio era profundo y radical, pero al mismo tiempo su nueva manera de escribir le resultó horriblemente familiar. Los trazos eran apretados y arcaicos, y parecían proceder de una escritura distinta de la que había utilizado el joven hasta entonces. Eran muy extraños... Pero ¿dónde los había visto antes? En cualquier caso, estaba claro que Charles había perdido la razón. De eso no cabía la menor duda. Y puesto que parecía improbable que pudiera gestionar sus bienes, o seguir relacionándose con el mundo exterior durante mucho más tiempo, era necesario hacer algo cuanto antes para cuidar de él e intentar curarle. Fue entonces cuando se decidieron a llamar a los doctores Peck y Waite, de Providence, y Lyman, de Boston, a quienes el señor Ward y el doctor Willett pusieron al corriente del caso de la manera más exhaustiva posible, tras lo cual se reunieron en la biblioteca abandonada de su joven paciente y examinaron los libros y documentos que había dejado, tratando de averiguar algo más acerca de su personalidad. Después de revisar todo el material y de estudiar la nota de socorro enviada a Willett, coincidieron en que las investigaciones llevadas a cabo por Charles Ward habrían bastado para desequilibrar o, al menos, perturbar a cualquier persona normal, y expresaron su deseo de tener acceso al resto de sus papeles, aunque sabían que sólo lo lograrían después de montar una escena en el bungaló. Willett repasó todo el caso con una febril energía, fue entonces cuando conoció el testimonio de los operarios que habían visto a Charles encontrar los documentos de Curwen, y cuando recuperó en las oficinas del Journal los artículos de periódico destruidos.

Al siguiente jueves, 8 de marzo, los doctores Willett, Peck, Lyman y Waite, acompañados por el señor Ward, hicieron una visita crucial al joven, en la que no le ocultaron su propósito, e interrogando con mucha minuciosidad al que ya consideraban paciente. Aunque Charles tardó mucho en salir a recibirles, y todavía estaba impregnado de olores extraños y desagradables del laboratorio cuando hizo por fin su aparición, no se resistió a las preguntas y reconoció que su constante dedicación a estudios abstrusos había acabado por afectar a su memoria y a su equilibrio mental. Tampoco se resistió cuando le insistieron en la necesidad de trasladarlo a otro lugar y, de hecho, al margen de la pérdida de memoria, dio la impresión de poseer una aguda inteligencia. Su conducta habría hecho que los médicos se fuesen desconcertados, de no ser por la persistente tendencia al arcaísmo en su manera de expresarse y por la inconfundible sustitución en su conciencia de las ideas modernas por otras mucho más antiguas que evidenciaban su falta de contacto con la realidad. Acerca de sus investigaciones no quiso dar más detalles a los médicos que los que había dado previamente a su familia y al doctor Willett, y atribuyó la nota desquiciada del mes anterior a un histérico estado de nervios. Insistió en que en su sombrío bungaló no había más biblioteca ni laboratorio que los que habían visto, y explicó con subterfugios que en la casa no se notaran los olores que todavía impregnaban su ropa. Atribuyó los rumores del vecindario a la vulgar fantasía que suele despertar la curiosidad y la ignorancia. Con respecto al paradero del doctor Allen, consideraba que no tenía libertad para dar detalles sobre su paradero, aunque aseguró a los médicos que el hombre de las gafas y la barba regresaría en cuanto fuese necesario. Ward no exhibió ni el más mínimo nerviosismo cuando, para impedir que respondiera a alguna pregunta, ordenó al estólido portugués que se retirara, ni al cerrar a su paso la puerta del bungaló que aún parecía ocultar oscuros secretos, aunque notaron en él cierta tendencia a guardar silencio como si escuchara algún levísimo sonido. En apariencia, se mostraba animoso, con una plácida resignación filosófica, como si marcharse fuera un inconveniente provisional, necesario para evitar mayores complicaciones. Estaba claro que confiaba en que su agudeza, evidentemente intacta, le ayudaría a salir de cualquier situación comprometida en que hubiesen podido meterle sus fallos de memoria, su voz y su escritura perdidas y su comportamiento excéntrico y misterioso. Acordaron no contárselo a su madre y que el padre continuaría enviándole las notas mecanografiadas en su nombre. Llevaron a Ward al hospital privado dirigido por el doctor Waite en la tranquila y pintoresca isla de Conanicut, en mitad de la bahía, donde todos los médicos relacionados con su caso lo sometieron a un estudio y un interrogatorio detallado. Fue entonces cuando repararon en algunas peculiaridades físicas: el metabolismo ralentizado, las alteraciones cutáneas y las reacciones neurológicas desproporcionadas. De todos los médicos, el más confundido fue el doctor Willett, pues había atendido a Ward toda su vida y podía valorar con más claridad el alcance de sus desarreglos físicos. Incluso le había desaparecido una familiar mancha de nacimiento de color oliváceo y, en cambio, tenía en el pecho un gran lunar o una cicatriz negra que nunca había tenido, y que hizo preguntarse al doctor Willett si no habría recibido alguna «marca de brujería», como las que se decía que se infligían en ciertas turbias celebraciones nocturnas en lugares solitarios y apartados. El médico no podía quitarse de la cabeza las actas de un juicio por brujería celebrado en Salem que le había mostrado Charles antes de volverse tan reservado y que decía: «Esa noche el señor G. B. puso la marca del demonio sobre Bridget S., Jonathan A., Simon O., Deliverance W., Joseph C., Susan P., Mehitable C., y Deborah B.». También le producía una horrible inquietud el rostro del joven hasta que, por fin, descubrió el motivo de su espanto: sobre su ojo derecho había algo en lo que no había reparado hasta entonces, una pequeña cicatriz u hoyuelo exactamente igual a la del desaparecido retrato de Joseph Curwen, que tal vez fuese el resultado de alguna repulsiva inoculación ritual a la que ambos se hubiesen sometido en algún momento de sus estudios de las ciencias ocultas.

Mientras Ward jugaba a desconcertar a todos los médicos del hospital, se hizo un exhaustivo escrutinio del correo dirigido a él o al doctor Allen, que el señor Ward había dado órdenes de entregar en la casa familiar. A pesar de que Willett estaba convencido de que no encontrarían nada, pues sospechaba que para los recados de vital importancia utilizarían mensajeros, a últimos del mes de marzo llegó una carta de Praga para el doctor Allen que dio que pensar tanto al padre como al médico. El estilo de la letra era antiguo y abigarrado y estaba claro que no la había escrito un extranjero, pero sí mostraba los mismos rasgos arcaizantes que el joven Ward en su habla. Decía así:

> Kleinstrasse 11,
> Altstadt, Praga
> 11 de febrero de 1928
> Al señor J. C., de Providence
>
> Hermano en Almousin-Metraton[14]:
> Hoy he recibido nuevas de lo que levantaron las sales que os envié. Fue un error que indica que alguien había cambiado la lápida del espécimen que me procuró Barnabas. Ocurre con fre-

---

[14] Metatrón, no Metratón. *Vid.* cita 12, p. 117. *(N. del T.).*

cuencia, como debéis saber por lo que convocasteis en la Capilla Real en 1769 y lo que H. convocó en el viejo cementerio en 1690, y que casi supuso su fin. Yo convoqué lo mismo en Egipto hace setenta y cinco años, y me causó la cicatriz que el muchacho vio en 1924. Como os dije hace mucho, no convoquéis nada que no podáis controlar, ni de las sales, ni de las esferas exteriores. Tened siempre disponibles las palabras para aplacarlo y detenedlo si tenéis la menor duda de a quién habéis convocado. Las lápidas están cambiadas en nueve de cada diez cementerios. No se puede estar seguro hasta convocarlo. Hoy he sabido de H. que ha tenido dificultades con los soldados. Probablemente lamente que Transilvania pase de Hungría a Rumanía, y se trasladaría si el castillo no estuviese abarrotado de lo que ambos sabemos. Pero sin duda ya os habrá escrito. En mi próximo envío habrá algo de una tumba de una colina del este que os agradará mucho. Entretanto, no olvidéis que estoy necesitado de B. F. si podéis conseguírmelo. Conocéis a G. en Filadelfia mejor que yo. Convocadlo vos primero si queréis, pero no lo utilicéis tanto que se vuelva reticente, pues debo hablar con él.

Yogg-Sothoth Neblod Zin
Simon O.

El señor Ward y el doctor Willett se quedaron anonadados ante aquella evidente muestra de absoluta locura. Solo con el tiempo llegaron a asimilar lo que parecía dar a entender. ¿Acaso era el ausente doctor Allen, y no Charles Ward, quien había llegado a ser el espíritu rector de Pawtuxet? Eso explicaría la condena de la última carta del joven. Y ¿cómo era posible que se dirigiera al barbudo desconocido como «señor J. C.»? Sólo podía deducirse una cosa, pero era una monstruosidad inconcebible, sin límites. ¿Quién era «Simon O.»? ¿El anciano a quien Ward había visitado en Praga cuatro años antes? Tal vez, pero en los siglos pasados había habido otro Simon O.: Simon Orne, alias Jedediah, de Salem, desaparecido en 1771, y cuya peculiar escritura el doctor Willett reconoció entonces sin ningún género de dudas por las copias fotostáticas de las fórmulas de Orne que Charles le había mostrado en una ocasión. ¿Qué horrores y misterios, qué contradicciones y contravenciones de la naturaleza, habían regresado después de siglo y medio para hostigar a la vieja Providence con sus cúpulas y campanarios?

El padre y el viejo médico, sin saber muy bien qué hacer ni qué pensar, fueron a visitar a Charles al hospital, para preguntarle, con la mayor sutileza posible, por el doctor Allen, por su visita a Praga y por lo que había averiguado sobre Simon o Jedediah Orne, de Salem. El joven respondió con evasivas a todas sus preguntas, limitándose con un ronco susurro a contarles que había descubierto que el doctor Allen tenía una notable conexión espiritual con ciertas almas del pasado y que cualquier corresponsal que pudiera tener en Praga poseería, con toda seguridad, unas dotes parecidas. Cuando se marcharon, el señor Ward y el doctor Willett se dieron cuenta consternados de que, en verdad, habían sido ellos los interrogados y que, sin proporcionarles ninguna información relevante, el joven se las había apañado para sonsacarles lo que decía la carta de Praga.

Los doctores Peck, Waite y Lyman no concedieron tanta importancia a la extraña correspondencia del compañero del joven Ward. Argumentaban que es frecuente que, quienes padecen obsesiones y excentricidades similares, tiendan a relacionarse y pensaron que Charles o Allen habían encontrado a un colega exiliado, tal vez alguien que había visto la letra de Orne y la había copiado para hacerse pasar por la reencarnación del desaparecido personaje. Cabía la posibilidad de que el propio Allen fuese un caso similar, y se las hubiese arreglado para convencer al joven de que era un avatar de Curwen, fallecido hacía largo tiempo. Casos parecidos se habían visto antes; del mismo modo los obstinados médicos descartaron la creciente inquietud de Willett sobre la caligrafía de Ward, ya que no les cabía duda de que había estudiado en ejemplares improvisados y obtenidos por medio de alguna artimaña. Willett estaba convencido de haber identificado por fin su extraño parecido: le recordaba vagamente a la letra del propio Joseph Curwen, pero los otros lo consideraron una fase imitativa, previsible en una obsesión de esa naturaleza, y se negaron a concederle importancia, ni favorable ni desfavorable. Ante la prosaica actitud adoptada por sus colegas, Willett aconsejó al señor Ward que no mostrase otra carta interceptada al doctor Allen, que llegó el 2 de abril desde Rakus, Transilvania, y que estaba escrita con una letra tan parecida a la del documento cifrado de Hutchinson que tanto el padre como el médico dudaron un instante, espantados, antes de romper el sello. Decía lo siguiente:

Castillo Ferenczy
7 de marzo de 1928
Para el señor J. C., de Providence

Querido C.:
Una patrulla de veinte soldados armados vino a preguntar por los rumores que corren entre los campesinos. Debo excavar más profundo para que se oiga menos. Estos rumanos me acosan constantemente, son molestos y desconfiados, mientras que a los húngaros se les podía comprar con comida y un poco de vino. El mes pasado M. me consiguió el sarcófago de las cinco esfinges de la acrópolis, donde dijo que se hallaría aquel a quien voy a convocar, y he tenido tres conversaciones con lo que había inhumado en él. Irá directamente a S. O. en Praga y luego a vos. Es obstinado, pero ya sabéis cómo manejarlo. Habéis sido prudente al tener menos que antes, pues no hay necesidad de conservar a los guardianes con su forma y comiendo insaciablemente y que den ocasión de ser descubiertos al menor contratiempo, como bien sabéis. Ahora podéis trasladaros y seguir trabajando en otro sitio donde no sea un estorbo matarlos, aunque espero que nada os obligue a seguir por tan molesto camino. Me alegra que ya no tengáis tanto comercio con los de fuera, pues supone un peligro mortal y ya sabéis lo que ocurrió cuando pedisteis protección a uno que no quería dárosla. Vos tenéis la ventaja de contar con las fórmulas que otro puede decir con éxito, pero Borellus ya imaginó que sería así, si se daba con las palabras correctas. ¿Las utiliza a menudo el muchacho? Lamento que se esté volviendo demasiado aprensivo, como temí que ocurriese cuando pasó aquí casi quince meses, pero me consta que sabéis cómo manejarlo. No podéis reducirlo con las fórmulas, pues sólo funcionan con los convocados con las sales por las otras fórmulas, pero seguís teniendo manos fuertes, cuchillo y pistola, y no os será difícil cavar una tumba o quemarlo con ácido. O. dice que le habéis prometido B. F. Luego lo quiero yo. B. no tardará en llegaros, tal

vez os proporcione lo que queréis de aquello oscuro hallado bajo tierra en Memphis. Sed cuidadoso con lo que convocáis y guardaos del muchacho. En un año estará lo bastante maduro para convocar legiones subterráneas y no habrá límites para lo que estará a nuestro alcance. Tened confianza en lo que digo, pues conocéis a O. y yo he tenido ciento cincuenta años más que vos para estudiar estos asuntos.

Nephren-Ka nai Hadoth
Edw. H.

Willett y el señor Ward no mostraron esta carta a los otros médicos, pero tampoco dejaron de actuar por su cuenta. Ningún sofisma científico podría negar el hecho de que aquel extraño doctor Allen de la barba y las gafas, a quien Charles había descrito en su carta como una amenaza monstruosa, mantenía una siniestra correspondencia con dos seres inexplicables a quienes Ward había visitado en sus viajes y que, sin duda, aseguraban ser reencarnaciones o avatares de los dos antiguos colegas de Curwen en Salem; de que él se consideraba la reencarnación de Joseph Curwen y de que planeaba —o al menos eso le habían aconsejado— asesinar a un «muchacho», que no podía ser otro que Charles Ward. Algo horrible estaba en marcha y, fuera quien fuese el que lo hubiera iniciado, era evidente que el desaparecido doctor Allen se hallaba detrás de todo. Por ello, dando gracias al cielo por hallarse Charles a salvo en el hospital, el señor Ward contrató a unos detectives para que hiciesen averiguaciones sobre el enigmático y barbudo doctor: cuál era su procedencia, qué se sabía de él en Pawtuxet y, a ser posible, dónde se encontraba en ese momento. Les proporcionó una de las llaves del bungaló que les había entregado Charles y les instó a registrar la habitación vacía de Allen, que habían visto al ir a recoger las pertenencias del paciente, en busca de cualquier pista que pudieran proporcionar los efectos personales que hubiese dejado allí. El señor Ward se reunió con los detectives en la antigua biblioteca de su hijo. Al marcharse, sintieron una reconfortante sensación de alivio, pues en aquella habitación parecía flotar un vago ambiente de maldad. Tal vez hubiesen oído hablar del infame hechicero cuyo retrato colgaba antaño de los paneles sobre la repisa de la chimenea, o puede que fuese algo distinto e irrelevante, pero el caso es que todos percibieron una miasma intangible sobre aquel vestigio de la antigua casa que, por momentos, casi adquiría la intensidad de una emanación material.

CAPÍTULO V

Una pesadilla y un cataclismo

1

Al poco tiempo, se produjo precipitadamente un horrible suceso que ha dejado una marca de terror imborrable en el alma de Marinus Bicknell Willett, y que le ha sumado de golpe diez años a un hombre cuya juventud quedaba ya lejos. El doctor Willett había hablado largamente con el señor Ward y ambos habían estado de acuerdo en varias cosas que sabían que despertarían las burlas de los demás médicos. Estaban de acuerdo, sin ninguna duda, en que había en juego un terrible movimiento en conexión directa con una nigromancia más antigua incluso que la brujería de Salem. No menos indudable, por más que contradijera las leyes naturales, era que había al menos dos hombres vivos —y otro en quien no osaban pararse a pensar— que ejercían un dominio absoluto sobre mentes o personalidades que habían existido en 1690 o incluso antes. A juzgar por las cartas y por las revelaciones antiguas y recientes sobre el caso, estaba claro lo que aquellos horribles seres —y el propio Charles Ward— estaban haciendo o intentando hacer: profanar tumbas de todas las épocas, en particular las de los hombres más sabios y grandes del mundo, con la esperanza de recobrar de sus cenizas algún vestigio de la conciencia y el saber que en otro tiempo les había animado y dado forma.

Un tráfico necrófilo de pesadilla estaba teniendo lugar entre aquellos, que intercambiaban huesos ilustres con la calma calculada de unos escolares que cambian novelas, y de lo que extraían de aquel polvo secular esperaban obtener un poder y una sabiduría que excedieran a cualquier otra que el cosmos hubiera visto jamás reunida en un hombre o un grupo de personas. Habían encontrado procedimientos inmorales de mantener con vida sus cerebros, fuese en el mismo cuerpo o en otros, y era evidente que habían descubierto el modo de manipular la conciencia de los muertos que reunían unos y otros. Al parecer había habido cierta verdad en el viejo y quimérico Borellus cuando describió la preparación, a partir de restos antiquísimos, de ciertas «sales esenciales» con las que se podía conjurar la sombra de los muertos. Había una fórmula para convocarla y otra para dominarla, y la habían perfeccionado tanto que podían utilizarla con éxito. Aunque debían tener cuidado con las invocaciones, pues las inscripciones de las tumbas antiguas no siempre eran exactas.

Willett y el señor Ward se estremecían cada vez que llegaban a una nueva conclusión. Era posible convocar algo —voces o presencias de algún tipo— de lugares ignotos, y no sólo de la tumba, aunque había que tener cuidado en el proceso. Joseph Curwen, sin duda, había convocado muchos seres erróneos y, en cuanto a Charles... ¿Qué pensar de él? ¿Qué fuerzas de las «esferas exteriores» le habían dominado desde la época de Joseph Curwen y le habían empujado a interesarse por cuestiones olvidadas? Sin duda, le habían guiado para que se encontrara con ciertas instrucciones y él las había seguido. Había hablado con aquel horrible individuo de Praga y había convivido largo tiempo con el ser de las montañas de Transilvania. Y, finalmente, debió de haber encontrado la tumba de Joseph Curwen. La noticia del periódico y lo que su madre había oído aquella noche eran pruebas demasiado determinantes como para pasarlas por alto. Luego había convocado algo, y ese algo había acudido. La poderosa voz que resonó el Viernes Santo y aquellas modulaciones diferentes que se oyeron en el laboratorio cerrado del desván, ¿a qué se parecían, con su tono hueco y profundo? ¿No serían una anticipación del temido doctor Allen y su voz espectral? ¡Sí, eso era lo que el señor Ward había intuido con vago horror la única vez que había hablado con aquel hombre —si es que era un hombre— por teléfono!

¿Qué conciencia o voz infernal, qué morbosa sombra o presencia había respondido a los ritos celebrados en secreto por Charles Ward tras la puerta cerrada? Aquellas voces que oyeron discutir: «Necesitará sangre durante tres meses». ¡Dios Santo! ¿No había sido justo antes de que empezasen los casos de vampirismo? El saqueo de la antigua tumba de Ezra Weeden, y los gritos oídos después en Pawtuxet... ¿quién había planeado la venganza y descubierto el lugar donde tuvieron lugar las viejas blasfemias? Y luego el bungaló, el desconocido de la barba, las murmuraciones y el temor. Ni el médico ni el padre se atrevían a explicar la locura de Charles, pero ambos estaban convencidos de que el espíritu de Joseph Curwen había regresado a la tierra y se dedicaba a sus antiguas perversiones. ¿Sería de verdad posible la posesión demoníaca? Desde luego, Allen tenía alguna relación con el asunto y era necesario que los detectives averiguasen más sobre aquel sujeto cuya existencia suponía una amenaza para la vida del joven. Entretanto, puesto que la existencia de alguna vasta cripta en el subsuelo del bungaló parecía indiscutible, había que intentar dar con ella. Willett y el señor Ward, conscientes del escepticismo de los demás médicos, decidieron en una última conversación llevar a cabo un registro minucioso por su cuenta y acordaron verse a la mañana siguiente en el bungaló con las herramientas y los accesorios necesarios para estudiar su arquitectura y explorar el subsuelo.

En la despejada mañana del 6 de abril, a las diez en punto, se presentaron ambos en el bungaló. El señor Ward tenía la llave, así que entraron y procedieron a realizar una primera inspección ocular. Al ver el desorden que reinaba en la habitación del doctor Allen, comprendieron que los detectives habían estado ya allí, y que cabía la posibilidad de que hubiesen encontrado ya alguna pista útil. Por supuesto, su principal objetivo era el sótano, así que descendieron sin más demora, repitiendo la visita que ambos habían hecho en vano en compañía de su enajenado y joven propietario. Al principio fue ciertamente desconcertante, pues cada centímetro del suelo de tierra y de las paredes de piedra tenía un aspecto tan sólido y normal que parecía inconcebible que pudieran encontrar allí alguna abertura. Willett pensó que, puesto que el sótano original se había excavado ignorando que debajo había una catacumba, la entrada a los túneles pasadizo debía de haber sido obra del joven Ward y sus compinches, que habrían hecho sondeos en busca de los antiguos sótanos de cuya existencia habrían tenido noticia por medios perversos.

El médico trató de ponerse en el lugar de Charles para imaginar por dónde habría podido empezar, pero aquel método no le sirvió de mucha inspiración. Luego procedió por eliminación: examinó con cuidado todas las superficies de la bodega, tanto horizontales como verticales, procurando considerar cada centímetro por separado. Pronto no le quedó por inspeccionar más que la pequeña plataforma de delante de las tinas de lavar, que ya había revisado antes en vano, pero decidió volver a probar de todos los modos posibles y redoblando sus fuerzas, hasta que descubrió, al fin, que la parte superior giraba y se deslizaba horizontalmente sobre una de las esquinas. Debajo había una superficie de cemento con una tapa de hierro, sobre la que se abalanzó impaciente el señor Ward. No era muy pesada y el padre casi la había abierto cuando Willett reparó en su extraño modo de actuar. Estaba tambaleándose e inclinaba la cabeza como si se hubiera mareado. El médico comprendió enseguida que se debía al aire hediondo que salía de la oscuridad del pozo.

El doctor Willett acompañó de inmediato a su compañero a la parte de arriba, lo tendió en el suelo y lo reanimó con agua fría. El señor Ward respondió débilmente, pero era evidente que aquella ráfaga de aire mefítico procedente de la cripta le había afectado gravemente. Para no correr riesgos innecesarios, Willett salió a Broad Street en busca de un taxi y envió a casa al enfermo, a pesar de sus débiles protestas; después encendió su linterna eléctrica, se tapó la nariz con una gasa estéril, y volvió a bajar a la bodega para asomarse a las recién descubiertas profundidades. El aire viciado se había dispersado un poco y Willett pudo apuntar el haz de luz hacia aquel agujero estigio. Vio que los primeros tres metros eran una pared cilíndrica de hormigón con una escalinata de hierro, tras lo cual el agujero parecía conducir a una vieja escalera de piedra que originalmente debía de salir a la superficie al suroeste del actual edificio.

2

Willett admite que, por un momento, se contuvo de bajar sólo a aquel abismo apestoso, impedido por el recuerdo de las viejas leyendas sobre Curwen. Le vino a la mente lo que había contado Luke Fenner de aquella última noche monstruosa. Luego el deber se impuso y acabó bajando, llevando consigo una maleta para guardar aquellos papeles que le parecieran tener mayor importancia. Despacio, como cualquier persona de su edad, descendió por la escalinata y llegó a los resbaladizos escalones que había abajo. A la luz de la linterna comprobó que la mampostería era antigua y que las paredes rezumaban humedad y estaban cubiertas de un moho inmundo de varios siglos. Los escalones descendían y descendían, no en espiral, sino con tres bruscos giros, y eran tan estrechos que dos hombres se habrían cruzado con dificultad. Llevaba contados unos treinta cuando le pareció oír un leve sonido, y ya no se sintió con ánimos para seguir contando.

Fue un sonido perverso: uno de esos graves e insidiosos ultrajes a la naturaleza que no deberían existir. Llamarlo quejido sordo, llanto de condenación o aullido desesperado de angustiosa y torturada carne sin alma equivaldría a renunciar a describir su abominable quintaesencia y sus tonos más sobrecogedores. ¿Sería eso lo que se había detenido a escuchar Ward el día que se lo llevaron? Era lo más espantoso que Willett había oído jamás, y continuó sonando desde algún lugar indeterminado mientras el médico llegaba al pie de las escaleras e iluminaba con la linterna las altas paredes de un pasillo rematadas con unas bóvedas ciclópeas y atravesadas por innumerables pasadizos abovedados y oscuros. La sala en la que se hallaba debía de tener tres o cuatro metros de altura. Estaba pavimentada con losas talladas y las paredes y el techo eran de mampostería cubierta de yeso. No pudo calcular su longitud pues se alejaba indefinidamente en la oscuridad. Algunos de los pasadizos tenían puertas de estilo colonial con seis entrepaños y otros no.

A pesar del espanto que le inspiraban el hedor y los aullidos, Willett se sobrepuso y comenzó a inspeccionar los pasadizos uno por uno, hasta que descubrió que al final de todos ellos había habitaciones con el techo abovedado, de tamaño mediano y, al parecer, dedicadas a extraños usos. La mayoría tenían chimeneas cuyo tubo constituía un interesante ejemplo de ingeniería. Nunca había visto ni volvería a ver artefactos, o lo que fuera eso, como los que asomaban por todas partes entre la capa de polvo y las telarañas de un siglo y medio, y que en muchos casos estaban rotos como si los hubiesen hecho pedazos los antiguos asaltantes. Muchas de las habitaciones no parecían haber sido pisadas desde hacía mucho tiempo, y debían de corresponder a las fases más antiguas y obsoletas de los experimentos de Joseph Curwen. Por fin llegó a una habitación evidentemente moderna o que, al menos, había sido ocupada hacía poco. Había estufas de petróleo, estanterías y mesas, sillas, armaritos y un escritorio donde se apilaban papeles antiguos y contemporáneos. En varios sitios había candelabros y lamparillas de aceite y Willett, tras encontrar una caja de cerillas, procedió a encender todas las que parecían utilizables.

Bajo aquel resplandor comprobó que aquella estancia era nada menos que el estudio o biblioteca de Charles Ward. El médico había visto antes muchos de aquellos libros, y buena parte de los muebles habían sido traídos directamente de la mansión de Prospect Street. Aquí y allá los fue reconociendo, y la sensación de familiaridad llegó a ser tan grande que casi olvidó los ruidos y los gemidos que allí eran más claros que al pie de las escaleras. Su primera obligación, tal como había planeado de antemano, era llevarse consigo cualquier papel que le pareciera de vital importancia, sobre todo los ominosos documentos que Charles había encontrado detrás del cuadro en Olney Court. Nada más ponerse a buscar reparó en lo difícil que iba a ser su tarea, pues todos los archivos estaban repletos de papeles con extrañas caligrafías y curiosos dibujos, tanto que harían falta meses o incluso años para ordenarlos y descifrarlos. Entre otras cosas, encontró varios paquetes de cartas con matasellos de Praga y Rakus, con la letra claramente reconocible de Orne y Hutchinson, y los añadió al montón que pensaba llevarse en la maleta.

Por fin, en un armarito de caoba cerrado con llave que, una vez, había adornado el hogar de los Ward, Willett encontró los antiguos papeles de Curwen; los reconoció por el vistazo que Charles le había permitido dar hacía tantos años. Estaba claro que el joven los había conservado tal cual estaban en el momento en que los había encontrado, pues no faltaba ninguno de los títulos que recordaban los operarios, excepto los documentos dirigidos a Orne y a Hutchinson y la cifra con su clave. Willett colocó todo en la maleta y continuó registrando los archivos. Puesto que lo más importante era la salud del joven Ward, buscó con más cuidado entre los documentos más recientes y enseguida reparó en una peculiaridad desconcertante: entre los numerosos manuscritos contemporáneos apenas había unos pocos con la letra normal de Charles y llegaban a lo sumo a dos meses antes. En cambio, había literalmente resmas de papeles llenos de símbolos y fórmulas, notas históricas y comentarios filosóficos, con una letra abigarrada, absolutamente idéntica a la de los antiguos documentos de Joseph Curwen, aunque fechados mucho después. Era evidente que una parte de sus últimas actividades había consistido en la diligente imitación de la letra del viejo hechicero, que Charles parecía haber llevado a un maravilloso grado de perfección. No había ni rastro de ninguna otra caligrafía que pudiera atribuirse al doctor Allen. Si de verdad había llegado a ser el jefe, debía de haber obligado al joven Ward a convertirse en su escribano.

Entre todo aquel material nuevo, una fórmula mística, o más bien un par de fórmulas, se repetían tan a menudo que Willett llegó a memorizarlas antes de dar por concluida su búsqueda. Consistían en dos columnas paralelas, la izquierda encabezada por un símbolo arcaico conocido como la «Cabeza del Dragón», utilizado en los almanaques para indicar el nodo ascendente, y la derecha encabezada por el símbolo correspondiente a la «Cola del Dragón» o nodo descendente. Tal era la apariencia del conjunto, pero el médico se percató, casi de forma inconsciente, de que la segunda mitad no era sino la primera escrita silábicamente al revés, con la excepción de los monosílabos finales y el extraño nombre Yog-Sothoth, que había llegado a reconocer escrito de varias formas en otros documentos relacionados con aquel horrible asunto. Las fórmulas eran como sigue —exactamente así, como ha tenido ocasión de testificar Willett varias veces— y la primera reavivó un desagradable recuerdo latente en su cerebro en el que no cayó hasta más tarde, cuando repasó los acontecimientos de aquel espantoso Viernes Santo del año anterior.

☊	☋
Y'AI'NG'NGAH,	OGTHROD AI'F
YOG-SOTHOTH	GEB'L-EE'H
H'EE-L'GEB	YOG-SOTHOTH
F'AI THRODOG	'NGAH'NG AI'Y
UAAAH	ZHRO

Tan obsesivas eran aquellas fórmulas, y tan a menudo se encontró con ellas, que, sin darse cuenta, el médico acabó repitiéndolas para sus adentros. Cuando por fin le dio la impresión de haber recopilado tantos papeles como era capaz de asimilar por el momento, decidió no examinar ninguno más hasta que pudiera llevar hasta allí a los otros médicos y realizar una incursión más amplia y sistemática. Aún tenía que encontrar el laboratorio oculto, así que dejó la maleta en la habitación iluminada y volvió a salir al oscuro y ruidoso pasillo en cuyo techo abovedado resonaba sin cesar aquel gemido sordo y espantoso.

Algunas de las habitaciones en las que entró habían sido abandonadas o bien estaban llenas de ataúdes de plomo y cajas rotas de aspecto siniestro, aunque, desde luego, estaba impresionado por la magnitud de las actividades originales de Joseph Curwen. Pensó en los esclavos y los marineros desaparecidos, en las tumbas que había profanado en todo el mundo y en lo que por fuerza habría debido ver la partida de asaltantes; luego decidió que era mejor no pensar más. Vio una gran escalera de piedra que había a su derecha y dedujo que llevaría a alguna de las dependencias de Curwen —tal vez al famoso edificio de piedra de ventanas altas y estrechas—, suponiendo que la que había utilizado para bajar procediera de la granja de tejados inclinados. De pronto las paredes parecieron alejarse y el hedor y los gemidos se volvieron más fuertes. Willett se vio en una espaciosa estancia, tanto que la linterna no daba suficiente luz como para iluminarla entera, y a medida que avanzaba topó con varios pilares recios que sostenían los arcos del techo.

Al rato llegó a una especie de círculo de pilares que estaban colocados como los monolitos de Stonehenge y en cuyo centro había un enorme altar tallado con tres escalones en la base. Las inscripciones del altar llamaron su atención y se acercó para examinarlas a la luz de la linterna, pero cuando se dio cuenta de lo que se trataba, se apartó estremecido y no se detuvo a investigar las manchas que teñían de oscuro la parte superior y que habían resbalado por los bordes formando finas líneas. En vez de eso avanzó hasta llegar a la pared y vio que describía un círculo gigantesco y estaba perforada por oscuros pasadizos y mellada por miles de celdas sombrías con rejas de hierro y cadenas para las manos y los pies en la mampostería del fondo. Las celdas estaban vacías, pero el horrible hedor y los deprimentes gemidos continuaban oyéndose, más insistentes que nunca y alternados con una especie de golpes resbaladizos.

3

A pesar del espanto que le producía, Willett no pudo seguir pasando por alto el olor ni los siniestros sonidos. Ambos eran ahora, en la gran sala de los pilares, más evidentes y horrendos que en ninguna otra parte, aunque seguían dando la impresión de proceder de muy lejos, incluso en ese oscuro mundo de misterios subterráneos. Antes de explorar los negros pasadizos en busca de otras escaleras que llevasen más abajo, el médico recorrió con la linterna las losas del suelo. Muchas estaban sueltas y a intervalos irregulares había algunas perforadas con agujeros que no parecían seguir una pauta concreta, mientras que a un lado encontró una escala muy larga tirada en el suelo, que, aunque pueda parecer raro, parecía estar particularmente impregnada de aquel espantoso olor que lo inundaba todo. Mientras recorría despacio aquel lugar, reparó de pronto en que el ruido y el olor eran más intensos sobre las losas perforadas, como si se tratase de toscas trampillas que condujeran a una región de horrores más profundos. Se arrodilló junto a una de las losas, tiró de ella con ambas manos y descubrió que, con no poca dificultad, era posible desplazarla. Al tocarla, los gemidos de abajo se volvieron más intensos y se sintió dominado por un enorme nerviosismo al levantar la pesada piedra. Desde abajo, lo alcanzó el más inconcebible hedor; la cabeza le dio vueltas mientras, mareado, apartaba la losa e iluminaba con la linterna el metro cuadrado de negrura que se abría ante él.

Se llevó una decepción al no encontrar una escalera que condujera a otro abismo de espantosas abominaciones, pues entre la fetidez y los gemidos, Willett sólo acertó a discernir el pretil de ladrillo de un pozo cilíndrico de un metro y medio de diámetro, sin escalera ni ningún otro medio para descender hasta él. Iluminó el fondo con la linterna y los gemidos se transformaron en una serie de horribles gritos, unidos al sonido de aquellos golpes ciegos, fútiles y resbaladizos. El explorador tembló y no quiso imaginar siquiera qué nocivo ser podía estar acechando en aquella profundidad, pero hizo acopio de valor para asomarse al tosco pretil, se tumbó tan largo como era y sostuvo la linterna con el brazo extendido para ver el fondo. Al principio, sólo se distinguían las paredes de ladrillo cubiertas de moho fangoso, que se hundían ilimitadamente en aquel miasma casi tangible de tenebrosa pestilencia y desesperado frenesí, y luego vio algo oscuro que saltaba torpemente arriba y abajo desde el fondo del estrecho pozo, a unos seis o siete metros del suelo de piedra donde él estaba. La linterna le tembló en la mano, pero volvió a mirar para ver qué criatura viviente podía estar emparedada en la oscuridad de aquel pozo antinatural, abandonada sin comida por el joven Ward todo el largo mes transcurrido desde que los médicos se lo llevaron, y que sin duda era sólo uno de los muchos prisioneros encerrados en los pozos que tapaban las losas perforadas del suelo de la enorme caverna abovedada. Fueran lo que fuesen aquellas cosas, no podían ni tumbarse en un espacio tan angosto, por lo que debían de haber pasado aquellas horribles semanas acurrucadas, gimiendo y dando saltos cada vez más débiles desde que su amo las abandonara.

En cualquier caso, Marinus Bicknell Willett se lamentó de haberse vuelto a asomar. Pese a ser cirujano y veterano de la sala de disección, no ha vuelto a ser el mismo desde entonces. Es difícil explicar cómo la simple visión de algo que era tangible y de dimensiones mensurables pudo conmover y mutar así a un hombre, y sólo podemos decir que ciertas figuras y seres poseen un poder simbólico y de sugestión que producen un efecto terrible en los puntos de vista de un pensador racional y le susurran aterradoras insinuaciones acerca de las oscuras relaciones cósmicas y las realidades innombrables que subyacen tras las ilusiones protectoras de lo que vemos normalmente. En esa segunda ocasión, Willett vio una de esas figuras o seres, pues por unos instantes enloqueció igual que cualquiera de los pacientes del hospital privado del doctor Waite. La linterna se le cayó de la mano que, privada de fuerza y coordinación nerviosa, no pudo evitar el chasquido triturador de dientes que dieron a entender cuál había sido su destino en el fondo del pozo. Chilló, chilló y chilló con una voz cuyo aterrorizado falsete no habría podido identificar ninguno de sus conocidos, y aunque no consiguió ponerse en pie, se arrastró y rodó desesperado sobre el húmedo pavimento donde docenas de pozos del tártaro emitían los mismos gritos y gemidos exhaustos en respuesta a sus propios gritos enloquecidos. Se arañó las manos contra las toscas losas, se golpeó varias veces la cabeza contra los pilares, pero consiguió alejarse hasta que, por fin, fue recobrando lentamente el juicio en medio del hedor y la oscuridad, aunque aún se tapó los oídos para no escuchar más el murmullo de aquellos gemidos en que fueron convirtiéndose, poco a poco, los gritos. Estaba empapado en sudor y no tenía con qué iluminar; se hallaba abatido y enervado envuelto en una oscuridad abismal y pavorosa, y lo abrumaba un recuerdo que ya nunca podría borrar. Bajo sus pies, docenas de aquellas cosas seguían con vida. Él mismo había quitado la tapa de uno de los pozos. Sabía que lo que había visto no sería capaz de trepar por aquellas paredes resbaladizas, pero se estremeció al pensar que pudiese llegar a encontrar algún asidero.

Nunca ha revelado qué era aquella cosa. Se parecía a algunos de los relieves del diabólico altar, pero estaba viva. Su forma no era natural, pues era evidente que estaba sin acabar. Sus deficiencias no podían ser más sorprendentes, y las anormalidades de las proporciones desafiaban cualquier descripción posible. Willett sólo acierta a decir que una cosa semejante debía de ser un ejemplo de las entidades que Ward convocaba a partir de sales imperfectas, y que conservaba con propósitos serviles o rituales. Si no hubiese tenido algún significado, su imagen no habría estado tallada en aquel altar maldito. No era el peor de los seres reproducidos en el altar... Pero Willett no quiso abrir el resto de los pozos. En ese momento, la primera idea coherente que acudió a su memoria fue una frase de uno de los documentos de Joseph Curwen que había leído hacía mucho, una frase utilizada por Simon o Jedediah Orne en aquella ominosa carta confiscada al desaparecido hechicero:

«Sin duda no fue sino el más vivo espanto lo que H. convocó y apenas sí consiguió una parte».

Luego, añadiéndose horriblemente a aquella imagen más que desplazándola, llegó el recuerdo de los antiguos rumores sobre el ser quemado y retorcido hallado en los campos una semana después de producirse el asalto contra la granja de Curwen. Charles Ward le había contado una vez al médico lo que había dicho el viejo Slocum: que no era del todo humano ni se parecía a ningún animal que la gente de Pawtuxet hubiese visto o del que hubiera tenido noticia jamás.

Esas palabras resonaban en la mente del médico mientras avanzaba a gatas, de un lado para otro, por el nitroso suelo de piedra. Intentó apartarlas de su cabeza rezando el Padrenuestro para sus adentros, pero todo acabó convirtiéndose en un batiburrillo mnemotécnico como los versos modernistas de *La tierra baldía,* de T. S. Eliot[15], y por fin terminó repitiendo la doble fórmula que había encontrado

---

[15] THOMAS STEARNS ELIOT (Saint Louis, Missouri, 1888-Londres, 1965), poeta y dramaturgo norteamericano, autor de *La tierra baldía (The waste land),* una de las obras cumbre de la poesía estadounidense del siglo XX. *(N. del T.)*

en la biblioteca subterránea de Ward: «Y´ai 'ng'ngah, Yog-Sothoth» y, así, hasta el «Zhro» subrayado del final. Eso pareció tranquilizarle y, aunque tambaleante, al cabo de un poco se las arregló para ponerse de pie; lamentó amargamente que el pánico le hubiese hecho perder la linterna y miró desesperado en busca de cualquier rayo de luz en la pegajosa oscuridad del aire frío. Pensó que no lo encontraría, pero forzó la vista en todas las direcciones tratando de localizar un leve resplandor o un reflejo de la biblioteca iluminada. Pasado un tiempo le pareció ver un indicio de claridad muy a lo lejos y gateó hacia allí con angustiosa cautela entre el hedor y los aullidos, tanteando siempre por delante pues temía chocar con los numerosos pilares o caer en el abominable pozo que había dejado destapado.

En un momento determinado, sus dedos tocaron algo que dedujo serían los escalones que conducían al altar infernal, y se apartó con asco. En otra ocasión, encontró la losa perforada que había apartado y su cautela se volvió casi dolorosa, pero no dio con la temida abertura, ni nada salió de ella para cortarle el paso. Lo que había visto allí abajo no se movió ni hizo ya el menor ruido. Evidentemente, no le había sentado bien triturar la linterna caída. Cada vez que los dedos de Willett tocaban una losa perforada, temblaba. A veces su paso despertaba los gemidos de abajo, pero, por lo general, se movió casi sin hacer ruido. En varias ocasiones el resplandor disminuyó a medida que avanzaba, y comprendió que las velas y lámparas que había dejado encendidas se estaban extinguiendo una a una. La idea de perderse en aquella completa oscuridad sin cerillas en mitad de un laberíntico mundo subterráneo de pesadilla le impulsó a levantarse y echar a correr, ahora que había pasado el pozo abierto podía estar seguro de no caer, pero sabía que una vez se apagaran las luces, su única esperanza de ser rescatado sería la ayuda que pudiera enviar el señor Ward al ver que no regresaba. Cuando, poco después alcanzó el angosto pasillo vio que el resplandor procedía de una puerta que había a su derecha. Momentos más tarde llegó allí y volvió a hallarse en la biblioteca secreta del joven Ward, temblando de alivio y observando el chisporroteo de la última lámpara que lo había guiado hasta un lugar seguro.

Tan rápidamente como pudo, Willett rellenó las lámparas con una lata de petróleo que había visto antes, y cuando la habitación volvió a estar iluminada la registró en busca de una linterna para proseguir su exploración. A pesar de estar sobrecogido por el espanto, su determinación seguía intacta: estaba firmemente decidido a no dejar piedra sin remover con tal de averiguar los horrendos hechos que habían causado la extraña locura de Charles Ward. No encontró ninguna linterna, así que se hizo con la lámpara más pequeña, se llenó los bolsillos de velas y cerillas y llevó consigo una lata de petróleo, con intención de utilizarla como reserva si encontraba el laboratorio oculto al otro lado de la sala terrible del impío altar y los aterradores pozos. Para volver a penetrar en dicho lugar, tendría que hacer acopio de valor, pero estaba decidido a cumplir con su obligación. Por suerte, ni el espantoso altar ni el pozo abierto estaban cerca del muro perforado de celdas que limitaba el área de la caverna, y cuyos pasadizos negros y misteriosos constituían el siguiente objetivo de su sistemática exploración.

De este modo, Willett regresó a la gran sala de los pilares, el hedor y los angustiosos aullidos y bajó el fuego de la lámpara para no tener que ver a lo lejos el altar infernal ni el pozo destapado con la losa agujereada al lado. La mayoría de los pasadizos conducían a pequeñas estancias, unas vacías y otras utilizadas como almacén. En varias vio montones extraños de objetos diversos. Una estaba llena de paquetes de ropa apolillados y cubiertos de polvo, y el explorador se estremeció al reconocer de forma inconfundible las vestimentas de hacía siglo y medio. En otra encontró diversas prendas modernas, como si estuviesen reuniéndolas poco a poco para vestir a un gran contingente de hombres. Pero lo que más le repugnó fueron unas enormes vasijas de cobre que fue encontrando, cubiertas de unas siniestras incrustaciones. Le desagradaron aún más que unos cuencos de plomo extrañamente labrados, en cuyos bordes rezumaba un sedimento inmundo de olores tan repulsivos que destacaban por encima del hedor general de la cripta. Una vez completada la mitad del circuito de la pared encontró otro pasillo como el que había utilizado para llegar hasta allí y en el que había numerosas puertas.

Exploró el nuevo pasillo y, tras tres habitaciones de tamaño mediano en las que no encontró nada particular, llegó por fin a una estancia grande de forma oblonga cuyos tanques y mesas de aspecto profesional, hornos e instrumental moderno, libros e infinitos estantes cubiertos de tarros y matraces le anunciaron que se hallaba por fin en el laboratorio de Charles Ward... Y, sin duda, antes que suyo, del viejo Joseph Curwen.

Prendió las tres lámparas que había preparado antes para examinar el lugar y sus alrededores con el mayor interés; dada la cantidad de reactivos químicos, reparó en que la principal preocupación del joven Ward debía de haber tenido que ver con alguna rama de la química orgánica. En general, no pudo sacar muchas conclusiones de aquel laboratorio científico, que incluía una horrible mesa de disección, por lo que en conjunto el lugar le pareció bastante decepcionante. Entre los libros había un ejemplar viejo y manoseado de las obras de Borellus en letra gótica y, curiosamente, vio que Ward había subrayado el pasaje que tanto había turbado al bueno del señor Merritt en la granja de Curwen hacía más de siglo y medio. El ejemplar más antiguo, por supuesto, debía de haberse perdido, con el resto de la biblioteca ocultista de Curwen, durante el asalto final. Del laboratorio salían tres pasillos más y el doctor Willett decidió echarles un vistazo. Comprobó que dos de ellos conducían a pequeños almacenes y al escudriñar en su interior vio que había pilas de ataúdes en diverso estado de deterioro, algunas de cuyas placas logró descifrar estremecido. También había mucha ropa y varias cajas cerradas cuyo contenido no se detuvo a investigar. Lo más interesante tal vez fuesen algunos restos de lo que juzgó que sería el material de laboratorio del viejo Curwen. Los asaltantes los habían roto, pero seguía siendo posible reconocer en ellos el instrumental químico de la época georgiana.

El tercer pasillo llevaba hasta una sala espaciosa, cubierta por completo de estanterías, con una mesa en el centro sobre la que había dos lámparas. Willett las encendió e inspeccionó, bajo su brillante resplandor, los interminables estantes que le rodeaban. Casi todos los de arriba se hallaban vacíos, pero la mayoría estaban abarrotados de extraños recipientes de plomo de dos tipos: uno alto y sin asas, como un lecito griego o vaso de aceite, y otro con un asa y las mismas proporciones que un jarro de Falerón. Todos tenían tapas metálicas y estaban cubiertos con extraños símbolos modelados en bajorrelieve. El médico reparó enseguida en que dichos recipientes estaban clasificados siguiendo un orden muy estricto: los lecitos estaban a un lado de la sala bajo un gran cartel de madera que decía «Custodes» y los jarros de Falerón al otro, igualmente clasificados con un cartel que decía «Materia». Cada uno de ellos, a excepción de unos cuantos vacíos situados en los estantes superiores, llevaban una etiqueta de cartón con un número de catálogo, así que Willett decidió que después buscaría aquel catálogo, pero, de momento se interesó más en la naturaleza general de aquella colección: probó a abrir al azar algunos de los lecitos y jarros de Falerón para inspeccionar su contenido. El resultado fue invariable. Ambos tipos de recipiente contenían pequeñas cantidades de la misma sustancia: un polvillo fino muy ligero y de diversos tonos más bien neutros y apagados. No parecía que estuviesen ordenados por colores, que era lo único que cambiaba, y tampoco había diferencias visibles entre el contenido de los lecitos y los jarros de Falerón. Un polvo gris azulado podía encontrarse junto a otro blanco rosado y uno que estuviese en un jarro podía encontrarse después en un lecito. El rasgo más peculiar de aquellos polvos era su falta de adherencia. Si Wallet se los echaba en la mano, al devolverlos al recipiente, no le quedaba el menor residuo en la palma.

Le dejó ciertamente perplejo por qué aquellos productos químicos estaban tan claramente separados de los tarros de cristal del laboratorio propiamente dicho y cuál podía ser el significado de los dos carteles. «Custodes» y «Materia» eran términos latinos para designar «Guardianes» y «Materiales», respectivamente. De pronto, recordó dónde había visto antes la palabra «guardianes», en relación con aquel terrible misterio. Había sido, naturalmente, en la carta que supuestamente envió el viejo Edward Hutchinson al doctor Allen. La frase decía: «Pues no hay necesidad de conservar a los guardianes con su forma y comiendo insaciablemente y que den ocasión de ser descubiertos al menor contratiempo, como bien sabéis». ¿Qué significaba aquello?

Pero, un momento... Había aún otra referencia a los «guardianes» que había pasado por alto al leer la carta de Hutchinson. En el tiempo en que Ward todavía no se mostraba tan reservado, le había hablado del diario de Eleazar Smith donde se contaba la historia de la vigilancia a que él y Weeden habían sometido la granja de Curwen. En aquella horrible crónica, había una alusión a ciertas conversaciones oídas antes de que el viejo hechicero se ocultara bajo tierra. Smith y Weeden insistían en que se habían producido terribles diálogos entre Curwen, ciertos prisioneros y sus guardianes. Dichos guardianes, según Hutchinson o su avatar, «comen insaciablemente», por lo que el doctor Allen no los había mantenido con su forma, si no... ¿A qué otra cosa se podía dedicar aquella banda de hechiceros que a convertir en forma de aquellas «sales» todos los cuerpos o esqueletos humanos que podía?

Por tanto, ¿ese era el contenido de los lecitos? ¿El fruto monstruoso de ritos y hazañas profanas, presumiblemente forzado o sometido para que, cuando se le convocara mediante algún diabólico encantamiento, ayudase a proteger a su blasfemo señor o a interrogar a quienes se resistieran? Willett se estremeció al pensar en lo que acababa de tener en la palma de la mano y, por un momento, sintió el impulso de huir presa del pánico de aquella caverna llena de pavorosas estanterías y de silenciosos centinelas que, tal vez, estuvieran observándole. Luego pensó en la «materia», en los miles de jarros que había al otro lado de la sala. Eran sales también, pero si no de los «guardianes», entonces ¿de qué? ¡Dios! ¿Sería posible que allí descansaran los restos mortales de la mitad de los grandes pensadores de todas las épocas, robados por aquellos odiosos profanadores de las criptas donde el mundo los creía a salvo, y sometidos al capricho de unos locos que aspiraban a arrancarles su saber con fines aún más demenciales, cuyo efecto definitivo afectaría, como había sugerido Charles en su carta, «a la civilización, la ley natural y puede que incluso al destino del sistema solar y el universo»? ¡Y Marinus Bicknell Willett había dejado que ese polvo se le escurriera entre los dedos de la mano!

Cuando logró sosegarse lo suficiente, reparó en una portezuela que había al fondo de la habitación y se acercó para examinar un tosco cartel tallado que había encima. No era más que un símbolo, pero le llenó de un vago temor espiritual, pues un morboso y soñador amigo suyo se lo había dibujado una vez en un papel y le había explicado alguno de sus significados, en el profundo abismo del sueño. Era el signo de Koth, que los soñadores ven sobre el dintel de cierta torre negra que se alza solitaria en el crepúsculo... Y a Willett no le agradaba en absoluto lo que su amigo Randolph Carter le había contado de sus poderes. No obstante, un momento después reconoció un nuevo olor acre en el aire hediondo que le hizo olvidar el símbolo. Era un olor químico, más que animal, y evidentemente procedía de la habitación que había detrás de aquella portezuela. Se trataba, sin duda, del mismo olor que impregnaba la ropa de Charles Ward el día que se lo habían llevado los médicos. ¿Con que era allí donde habían interrumpido al joven con aquella última visita? Al no ofrecer resistencia, había demostrado ser más astuto que el viejo Joseph Curwen. Willett, decidido a llegar al fondo de cualquier misterio o pesadilla que pudiera albergar aquel reino subterráneo, cogió la lamparita y cruzó el umbral. Le recibió una oleada de pavor indescriptible, pero no cedió ante ningún miedo ni fantasía ni permitió que se interpusiera ante él ningún capricho. Allí no había nada vivo que pudiera hacerle daño, y nada le impediría atravesar la espantosa nube que rodeaba a su paciente.

Al otro lado, apareció una habitación de tamaño medio, sin más muebles que una mesa, una silla y dos máquinas con cepos y engranajes que Willett reconoció, al cabo de un rato, como instrumentos de tortura medievales. A un lado de la puerta había una percha de la que colgaban unos látigos de aspecto feroz y, por encima, había varios estantes repletos de copas de plomo vacías con forma de cálices griegos. Al otro lado, había una mesa con una potente lámpara de Argand, un cuaderno, un lápiz, y dos de los lecitos tapados de los estantes de fuera, dejados ahí de manera aparentemente apresurada. Willett encendió la lámpara y hojeó atentamente el cuaderno para ver qué notas estaba tomando el joven Ward cuando le interrumpieron, pero no encontró nada inteligible, salvo los siguientes fragmentos inconexos con la abigarrada caligrafía de Curwen, que no arrojaron ninguna luz sobre el caso:

«B. no ha m. Ha traspasado el muro y hallado aposento abajo».
«He visto al viejo V. recitar el Sabaoth y he aprendido el camino».
«Convoqué tres veces a Yog-Sothoth y apareció al día siguiente».
«F. intentó eliminar a todos los que saben cómo convocar a los de fuera».

El intenso resplandor de la lámpara de Argand iluminaba toda la estancia y el médico vio que la pared de enfrente de la puerta, entre las dos máquinas de tortura de los rincones, estaba cubierta de ganchos de los que colgaban varias batas deformadas de un deprimente color blanco amarillento. Pero mucho más interesantes eran las dos paredes vacías, que estaban cubiertas de símbolos y fórmulas místicas cinceladas de manera tosca sobre la piedra lisa. Sobre el suelo húmedo, también cincelado, Willett reconoció con facilidad una enorme estrella de cinco puntas en el centro con unos círculos de unos noventa centímetros de diámetro situados a mitad de la distancia entre la estrella y las cuatro esquinas de la habitación. En uno de aquellos cuatro círculos, junto a una bata amarillenta tirada en el suelo de cualquier manera, encontró un cáliz similar a los del estante que había sobre la percha de los látigos, y justo en el borde vio un jarro de Falerón, como los de las estanterías de la sala contigua, marcado con la etiqueta «118». Estaba abierto, pero se hallaba vacío; sin embargo, el investigador reparó con un escalofrío en que el cáliz estaba lleno. En el interior del círculo había una pequeña cantidad de polvo seco y eflorescente de color verdoso mate que no se había esparcido, por la ausencia de corrientes de aire en aquella apartada caverna, y que debía de ser el contenido de aquel jarro. A Willett le dio vueltas la cabeza al calibrar todas las implicaciones que acudieron a su mente cuando fue relacionando, uno a uno, los elementos y antecedentes de la escena. Los látigos e instrumentos de tortura, el polvo o sales del frasco con el cartel de «Materia» y los dos lecitos del estante con el de «Custodes», las batas, las fórmulas de las paredes, las notas apuntadas en el cuaderno, las insinuaciones de las cartas y de los rumores, y los miles de atisbos, dudas y suposiciones que habían atormentado a los amigos y parientes de Charles Ward, todo aquello sumergió al médico en una ola de horror mientras contemplaba el polvo seco y verduzco vertido en el suelo desde el cáliz de plomo.

Willett hizo un esfuerzo para lograr serenarse e inspeccionar las fórmulas cinceladas en la pared. Por la caligrafía era evidente que se habían tallado en tiempos de Joseph Curwen. Su texto habría resultado vagamente conocido a cualquiera que hubiese leído sus escritos o que estuviese familiarizado con la historia de la magia. En una de ellas el médico reconoció con claridad lo que la señora Ward había oído recitar a su hijo aquel horrible Viernes Santo de hacía un año y que una autoridad le había explicado que era una terrible invocación dirigida a dioses secretos, fuera de las esferas normales. No aparecía exactamente como lo había transcrito de memoria la señora Ward, ni como se lo había mostrado dicha autoridad en las páginas prohibidas de Eliphas

Lévi, pero aun así resultaba inconfundible, y palabras como Sabaoth, Metraton, Almousin y Zariatnatmik provocaron un nuevo escalofrío al investigador, que había visto y sentido aquella abominación cósmica a la vuelta de la esquina.

Esto en lo que se refiere a la pared de la izquierda, según se entraba en la habitación. La derecha estaba igualmente cubierta de inscripciones que Willett, con estremecimiento, reconoció como las dos fórmulas tantas veces repetidas en las notas tomadas en la biblioteca. Eran, a grandes rasgos, las mismas, encabezadas con los antiguos símbolos de «La Cabeza del Dragón» y «La Cola del Dragón», igual que en las anotaciones de Ward. Pero la forma de transcribirlas parecía distinta, como si el viejo Curwen hubiese tenido otro sistema de interpretar los sonidos o como si estudios posteriores hubiesen servido para dar con una variante más poderosa y perfeccionada de dicha invocación. El médico intentó conciliar la versión cincelada con la que aún seguía rondándole por la cabeza y no le resultó fácil. La que él había memorizado empezaba «Y´ai 'ng'ngah, Yog-Sothoth», mientras que la de la pared comenzaba con un «Aye, engengah, Yogge-Sothotha», lo que a su entender afectaba a la división en sílabas de la segunda palabra.

Aquella discrepancia le inquietó, pues tenía impreso en su cerebro el segundo texto y, de pronto, se sorprendió a sí mismo canturreando en voz alta la primera de las fórmulas para encajar su sonido con las letras que había encontrado talladas. Su voz sonó rara y amenazadora en aquel abismo de antiguas blasfemias. Se oía a sí mismo como en un sonsonete monocorde, que armonizaba con los hechizos del pasado y lo desconocido, como el infernal ejemplo de aquel gemido sordo y odioso procedente de los pozos cuya inhumana frialdad se alzaba y acallaba rítmicamente en la distancia a través del hedor y la oscuridad.

¡Y'AI 'NG'NGAH,
YOG-SOTHOTH
H'EE-L'GEB
F'AI THRODOG
UAAAH!

Pero ¿qué era ese viento frío que se había levantado al mismo instante de comenzar los cánticos? Las lámparas chisporroteaban lúgubremente y la oscuridad se volvió tan densa que las letras de la pared se hicieron casi indistinguibles. También había humo y un olor acre que apagó el hedor de los pozos lejanos; un olor que ya había olido antes, pero infinitamente más fuerte y punzante. Apartó la vista de las inscripciones para contemplar la habitación y los extraños objetos que en ella había, y vio que, del cáliz del suelo, que había contenido el ominoso polvo fluorescente, estaba saliendo una nube de espeso humo negro y verdoso de una opacidad y un volumen sorprendentes. Aquel polvo... ¡Dios Santo! Procedía del estante de «Materia» ¿Qué estaba sucediendo? ¿Qué había provocado? La fórmula que había recitado... La primera de las dos: la Cabeza del Dragón, el nodo ascendente... ¡Dios Todopoderoso! ¿Sería posible...?

Al médico le dio vueltas la cabeza y por su memoria pasaron descabellados fragmentos inconexos de todo lo que había visto, oído y leído acerca del espantoso caso de Joseph Curwen y Charles Dexter Ward: «Insisto en que no convoquéis nada que no podáis controlar...»; «Tened siempre disponibles las palabras para aplacarlo y detenedlo si tenéis la menor duda de a quién habéis convocado...»; «Tres conversaciones con lo que había inhumado en él...».

—¡Por el amor del cielo! —exclamó para sus adentros—. ¿Qué es esa silueta que aparece detrás del humo que se disipa?

5

Marinus Bicknell Willett no tiene esperanza de que ninguna parte de su historia sea creída más que por unos cuantos amigos comprensivos, por ello no ha intentado contarla más allá de su círculo más íntimo. Pocas personas la han oído y la mayoría se ríen y dicen que el médico empieza a hacerse mayor. Le han aconsejado que se tome unas vacaciones y que no vuelva a aceptar casos de trastorno mental. Pero el señor Ward sabe que el veterano médico se limita a decir la horrible verdad. ¿Acaso no vio él mismo la espantosa entrada en la bodega del bungaló? ¿No le envió Willett a casa enfermo y postrado a las once en punto de aquella ominosa mañana? ¿No había telefoneado al médico en vano esa tarde y al día siguiente, y no había ido en coche a mediodía al bungaló para encontrar a su amigo inconsciente, pero ileso, en una de las camas de arriba? Willett respiraba con un estertor, y abrió despacio los ojos cuando el señor Ward le dio un poco de coñac que llevaba en el coche. Luego se estremeció y gritó:

—Esa barba... Esos ojos... ¡Dios! ¿Quién es usted?—, unas palabras muy raras para dedicárselas a un caballero bien afeitado, de ojos azules, a quien conocía desde la infancia.

Bajo la brillante luz del mediodía, el bungaló estaba igual que la mañana anterior. La ropa de Willett no parecía desarreglada, excepto por unas pocas manchas, un par de rozaduras en las rodillas y un vago olor acre que al señor Ward le recordó a cómo olía su hijo el día que lo llevaron al hospital. El médico había extraviado la linterna, pero su propia maleta seguía allí tan vacía como cuando la llevó consigo. Antes de dar siquiera una explicación, haciendo un ingente esfuerzo moral, Willett bajó tambaleándose a la bodega e intentó abrir la plataforma situada delante de las tinas de lavar. Fue inútil. Volvió a donde había dejado las herramientas, cogió un cincel y empezó a quitar las duras planchas una por una. Debajo asomó el hormigón, pero no quedaba ni rastro de ninguna apertura o perforación. En esta ocasión, no se abrió nada cuyas emanaciones causara náuseas al perplejo padre, que había seguido al médico hasta allí. Bajo las planchas sólo había hormigón liso: ni pozos malolientes, ni un mundo de horrores subterráneos, ni una biblioteca secreta, ni los papeles de Curwen, ni hediondos y ruidosos pozos de pesadilla, ni laboratorio, ni estantes, ni fórmulas cinceladas en las paredes, no... El doctor Willett palideció y sujetó con fuerza al hombre más joven.

—Ayer... —comenzó a preguntar en voz baja—, ¿usted lo vio... y lo olió?

Y cuando el señor Ward, transfigurado a su vez por el recuerdo y el espanto, encontró fuerzas para asentir, el médico mostró su alivio con una mezcla de jadeo y suspiro, y asintió a su vez.

—En tal caso se lo contaré todo —concluyó.

Y así, por espacio de una hora, en la habitación más soleada que pudieron encontrar arriba, el médico susurró su pavorosa historia al sorprendido padre. No pudo contar nada de lo sucedido después de que se le apareciera la silueta, al disiparse el humo verdoso y negro del cáliz, y Willett estaba demasiado cansado para preguntarse qué era lo que había ocurrido en realidad. Los dos hombres movieron la cabeza con perplejidad y el señor Ward se atrevió a proponer con un susurro: «¿Cree usted que cavar serviría de algo?». El médico guardó silencio, pues no estaba seguro de que fuera apropiado responder a esa pregunta siquiera, cuando poderes de unas esferas desconocidas habían invadido vitalmente este lado del Gran Abismo. A continuación, el señor Ward preguntó: «Pero ¿dónde se habrá metido? Lo ha traído a usted aquí y luego ha sellado la entrada de algún modo». Y Willett volvió a dejar que el silencio respondiera por él.

Pero, en verdad, el asunto no terminó así. Antes de marcharse, el doctor echó mano de su pañuelo y sus dedos se cerraron en torno a un trozo de papel que antes no llevaba en el bolsillo y a las velas y las cerillas que había cogido en la bóveda desaparecida. Era una hoja de papel normal, arrancada evidentemente del cuaderno barato que había en aquella imponente cámara de los horrores subterránea, y escrita con un vulgar lápiz de grafito, probablemente el que había al lado del cuaderno. Estaba doblada con descuido, y aparte del leve olor acre de la misteriosa estancia, no tenía huella o marca que pudiera indicar su procedencia. Sin embargo, el texto resultaba de lo más sorprendente pues no estaba escrito con la letra de una época normal, sino con trazos laboriosos propios de las oscuridades medievales, apenas legibles para los legos que se inclinaron sobre él, pese a que formaban combinaciones de símbolos que parecían vagamente familiares.

El breve mensaje garabateado era el siguiente y su misterio dio un objetivo a la conmovida pareja que se dirigió al coche de Ward y dio órdenes de que los llevasen a comer a algún sitio tranquilo y luego a la Biblioteca John Hay en la colina.

Ya en la biblioteca, con los buenos manuales de paleografía que encontraron fácilmente, los dos hombres estuvieron dándole vueltas al mensaje hasta que encendieron las luces de la gran araña al caer la tarde. Al final encontraron lo que buscaban. La letra no era ninguna invención fantasiosa, sino la forma normal de escritura de aquella época oscura. Eran caracteres en minúscula del siglo VIII o IX que les trajeron recuerdos de una época muy inculta, cuando bajo una capa fresca de cristianismo se agitaban sigilosas religiones y ritos antiguos, y la pálida luna de Gran Bretaña contemplaba extrañas ceremonias en las ruinas romanas de Caerleon y Hexham y junto a las torres a lo largo del decrépito muro de Adriano. Las palabras estaban escritas en el latín que se preservaba en esa época bárbara: *Corvinus necandus est. Cadaver aq(ua) forti dissolvendum, nec aliq(ui)d retinendum. Tace ut potes.* Cuya traducción vendría a ser: «Curwen debe morir. El cadáver debe disolverse en agua fuerte, sin conservar nada. Calla mientras puedas».

Willett y Ward enmudecieron perplejos. Se habían enfrentado a lo desconocido y ahora descubrían que carecían de la más sutil emoción para responder como consideraban necesario. Sobre todo, Willett, que parecía haber alcanzado el máximo de su capacidad para asimilar nuevas impresiones terroríficas. Permanecieron callados y sin saber qué hacer hasta que cerraron la biblioteca y tuvieron que marcharse. Luego se dirigieron apáticos a la mansión de los Ward en Prospect Street y no dijeron nada en toda la noche. El médico se acostó de madrugada, pero no volvió a su casa. Aún seguía allí el domingo al mediodía cuando recibieron un recado telefónico de los detectives a los que habían encargado hacer averiguaciones sobre el doctor Allen.

El señor Ward, que caminaba en bata de aquí para allá, respondió personalmente a la llamada y cuando supo que el informe estaba terminado, pidió a los hombres que se presentaran a primera hora del día siguiente. Tanto Willett como él se alegraron de que aquella fase del asunto empezara a cobrar forma, pues fuese cual fuese el origen del extraño mensaje, era evidente que al Curwen al que debían destruir no era otro que el desconocido de la barba y las gafas. Charles había temido a aquel hombre y ya les había dicho, en su desquiciada carta, que debían matarlo y disolverlo en ácido. Por otro lado, Allen había estado recibiendo correspondencia de los extraños hechiceros de Europa bajo el nombre de Curwen y era obvio que se consideraba un avatar del desaparecido nigromante. Y ahora habían recibido un mensaje de una fuente desconocida que decía que Curwen debía morir y ser disuelto en ácido. La vinculación de los hechos era inequívoca, demasiado como para ser errónea. Por otro lado, ¿acaso no estaba Allen planeando asesinar al joven por consejo de aquel ser que se hacía llamar Hutchinson? Claro que el desconocido de la barba no había llegado a recibir la carta que ellos habían leído, pero de su texto se deducía que Allen ya había hecho planes para librarse del joven, si se volvía demasiado «aprensivo». Sin duda, había que parar a Allen o, por lo menos, si acaso no se viesen capaces de seguir aquellas drásticas instrucciones, debían llevarlo a algún lugar donde no pudiese hacer daño a Charles Ward.

Esa misma tarde, el médico y el padre fueron al hospital de la bahía a visitar a la única persona que podría darles alguna información acerca de tan recónditos misterios. Confiaban en poder sonsacarle algo al joven Charles, aunque tampoco albergaban muchas esperanzas. Willett le contó de manera breve y solemne todo lo que había visto e interpretó que su palidez corroboraba que sus descubrimientos eran ciertos. El médico empleó todo tipo de efecto dramático a su alcance y observó con atención los gestos de Charles cuando llegó al asunto de los pozos y los híbridos innombrables que había en su interior. Pero Ward no hizo el menor aspaviento. Willett hizo una pausa para alzar la voz impostando indignación al contarle que aquellos seres se estaban muriendo de hambre. Tachó al joven de inhumano e insensible, pero como respuesta tan sólo recibió una risa sardónica que le hizo estremecer. Charles ya no podía seguir fingiendo que aquellas catacumbas no existían, pero empezó a dar la impresión de que se tomaba toda aquella historia como una broma macabra, dejando salir una risa ronca que hacía pensar en algo que le divertía. Luego susurró en un tono que a Willett le pareció doblemente horrible por su voz cascada:

—¡Malditos sean! Comen pese a que no lo necesitan. ¡Eso es lo raro! ¿Decís que llevan un mes sin comer? No, señor, os estáis quedando muy corto. ¡Qué ironía! ¡Menuda sorpresa se habrían llevado el viejo capitán Whipple y su asalto de virtuosos! Quería matarlos a todos, pero... ¡Maldito sea! Estaba tan ensordecido por el ruido de fuera que no vio ni oyó lo que había en los pozos. ¡Ni siquiera llegó a tener noticia de su existencia! ¡El diablo se os lleve! ¡Esas cosas llevan aullando ahí abajo desde que mataron a Curwen hace ciento cincuenta y siete años!

El doctor Willett ya no fue capaz de arrancarle al joven una palabra más. Horrorizado, pero casi convencido aun a su pesar, prosiguió su historia con la esperanza de que algún incidente pudiera sacar a su joven interlocutor de la demencial circunspección en que se había refugiado. Al contemplar el rostro del muchacho, el médico no pudo evitar sentir una especie de horror ante los cambios producidos en él en los últimos meses. Sin duda el joven había convocado horrores indecibles de los cielos. Cuando aludió a la habitación de las fórmulas y el polvo verdoso, Charles pareció reaccionar por primera vez mostrando una cierta expresión de extrañeza que se instaló en su semblante cuando oyó que Willett había leído lo que estaba escrito en el viejo cuaderno. Le cortó rápidamente aduciendo que eran unas anotaciones viejas, que no tenían ni el menor significado para alguien que no estuviese iniciado en la historia de la magia.

—No obstante —añadió—, si hubieseis conocido las palabras para convocar lo que había en ese cáliz, no estaríais aquí para contarlo. Era el número ciento dieciocho, y si hubierais consultado la lista en el otro cuarto os habríais estremecido. Yo no llegué a convocarlo, aunque me disponía a hacerlo el día que me trajisteis aquí.

Entonces Willett le contó cómo había pronunciado la fórmula y cómo se había alzado el humo negro verdoso. Al hacerlo, vio miedo real en el rostro de Charles Ward.

—¿Lo ha traído usted y aun así sigue con vida?—, Ward gruñó esas palabras y su voz pareció librarse de todas las trabas y sumirse en cavernosos abismos de ecos inquietantes. En un destello de inspiración, Willett entendió la situación e incluyó en su respuesta una advertencia que recordaba de una de las cartas:

—¿El ciento dieciocho, dice usted? No olvide que las lápidas están cambiadas en nueve de cada diez cementerios. No se puede estar seguro hasta convocarlo.

Y, sin previo aviso, sacó el mensaje y se lo puso ante los ojos esperando una reacción que no pudo ser más intensa: Charles Ward se desmayó al verlo.

El interrogatorio se llevó a cabo, por supuesto, bajo la mayor de las privacidades, para que el resto de los médicos no acusaran al padre y a Willett de alentar los delirios de un loco. Sin pedir ayuda, levantaron al joven y lo acostaron en el sofá. Al despertar, el paciente farfulló varias veces unas palabras que debía hacer llegar a Orne y a Hutchinson sin pérdida de tiempo, pero, en cuanto recobró del todo la conciencia, el médico le advirtió que debería considerar al menos a uno de aquellos dos extraños individuos como su enemigo mortal, ya que había aconsejado a Allen que lo asesinara. Esa revelación no produjo ningún efecto visible, pues antes de hacerla los visitantes ya habían notado que su anfitrión parecía un hombre atormentado. Después se negó a seguir hablando y Willett y el padre se marcharon no sin antes advertir al joven de que se guardara del barbudo Allen, a lo cual este se limitó a responder que ya se había librado de dicho individuo y que no podría hacerle ningún daño aunque quisiera. Luego soltó una carcajada casi perversa que les produjo una penosa impresión. No les preocupó que Charles pudiese intentar comunicarse con la monstruosa pareja de Europa, pues sabían que el correo pasaba la censura de las autoridades del hospital y que no le dejarían enviar ninguna misiva desquiciada o extraña.

El asunto de Orne y Hutchinson, si de verdad eran ellos los hechiceros exiliados, tuvo un curioso desenlace. Movido por un vago presentimiento, provocado por los horrores vividos durante este período, Willett solicitó a una agencia internacional de prensa que le enviasen noticias sobre crímenes y accidentes notables ocurridos recientemente en Praga y en la parte oriental de Transilvania. Al cabo de dos meses, creyó haber encontrado dos noticias muy significativas, entre las muchas que recibió y mandó traducir. Una era el desplome de una casa en el barrio antiguo de Praga y la desaparición de un hombre con fama de malvado que se llamaba Josef Nadek y que había vivido en aquella casa desde que los vecinos tenían memoria. La otra era una enorme explosión en las montañas de Transilvania, al este de Rakus, con la total desaparición de los habitantes del infausto castillo Ferenczy, cuyo dueño gozaba de tan mala reputación entre los campesinos y la soldadesca que no habrían tardado en citarlo para ser interrogado en Bucarest, si aquel accidente no hubiese cortado de raíz una carrera tan larga que superaba con creces la memoria de los lugareños. Willett supuso que la mano que le escribió aquel mensaje bien podía blandir armas más poderosas y que, aunque prefirió encomendarle a él la misión de acabar con Curwen, se creyó capaz de encontrar y eliminar a Orne y al propio Hutchinson. El médico se esfuerza constantemente en no pensar en cuál pudo ser su destino.

6

A la mañana siguiente, el doctor Willett se apresuró a ir a casa de los Ward para estar presente cuando llegaran los detectives. Estaba decidido a intentar destruir o encarcelar a Allen —o Curwen, si se daba por buena la supuesta reencarnación— a cualquier precio, y así se lo dijo al señor Ward mientras esperaban la llegada de los hombres. Se quedaron en el piso de abajo, ya que el peculiar hedor que reinaba en el piso de arriba, y que los viejos criados atribuían al desaparecido retrato de Curwen, invitaba a evitar la parte superior de la casa.

Los tres detectives llegaron a las nueve en punto y, sin más dilación, procedieron a contarles todo lo que habían averiguado. Por desgracia, no habían logrado localizar al portugués Gomes, ni descubierto un sólo indicio sobre el paradero del doctor Allen; no obstante, se las habían arreglado para recabar muchos testimonios y descubrir hechos relacionados con el huidizo desconocido. Los habitantes de Pawtuxet coincidían en que Allen era un ser vagamente sobrenatural y en que la espesa barba rubia era teñida o postiza... Sospecha que se había confirmado con el hallazgo en su habitación del fatídico bungaló de una barba postiza y unas gafas oscuras. Su voz, tal como corroboró el señor Ward por su única conversación telefónica, tenía un tono profundo y cavernoso imposible de olvidar, y su mirada parecía perversa incluso a través de las gafas ahumadas de concha. Un carnicero había tenido ocasión de ver su letra en una ocasión en que le hizo un pedido y declaró que era muy apretada y enrevesada, lo cual confirmaban las notas de oscuro significado halladas en su cuarto e identificadas por dicho comerciante. Respecto a los rumores de vampirismo del verano anterior, la mayoría afirmaban que el vampiro era Allen, no Ward. También habían tenido acceso al informe de los policías que habían visitado el bungaló tras el desagradable incidente del robo del camión. El doctor Allen no les había parecido tan siniestro, pero habían tenido la impresión de que era la figura dominante en aquella casa sombría. El lugar estaba demasiado oscuro para que pudiesen observarlo con claridad, pero lo reconocerían si volvieran a verle. Su barba les había resultado extraña, y creían recordar que tenía una pequeña cicatriz sobre el ojo derecho por encima de las gafas. En cuanto al registro llevado a cabo en la habitación de Allen, no había proporcionado nada aparte de la barba y las gafas, y varias notas escritas a lápiz con la apretada caligrafía, que Willett enseguida vio que era idéntica a la de los viejos manuscritos de Curwen y las abundantes notas tomadas por el joven Ward en las desaparecidas catacumbas del horror.

Según iban escuchando los datos expuestos, el doctor Willett y el señor Ward se fueron sintiendo embargados por una especie de temor cósmico, profundo y sutil y casi se echaron a temblar cuando, de forma simultánea, llegaron a la misma vaga y descabellada conclusión. La barba postiza y las gafas... La abigarrada escritura de Curwen... El antiguo retrato y la cicatriz... El cambio dado por el joven en el hospital... La misma cicatriz... La voz hueca y profunda del teléfono... ¿No era acaso la que recordaba el señor Ward cuando su hijo le habló con aquel tono lastimoso al que aseguraba verse reducido por el estado de sus nervios? ¿Quién había visto juntos a Charles y a Allen? Sí, los policías en una ocasión, pero ¿y después? ¿No había coincidido la marcha de Allen con que Charles perdiera de pronto el miedo y se instalase a vivir en el bungaló?

Curwen... Allen... Ward... ¿De qué manera blasfema y abominable se habían fusionado dos épocas y dos personas? El odioso parecido del cuadro con Charles... ¿Acaso no lo había observado y seguido con la mirada mientras se movía por la habitación? ¿Por qué tanto Allen como Charles imitaban la caligrafía de Curwen incluso cuando estaban solos y sin vigilancia? Y las espantosas actividades de aquella gente... La cripta perdida de los horrores donde el médico había envejecido en una sola noche, los monstruos hambrientos en los pozos pestilentes, las temibles fórmulas que habían producido resultados inconcebibles, el mensaje en minúsculas medievales hallado en el bolsillo de Willett, las cartas, los documentos y todas las alusiones a tumbas, sales y hallazgos... ¿A qué apuntaba todo aquello? Al final, el señor Ward hizo lo más sensato. Sin pararse a pensar en sus motivos, dio a los detectives un objeto para que se lo mostrasen a los tenderos de Pawtuxet que habían visto al siniestro doctor Allen. El objeto era una fotografía de su desdichado hijo, en la que había pintado con mucho cuidado un par de gafas de concha y la barba negra y afilada que habían encontrado en la habitación de Allen.

La espera junto al médico, en el opresivo ambiente de la casa en el que los miedos y los miasmas se extendían, duró dos horas en las que les embargó la sensación de que el panel vacío de la biblioteca miraba, miraba y miraba con sorna. Cuando por fin regresaron los hombres, confirmaron que, efectivamente, la fotografía modificada guardaba un gran parecido con el doctor Allen. El señor Ward palideció y Willett se secó la frente húmeda con el pañuelo. Allen... Ward... Curwen... Era demasiado horrible para pensar con claridad. ¿Qué había convocado el muchacho de la nada y qué le había hecho? ¿Qué había ocurrido en realidad de principio al fin? ¿Quién era ese Allen que intentaba matar a Charles por ser demasiado «aprensivo» y por qué había dicho su víctima que había que disolver su cuerpo en ácido? ¿Por qué el mensaje en minúsculas medievales, cuyo origen nadie se atrevía a imaginar, afirmaba que «Curwen» debía ser eliminado del mismo modo? El día en que el doctor recibió la desquiciada carta de Charles, este había estado nervioso toda la mañana, pero luego se había producido un cambio. Se había escabullido sin que lo viesen y a su regreso había pasado con descaro por delante de los hombres contratados para protegerle. Tenía que haber ocurrido entonces, mientras estuvo fuera. Pero no... ¿Acaso no había gritado de terror al entrar en su estudio, en esa misma habitación? ¿Qué había encontrado allí? O, un momento... ¿qué le había encontrado a él? ¿Sería aquel simulacro que entró, sin que le hubiesen visto salir una sombra extraña, un terror llegado para dominar a una figura temblorosa que no había ido a ninguna parte? ¿No había hablado el mayordomo de voces extrañas?

Willett lo mandó llamar y le hizo varias preguntas en voz baja. Sin duda, lo que había sucedido no era nada bueno. Se habían oído varios ruidos: un grito, un jadeo, un chillido ahogado y una especie de repiqueteo, golpe o crujido, o más bien todo a la vez. El señorito Charles ya no era el mismo cuando salió sin decir palabra. El mayordomo se estremeció y olisqueó el aire denso que llegó de las ventanas abiertas de arriba. El terror se había instalado definitivamente en la casa, y sólo los escépticos detectives fueron incapaces de percibirlo del todo, pero incluso ellos sintieron que les dominaba la inquietud, pues en el fondo del caso había varios elementos que no les gustaban lo más mínimo. El doctor Willett estaba pensando deprisa y con mucha lucidez, pero sus ideas eran terribles. De vez en cuando murmuraba alguna cosa, mientras repasaba en su imaginación otra serie de acontecimientos de pesadilla, por momentos más concluyentes.

Finalmente, el señor Ward hizo un gesto para dar por finalizada la reunión y todo el mundo, menos el médico y él mismo, salió de la habitación. Era mediodía, pero las sombras parecían envolver la mansión acosada por espectros. Willett se dirigió a su anfitrión con un tono grave para pedirle que dejara en sus manos las próximas investigaciones. Se iba a encontrar, predijo, más elementos aborrecibles que quizá un amigo podría soportar mejor que un padre. Como médico de la familia, quería disponer de absoluta libertad y lo primero que le pidió fue pasar un rato a solas, y sin que nadie le molestara, en la biblioteca abandonada de arriba, donde los viejos paneles habían adquirido un aura de horror pestilente más intenso que cuando los propios rasgos de Joseph Curwen miraban taimados desde el retrato.

El señor Ward estaba un tanto aturdido por aquella oleada de morbo grotesco y por las sugestiones inconcebiblemente enloquecedoras que le llovían por todas partes y no pudo sino acceder, y media hora más tarde el médico se encerró en la temida habitación de los paneles de Olney Court. El padre se quedó escuchando fuera y oyó cómo hurgaba y revolvía por la biblioteca mientras iba pasando el tiempo hasta que, de pronto, se escuchó un tirón y un crujido, como si abriesen la puerta atascada de un armario, después un grito ahogado, una especie de jadeo y un portazo apresurado. Casi al instante, el tintineo de la llave anunció la aparición de Willett en el rellano, demacrado y ojeroso. Pidió que le trajeran leña para la chimenea de la pared sur ya que, aseguró, la estufa no era suficiente y el tronco eléctrico no servía para nada. Preocupado, pero sin atreverse a preguntar, el señor Ward dio las órdenes oportunas y un hombre subió varios troncos de pino, temblando por tener que entrar en la atmósfera contaminada de la biblioteca para colocarlos en la chimenea. Willett, entretanto, había ido al laboratorio desmantelado y había bajado algunas cosas que habían dejado allí, después del traslado del mes de julio. Las traía en una cesta tapadas con una tela, de modo que el señor Ward no pudo ver de qué se trataba.

El médico se encerró de nuevo en la biblioteca de inmediato y sólo supieron que había encendido el fuego de la chimenea por las nubes de humo que veían por la ventana. Al cabo de un rato, tras un estrépito de papeles arrugados, volvieron a oír el extraño tirón y el crujido, seguidos de un golpe que desagradó a todos los que escuchaban. Acto seguido se oyeron dos gritos ahogados de Willett y una especie de susurro indefiniblemente repulsivo. Por fin el humo que el aire arrastraba desde la chimenea se volvió oscuro y acre, y todo el mundo deseó que el viento les hubiera ahorrado respirar aquella extraña humareda asfixiante y ponzoñosa. El señor Ward se sintió mareado y los criados se apiñaron para observar cómo descendía desde la chimenea el horrible humo negro. Al cabo de una eternidad los vapores parecieron disiparse y se oyeron ruidos indefinibles, como si rascaran, barrieran e hiciesen otras operaciones menores tras la puerta cerrada. Por fin, tras cerrar de un portazo algún armario, apareció Willett, triste, pálido y demacrado, y con la cesta tapada con la misma tela que había sacado del laboratorio de arriba. Había dejado la ventana abierta y la habitación maldita se estaba inundando de un aire puro y vivificante que se mezclaba con un nuevo y extraño olor a desinfectante. La repisa de la chimenea seguía en su sitio, pero parecía haber perdido su maleficio y se alzaba tranquila y elegante como si de sus blancos paneles nunca hubiese colgado el retrato de Joseph Curwen. Anochecía, pero ya no había en las sombras ningún pavor latente, sino sólo una especie de amable melancolía. El médico no habló jamás de lo que había hecho. Al señor Ward sólo le dijo: «Permítame que no responda a sus preguntas, aunque sí quiero decirle que hay varios tipos de magia. He llevado a cabo una gran purga y ahora los habitantes de esta casa podrán dormir tranquilos».

7

La «purga» llevada a cabo por el doctor Willett había sido, de alguna manera, una prueba casi tan angustiosa para él como sus andanzas por la cripta desaparecida, lo que se demuestra en el hecho de que el anciano médico se encontrara totalmente exhausto cuando llegó a su casa esa noche. Empleó los tres días siguientes en descansar, sin salir de su habitación, aunque los criados murmuraron más tarde que el miércoles a medianoche habían oído que la puerta de la calle se abría y cerraba con mucha suavidad. Por suerte la imaginación de los criados era limitada, de lo contrario habría suscitado sospechas este artículo publicado en el Evening Bulletin del jueves:

«LOS PROFANADORES DE NORTH END VUELVEN A ACTUAR

Diez meses después del vil acto de vandalismo cometido en la sepultura de Weeden en el cementerio de North End, Robert Hart, el vigilante nocturno, vislumbró esta madrugada a un merodeador dando vueltas por el camposanto. Al asomarse por la ventana de su cobertizo hacia las dos de la madrugada, Hart vio el resplandor de un farol o de una linterna eléctrica hacia el noroeste, y al abrir la puerta distinguió la silueta de un hombre con una pala claramente recortada contra una luz de la farola cercana. Al instante corrió en su persecución, pero la figura huyó apresuradamente hacia la puerta principal, llegó a la calle y se perdió entre las sombras antes de que pudiera alcanzarla o capturarla.

Igual que ocurriera el año pasado, el intruso no tuvo tiempo de causar ningún daño antes de ser descubierto. En una parte vacía del terreno de los Ward había indicios de una excavación superficial, pero no tenía ni mucho menos el tamaño de una tumba, y todas las sepulturas estaban intactas.

Hart, que sólo ha podido describir al merodeador como un hombre bajo y probablemente con barba, se inclina a creer que los tres episodios están relacionados, pero la policía del Segundo Distrito no opina lo mismo por la naturaleza violenta del segundo incidente, en el que robaron un ataúd antiguo y destrozaron una lápida.

El primer incidente, ocurrido en marzo del año pasado, se considera un intento frustrado de enterrar algo y se atribuye a contrabandistas en busca de un escondrijo. Según el sargento Riley, es posible que este tercer caso tenga una naturaleza similar. Los agentes del Segundo Distrito han incrementado sus esfuerzos por detener a la banda de maleantes responsable de estos atropellos».

Bien porque necesitaba recuperarse de todo lo acontecido, bien porque quisiera hacer acopio de fuerzas para lo que aún le esperaba, el doctor Willett se pasó todo el día del jueves descansando. Ya por la noche, escribió una carta al señor Ward, para que le fuera entregada a la mañana siguiente, y que dio mucho que pensar al aturdido padre. El señor Ward aún no había podido ir a trabajar tras la impresión sufrida el lunes con los frustrantes informes y la siniestra «purga», pero la carta del médico pareció tranquilizarle a pesar de la desesperanza que parecía augurar y los nuevos misterios que evocaba.

10 Barnes Street
Providence R. I.
12 de abril de 1928

Querido Theodore:

Me siento en la obligación de escribirle unas palabras antes de poner en práctica lo que me propongo hacer mañana y que creo que pondrá fin a este terrible asunto por el que hemos pasado, porque tengo la sensación de que ninguna pala podrá llegar jamás al monstruoso lugar que ambos sabemos, pero temo que su espíritu no halle descanso si no le aseguro de manera expresa que será un final definitivo.

Como me conoce usted desde que era un niño, sé que confiará en mí si le digo que es mejor no explorar ni investigar más sobre ciertas cosas. Es mejor que no especule usted más sobre el caso de Charles y, desde luego, es imperativo que no le cuente a su madre más de lo que ya sospecha. Cuando yo pase a verle mañana, Charles habrá escapado. Es lo único que todos debemos recordar. Estaba loco y escapó. Lo de la locura, puede decírselo a su madre, pero poco a poco, cuando deje de enviarle notas mecanografiadas en su nombre. Le recomiendo que vaya con ella a Atlantic City y descanse usted también. Dios sabe que lo necesita después de estas vivencias tan horribles. Yo también iré al sur una temporada para calmar mis nervios y recuperarme.

Mejor no me pregunte nada cuando vaya a verle. Podría ser que algo haya salido mal, pero, en ese caso, yo mismo se lo contaré. No lo creo. No habrá nada de qué preocuparse, porque Charles estará muy, muy a salvo. Lo está ya más de lo que imagina. No tema usted a Allen, ni se preocupe por quién o qué pueda ser.

Forma parte del pasado igual que el retrato de Joseph Curwen, y mañana, cuando me oiga llamar a la puerta, podrá usted estar seguro de que dicho ser ya no existe. Y el otro ser, el que escribió ese mensaje en minúsculas medievales, tampoco volverá a perturbarle a usted ni a los suyos.

Pero debe armarse de valor para hacer frente a la tristeza y preparar a su mujer para lo mismo. Debo decirle con franqueza que la huida de Charles no significará que lo van ustedes a recuperar. Ha contraído una enfermedad muy peculiar, como habrá notado por sus sutiles cambios físicos y también mentales, y más vale que renuncien a sus esperanzas de volver a verlo. Quédense con el consuelo de que no fue un malvado, ni siquiera un loco, sino sólo un muchacho curioso y aplicado a quien perdió su amor por el misterio y el pasado. Tropezó con cosas que ningún mortal debería conocer, y retrocedió a épocas a las que nadie debería llegar, hasta que algo surgido de esas épocas lo engulló.

Llego ahora a la cuestión en la que debo pedirle una mayor confianza, pues no debe quedar la menor duda sobre el destino de Charles. Dentro de, digamos, un año, podrá usted inventar una explicación para su final que le parezca apropiada, pues el muchacho ya no se hallará entre nosotros, y colocar una lápida en su parcela del cementerio de North End, exactamente a diez pies de la de su abuelo, el padre de usted, y orientada del mismo modo, que indique el lugar exacto donde reposa su hijo. Puede descartar cualquier temor de que en esa tumba repose alguna anormalidad o sustituto. Las cenizas de dicha tumba serán las de su propia sangre... Las del verdadero Charles Dexter Ward, cuya educación supervisó usted desde su infancia, el verdadero Charles con la mancha de nacimiento olivácea en la cadera y sin la marca negra de brujería en el pecho ni la cicatriz de la frente. El Charles que nunca hizo daño a nadie y que habrá pagado con su vida haber sido demasiado «aprensivo».

Es todo. Charles habrá escapado y dentro de un año podrá usted colocar su lápida. No me pregunte mañana. Y créame que el honor de su antigua familia sigue sin mancillar hoy, como lo ha estado siempre en el pasado.

Con mi más sincera condolencia y mis ánimos para que tengan fuerza, serenidad y resignación, se despide de usted su amigo y servidor,

Marinus B. Willett.

La mañana del viernes 13 de abril de 1928, Marinus Bickell Willett llamó a la puerta de la habitación de Charles Dexter Ward en el hospital privado del doctor Waite, en la isla de Conanicut. El joven estaba malhumorado y se sentó poco inclinado a iniciar la conversación que, obviamente, Willett quería mantener con él, pero no intentó rehuir al visitante. El descubrimiento de la cripta por parte del médico y la horrenda experiencia vivida en ella, suponían, claro, un nuevo motivo de vergüenza, de forma que, tras intercambiar unas cuantas formalidades tensas, ambos se quedaron dudando perceptiblemente. Luego Ward se mostró aún más cohibido pues en el rostro impertérrito del médico le pareció detectar una terrible determinación que nunca había visto en él. El paciente se apartó, consciente de que desde su última visita se había producido un cambio que había convertido al solícito médico de la familia en un vengador cruel e implacable.

De hecho, Ward palideció y fue el médico quien empezó a hablar.

—Se han descubierto más cosas —dijo—, y debo advertirle de que ha llegado el momento de ajustar cuentas.

—¿Habéis vuelto a excavar y encontrado más mascotas hambrientas? —respondió con ironía. Era evidente que el joven estaba dispuesto a ser jactancioso hasta el último momento.

—No —replicó con calma Willett—, en esta ocasión no ha sido necesario excavar. Enviamos a unos detectives a buscar al doctor Allen, y encontraron la barba postiza y las gafas en el bungaló.

—Estupendo —comentó el inquieto paciente en un esfuerzo por ser ingenioso e hiriente—, ¡espero que os favorezcan más que las que lleváis puestas!

—Desde luego, a usted le favorecerían —fue su flemática y estudiada respuesta—, y de hecho le favorecían.

Cuando Willett dijo eso, fue casi como si una nube cruzara por delante del sol, aunque las sombras del suelo no cambiaron lo más mínimo. Luego Ward se aventuró a decir:

—¿Y por eso os acaloráis y decís que ha llegado el momento de saldar cuentas? ¿Y si yo considerara útil manejar dos personalidades de vez en cuando?

—No —repuso Willett con gravedad—, vuelve usted a equivocarse. No es asunto mío si alguien opta o no por la dualidad; siempre que tenga derecho a existir y que no destruya a lo que le hizo venir del espacio.

Ward estalló violentamente:

—Bueno, señor, ¿qué habéis descubierto y qué queréis de mí?

El médico dejó pasar unos segundos antes de responder, como si quisiera elegir unas palabras que supusieran una respuesta contundente.

—He descubierto —entonó por fin— algo en un armario oculto detrás de la repisa de la chimenea, donde antes hubo un cuadro, lo he quemado y he enterrado las cenizas donde debería estar la tumba de Charles Dexter Ward.

El loco se atragantó y se levantó de su asiento como un resorte.

—¡Maldito seáis! ¿Quién os lo ha dicho... y quién va a creer que era él después de dos meses de estar yo aquí? ¿Qué vais a hacer?

Willett, aunque era un hombre menudo, tranquilizó al paciente con un gesto majestuoso.

—No se lo he contado a nadie. Este no es un caso corriente... Es una locura fuera del tiempo y un error que está más allá de las esferas que policías, abogados, jueces, médicos podrían comprender o juzgar. Gracias a Dios, el azar ha dejado en mi interior una chispa de imaginación para que no me extravíe al pensar en todo esto. ¡No puede usted engañarme, Joseph Curwen, pues sé que su magia es auténtica!

»Sé cómo urdió la trampa que ha estado esperando todos estos años hasta hechizar a su descendiente y doble. Sé cómo le arrastró usted hasta el pasado e hizo que le sacara de su odiosa tumba. Sé que él le escondió en su laboratorio para que estudiara el mundo moderno y vagase de noche como un vampiro y que, después utilizó usted la barba y las gafas para que a nadie le extrañase su sobrenatural parecido. Sé lo que decidió usted cuando él se mostró reacio ante el monstruoso saqueo de las tumbas por todo el mundo y lo que planeaba hacer después. Y sé cómo puso en práctica su propósito.

»Se quitó usted la barba y las gafas para engañar a los que vigilaban la casa, que pensaron que era él quien entraba y quien salía cuando, en realidad, lo había estrangulado y escondido. Pero no contó usted con el diferente contenido de los espíritus. Fue un loco, Curwen, al pensar que con la mera identidad visual sería suficiente. ¿Por qué no pensó en la forma de hablar, la voz y la escritura? Ya ve que al final no ha funcionado. Sabe mejor que yo quién o qué escribió el mensaje en minúsculas medievales, pero le advierto que no se escribió en vano. Hay blasfemias y abominaciones que deben ser eliminadas y creo que quien escribió esas palabras se ocupará de Orne y de Hutchinson. Uno de esos seres le escribió una vez: "no convoquéis nada que no podáis controlar". Una vez le derrotó eso mismo, y es posible que su magia perversa vuelva a derrotarle ahora. Curwen, el hombre no puede manipular la naturaleza más allá de ciertos límites, y los horrores que ha ido tejiendo se alzarán para borrarlo del mapa.

En ese momento el médico se vio interrumpido por un grito convulso del ser que tenía ante sus ojos. Acosado y sin esperanzas, inerme y sabedor de que cualquier violencia física atraería a una docena de celadores que acudirían a rescatar al médico, Joseph Curwen decidió recurrir a su antiguo aliado, de modo que empezó una serie de movimientos cabalísticos con los dedos índices mientras su voz hueca y profunda, que ya no disimulaba ronquera alguna, entonaba las palabras iniciales de una fórmula temible:

PER ADONAI ELOIM, ADONAI JEHOVA, ADONAI SABAOTH, METRATON...

Willett, sin embargo, contestó rápidamente. Cuando los perros del patio empezaron a aullar y se levantó el viento frío de la bahía, el médico empezó a entonar solemnemente lo que tenía pensado recitar desde un primer momento. ¡Ojo por ojo y magia por magia y que el resultado mostrase hasta qué punto había aprendido la lección del abismo! Así, con voz clara, Marinus Bicknell Willett salmodió la segunda de las dos fórmulas —la primera había convocado al autor de la nota en minúsculas medievales—, la invocación críptica cuyo encabezamiento era la Cola del Dragón, el signo del nodo descendente:

¡OGTHROD AI'F
GEB'L-EE'H
YOG-SOTHOTH
'NAGAH'NG AI'Y
ZHRO!

Nada más oír la primera palabra de boca de Willett, el paciente interrumpió en seco su propia fórmula. Incapaz de hablar, el monstruo movió los brazos con violencia hasta que también se detuvo. Cuando se pronunció el terrible nombre de Yog-Sothoth, empezó a producirse el horrible cambio. No fue sólo una disolución, sino más bien una transformación o recapitulación, y Willett cerró los ojos para no desmayarse antes de pronunciar el resto del encantamiento.

No se desmayó y aquel hombre de siglos impíos y secretos prohibidos no volvió a perturbar al mundo. La locura fuera del tiempo fue derrotada y el caso de Charles Dexter Ward quedó cerrado. Al abrir los ojos antes de salir dando tumbos de aquella habitación del horror, el doctor Willett vio que no se había equivocado al recitar lo que había conservado en la memoria. Tal como había previsto, no había hecho falta ningún ácido, pues, igual que el odioso retrato de la pared un año antes, Joseph Curwen yacía ahora en el suelo convertido en una fina capa de polvo gris azulado.

EL HORROR DE DUNWICH

Las Gorgonas, las Hidras y las Quimeras, las terroríficas leyendas de Celeno y las Arpías, pueden reproducirse en el cerebro de las mentes supersticiosas... pero ya estaban allí desde mucho antes. Son meras transcripciones, tipos; los arquetipos están dentro de nosotros y son eternos. De lo contrario, ¿cómo podría llegar a afectarnos el relato de lo que sabemos a ciencia cierta que es falso? ¿Será que concebimos naturalmente el terror de tales entes en tanto que pueden infligirnos un daño físico? ¡No, ni mucho menos! Esos terrores están ahí de antiguo. Se remontan a antes de que existiese el cuerpo humano... No precisan siquiera de él, pues habrían existido igualmente... El hecho de que el miedo de que tratamos aquí sea puramente espiritual —tan intenso en proporción como sin objeto en la tierra— y que predomine en el período de nuestra inocente infancia plantea problemas cuya solución puede aportarnos una idea de nuestra condición previa a la venida al mundo o, cuando menos, un atisbo del tenebroso reino de la preexistencia.

Charles Lamb.

Brujas y otros terrores nocturnos

1

Si viajando por el norte de la región central de Massachusetts, alguien se equivoca de dirección al llegar al cruce de la carretera de Aylesbury, nada más pasar Dean's Corners, se dará cuenta de que se adentra en una región extraña y solitaria. El terreno se hace más escarpado y paredes de piedra cubiertas de hierbas van encerrando por momentos el sinuoso camino de tierra. Los bosques están formados allí por árboles de unas dimensiones exageradas y la maleza, las zarzas y las hierbas son de una frondosidad rara vez vista en comarcas habitadas. Por el contrario, los campos con cultivo son muy pocos y áridos, mientras que las escasas casas, diseminadas a lo largo del camino, presentan un sorprendente aspecto uniforme de decrepitud, suciedad y ruina. Uno no sabe realmente por qué, pero no se atreve a preguntar la dirección correcta a ninguna de las arrugadas y solitarias figuras que, aquí y allá, se asoman a las puertas medio derruidas para escrutar a quien pasa o en los prados empinados y llenos de rocas. Son gentes de aspecto huraño y silencioso que dan la impresión de representar un misterioso secreto del que más vale no intentar averiguar nada. Y ese sentimiento de desasosiego empeora cuando, desde lo alto del camino, se divisan las montañas que se alzan por encima de los tupidos bosques que cubren la comarca. Las cumbres tienen una forma demasiado ovalada y simétrica, como para pensar en una naturaleza apacible y normal, y a veces pueden verse recortados con singular nitidez contra el cielo unos extraños círculos formados por altas columnas de piedra que coronan la mayoría de las cimas montañosas.

Barrancos y gargantas de una profundidad incierta cortan el camino y los toscos puentes de madera que los superan no parecen ofrecer seguridad al viajero. Cuando el camino inicia el descenso, atraviesa un páramo pantanoso que despierta instintivamente una honda repulsión y una sensación de miedo atenaza a quien pasa por allí cuando, en el ocaso, los chotacabras invisibles comienzan a lanzar estridentes chillidos y miríadas de anormal profusión de luciérnagas parecen bailar al ritmo bronco y atrozmente monótono del croar horrísono de los sapos. El curso superior del Miskatonic se vuelve angosto y sus aguas resplandecientes serpentean de una extraña forma mientras discurren al pie de las abovedadas cumbres montañosas entre las que nace.

A medida que el viajero se acerca a las montañas, llama más la atención sus frondosas vertientes que sus cumbres, coronadas por altas piedras. Las laderas de esas montañas son tan escarpadas y sombrías que uno desearía que se mantuviesen a distancia, pero tiene que seguir adelante pues no hay camino que permita evitarlas. Pasado un puente techado puede verse un pueblecito que se encuentra agazapado entre el curso del río y la falda vertical de Round Mountain, y el viajero se maravilla ante aquel puñado de tejados de estilo holandés en ruinoso estado, que hacen pensar en un período arquitectónico anterior al de las comarcas de alrededor. Y cuando se acerca más, resulta poco tranquilizador comprobar que la mayoría de las casas están abandonadas y medio derruidas y que la iglesia —con el chapitel de la torre hundido— alberga ahora el único y destartalado comercio de toda la aldea. El simple paso del tenebroso túnel del puente infunde ya cierto temor, pero tampoco hay manera de rodearlo. Una vez atravesado el puente, es difícil que a uno no le asalte a la nariz un ligero hedor, al pasar por la calle principal y ver la descomposición y la mugre acumuladas a lo largo de siglos. Siempre resulta reconfortante salir de aquel lugar y, siguiendo por el angosto camino que discurre al pie de las montañas, cruzar la llanura que se extiende una vez superadas las cumbres de las montañas para volver a desembocar en la carretera de Aylesbury. Una vez allí, es posible que el viajero se dé cuenta de que ha pasado por Dunwich.

No se ven forasteros en Dunwich, y tras los horrores acaecidos en el pueblo, todas las señales que indicaban cómo llegar hasta él han desaparecido del camino. Ni siquiera ser una región de singular belleza, según los cánones estéticos en boga, atrae a artistas o veraneantes. Hace dos siglos, cuando a la gente no se le pasaba por la cabeza reírse de la brujería, de los cultos satánicos o de los siniestros seres que poblaban los bosques, había muy buenas razones para evitar el paso por la localidad. Pero en los escépticos tiempos que corren —silenciado hace tiempo el horror que se desató sobre Dunwich en 1928 por quienes procuran por encima de todo el bienestar del pueblo y del mundo—, la gente elude el pueblo sin saber exactamente por qué. Aunque no puede aplicarse a los forasteros desinformados, es posible que el motivo radique en que los naturales de Dunwich se han degradado de una manera muy repulsiva, con mucho han superado la senda de regresión tan común a muchos apartados rincones de Nueva Inglaterra. Los vecinos de Dunwich han llegado a constituir un tipo racial propio, con estigmas físicos y mentales de degeneración y endogamia bien definidos. Su nivel medio de inteligencia es increíblemente bajo, mientras que sus crónicas están llenas de un apestoso tufo a perversidad y a asesinatos semiencubiertos, incestos e infinidad de actos de indecible violencia y maldad. La aristocracia local, representada por los dos o tres linajes familiares que vinieron procedentes de Salem en

1692, ha logrado mantenerse algo por encima de este nivel general de degeneración, aunque numerosas ramas de esos linajes acabaron por rebajarse tanto entre la sórdida plebe que sólo restan sus apellidos como recordatorio del origen de su desgracia. Algunos de los Whateley y de los Bishop siguen aún enviando a sus primogénitos a Harvard y Miskatonic, pero esos jóvenes que se van rara vez regresan a las semiderruidas techumbres de estilo holandés, bajo las que tanto ellos como sus antepasados nacieron y crecieron.

Nadie, ni siquiera aquellos que conocen los motivos que desencadenaron el reciente horror, puede decir qué le ocurre a Dunwich, aunque las viejas leyendas aluden a ritos de idolatría y cónclaves de los indios en los que invocaban misteriosas figuras provenientes de las grandes montañas rematadas en forma de bóveda, al tiempo que oficiaban salvajes rituales orgiásticos, contestados por estridentes crujidos y fragores salidos del interior de las montañas. En 1747, el reverendo Abijah Hoadley, recién incorporado a su ministerio en la iglesia congregacional de Dunwich, predicó un memorable sermón sobre la amenazadora forma en que Satanás y sus ejércitos se cernían sobre la aldea. Entre otras cosas, dijo:

«Las monstruosidades integrantes de semejante cortejo infernal de demonios son fenómenos demasiado conocidos como para intentar negarlos. Las impías voces de Azazel y de Buzrael, de Belcebú y de Belial, las oyen hoy saliendo de la tierra más de una veintena de testigos de toda confianza. Y hasta yo mismo, no hará más de dos semanas, pude escuchar todo un discurso de las potencias infernales detrás de mi casa. Los chirridos, redobles, quejidos, gritos y silbidos que allí se oían no podían proceder de nada de este mundo, eran de esos sonidos que sólo pueden salir de recónditos abismos que sólo la magia negra puede descubrir y sólo el diablo puede abrir».

Poco tiempo después de la lectura de este sermón, el reverendo Hoadley desapareció sin que se supiera más de él, si bien sigue conservándose el texto del sermón, impreso en Springfield. No había año en que no se oyese y diese cuenta de estrepitosos fragores en el interior de las montañas, y aún hoy tales ruidos desconciertan a geólogos y fisió-grafos.

Otras tradiciones hacen referencia a olores infectos en las inme-diaciones de los círculos de rocosas columnas que coronan las cum-bres montañosas y a entes etéreos cuya presencia puede detectarse difusamente a ciertas horas en el fondo de los grandes barrancos, mientras que otras leyendas lo quieren explicar todo en función del Devil's Hop Yard, una ladera totalmente baldía en la que no crecen ni árboles, ni matorrales ni hierba alguna. Por si fuera poco, los naturales del lugar tienen un miedo cerval a la algarabía que arma en las cálidas noches la legión de chotacabras que puebla la comarca. Afirman que tales pájaros son psicopompos[16] que están al acecho de las almas de los muertos y que sincronizan sus graznidos pavorosos con los estertores jadeantes de los moribundos. Cuando logran cazar al alma fugitiva en el momento en que abandona el cuerpo, revolotean al instante y prorrumpen en diabólicas risotadas, pero si ven frustradas sus intenciones, se van sumiendo apagadamente en el silencio.

Este tipo de historias, por supuesto, se han quedado obsoletas. Ya nadie las cuenta porque ya no hay quien crea en ellas, pues datan de tiempos muy antiguos. Dunwich es un pueblo increíblemente viejo, mucho más que cualquier otro en treinta millas a la redonda. Al sur, aún pueden verse las paredes del sótano y la chimenea de la antiquísima casa de los Bishop, construida antes del año 1700, en tanto que las ruinas del molino que hay en la cascada, construido en 1806, constituyen la pieza arquitectónica más moderna de la localidad. La industria no arraigó en Dunwich y el movimiento fabril del siglo XIX resultó ser de corta duración en la localidad. Con todo, lo más antiguo son las grandes circunferencias de columnas de piedra toscamente labradas que hay en las cumbres de las montañas, pero esta obra se atribuye a los indios más que a los colonos. Los restos de cráneos y huesos humanos que se han encontrado en el interior de dichos círculos y en torno a la gran roca en forma de mesa de Sentinel Hill, apoyan la creencia de que tales lugares fueron en otras épocas enterramientos de los indios pocumtuk, aun cuando numerosos etnólogos, obviando la práctica im-

---

[16] Psicopompos, del griego «psique» (alma) y «pompos» (guía), bestias de leyenda encargadas de guiar a las almas al Más Allá. *(N. del T.)*

posibilidad de tan disparatada teoría, siguen empeñados en creer que se trata de restos caucásicos[17].

2

Wilbur Whateley a las cinco de la madrugada del domingo 2 de febrero de 1913, en el término municipal de Dunwich, en una granja grande y parcialmente deshabitada levantada sobre una ladera a cuatro millas del pueblo y a una milla y media de la casa más cercana. La fecha se recuerda porque era el día de la Candelaria, que los vecinos de Dunwich curiosamente celebran con otro nombre y, además, por el fragor de los ruidos que se oyeron en la montaña y por el alboroto de los perros de la comarca, que no cesaron de ladrar en toda la noche. También cabe decir, aunque tenga menos importancia, que la madre de Wilbur pertenecía a la rama degradada de los Whateley. Era una albina de treinta y cinco años, un tanto deforme y sin el menor atractivo, que vivía en compañía de su anciano y medio enloquecido padre, sobre quien corrieron los más espantosos rumores, durante su juventud, sobre actos de brujería. Lavinia Whateley no estaba casada, que se supiera, pero siguiendo la costumbre de la comarca no hizo nada por repudiar al niño y, en cuanto a la paternidad del recién nacido, los vecinos pudieron hacer todas las especulaciones que quisieron, que fue, efectivamente, lo que hicieron. La madre estaba, sin embargo, orgullosa de aquella criatura de tez morena y facciones de chivo que tanto contrastaba con su enfermizo semblante y sus rosáceos ojos de albina, y cuentan que se la oyó susurrar multitud de extrañas profecías sobre las extraordinarias facultades de que estaba dotado el niño y el prometedor futuro que le aguardaba.

Lavinia era muy capaz de decir tales cosas, pues de siempre había sido una criatura solitaria a quien encantaba correr por las montañas cuando se desataban atronadoras tormentas y que gustaba de leer los voluminosos y añejos libros que su padre había heredado tras dos siglos de existencia de los Whateley, unos volúmenes que estaban ya viejos y apolillados y que parecían romperse por momentos. Nunca

---

[17] Ya en tiempos de Lovecraft, se identifica la raza «caucásica» (Caucasian, en el original) con el hombre blanco o europeo. *(N. del T.)*

había ido a la escuela, pero sabía de memoria multitud de fragmentos inconexos de antiguas leyendas populares que el viejo Whateley le había enseñado. Sus vecinos siempre habían tenido pavor a la solitaria granja, por la fama de brujo del viejo Whateley, lo que se agravó con la inexplicable muerte violenta que sufrió su mujer cuando Lavinia apenas contaba doce años, lo que no ayudó en nada a hacer popular el lugar. Siempre estaba sola y vivía aislada en medio de extrañas influencias, a Lavinia le gustaba entregarse a visiones alucinantes y grandiosas, a la vez que ocupaciones de lo más singular. Además, disponía de mucho tiempo libre ya que los principios mínimos de limpieza y el orden doméstico en la casa hacía tiempo que no se respetaban.

La noche en que Wilbur nació se escuchó un grito espantoso que retumbó incluso por encima de los ruidos de la montaña y de los ladridos de los perros, pero, que se sepa, ni médico ni comadrona alguna estuvieron presentes en su alumbramiento. Los vecinos se enteraron del parto pasada una semana, cuando el viejo Whateley recorrió en su trineo el nevado camino que separaba su casa de Dunwich y se puso a hablar de forma incoherente con un grupo de aldeanos que estaban reunidos en la tienda de Osborn. Un cambio se había producido en el anciano, como si un hubiera un elemento nuevo que se hubiese introducido en su obnubilada mente transformándole sutilmente de objeto a sujeto de temor, aunque, a decir verdad, no era una persona especialmente preocupada por cuestiones familiares. Aun así, se mostraba un tanto orgulloso, con un deje que posteriormente también se advirtió en su hija, y lo que dijo acerca del padre del recién nacido sería recordado años después por quienes entonces escucharon sus palabras.

—Me importa un bledo lo que piense la gente[18]. Si el hijo de Lavinia se parece a su padre, será bien distinto de cuanto imagináis. No debéis creer que no hay más gente que la que se ve por estos aledaños.

---

[18] En el original *I dun't keer what folks think*. Lovecraft pone en boca de los habitantes de Dunwich un inglés extraño que expresa la especial fonética del acento de la zona (lo ideal sería *I don't care*). Este efecto, que es un mero adorno, se pierde en la traducción, ya que escribirlo con, por ejemplo, faltas de ortografía los haría pasar por ignorantes sin reflejar en absoluto su especial forma de pronunciar el inglés. La otra opción habría sido aún más ridícula: atribuir a los personajes un acento andaluz cerrado, en plan «M'importa un bleo lo que pience la hente». Creo que una vez explicado que los habitantes de Dunwich se expresan con un acento característico, se puede traducir a un castellano normal y eso no le quita nada a la historia. *(N. del T.)*

Lavinia ha leído y ha visto cosas que la mayoría de vosotros ni siquiera sois capaces de imaginar. Espero que su hombre sea tan buen marido como el mejor que pueda encontrarse por esta parte de Aylesbury, y si supierais la mitad de lo que yo sé, no desearíais para vuestros hijos mejor casamiento, ni por la iglesia ni aquí ni en ninguna otra parte. Escuchad bien esto que os digo: algún día oiréis todos al hijo de Lavinia pronunciar el nombre de su padre en la cumbre de Sentinel Hill.

Durante su primer mes de su vida, sólo el viejo Zechariah Whateley, de la rama aún no degenerada de los Whateley, y Mamie Bishop, la mujer con quien vivía desde hacía años Earl Sawyer, visitaron a Wilbur. Mamie fue a visitarlo únicamente por pura curiosidad y las historias que contó confirmaron sus observaciones; en tanto que Zechariah fue por allí a llevar un par de vacas de raza Alderney que el viejo Whateley le había comprado a su hijo Curtis. Dicha adquisición marcó el comienzo de una larga serie de compras de ganado vacuno por parte de la familia del pequeño Wilbur que no finalizaría hasta 1928 —es decir, el año en que el horror se abatió sobre Dunwich—, pero, a pesar de estas compras, el destartalado establo de los Whateley nunca pareció estar lleno hasta rebosar de ganado. A partir de entonces, y durante una temporada, la curiosidad de los vecinos de Dunwich les llevó a subir a escondidas hasta los pastos para contar las cabezas de ganado que pacían precariamente en la empinada ladera, justo por encima de la vieja granja, pero nunca contaron más de diez o doce anémicos y casi exangües ejemplares. Ya fuera por una enfermedad o plaga, originada tal vez en los insalubres pastos o transmitida por algún hongo o madera contaminados del inmundo establo, el ganado de Whateley parecía tener un alto grado de mortalidad. Las vacas que pacían por aquellos contornos sufrían de extrañas heridas o llagas, semejantes a incisiones, y una o dos veces en el curso de los primeros meses de la vida de Wilbur, hubo quien fue a visitar a los Whateley y vieron llagas similares en la garganta del anciano canoso y sin afeitar y en la de su desaliñada y desgreñada hija albina.

En la primavera posterior al nacimiento de Wilbur, Lavinia reanudó sus paseos cotidianos por las montañas, aunque ahora llevaba consigo, en sus desproporcionados brazos, a su criatura de tez morena. La curiosidad de los aldeanos pareció remitir algo tras ver al retoño, y a nadie se le ocurrió hacer el menor comentario sobre el evidente anormal desarrollo del recién nacido, que se hacía visible de un día para otro. La verdad es que Wilbur crecía a un ritmo portentoso: a los tres meses ya tenía una talla y una fuerza muscular que no suele observarse en niños menores de un año. Sus movimientos y hasta sus sonidos vocales mostraban una contención y una ponderación muy singulares en una criatura de su edad, y prácticamente nadie se asombró cuando, a los siete meses, comenzó a caminar sin ayuda alguna, con pequeñas vacilaciones que en un mes ya había superado del todo.

Poco después, en la víspera de Todos los Santos, pudo divisarse una gran hoguera a medianoche en la cima de Sentinel Hill, allí donde se levantaba la antigua piedra con forma de mesa, en medio de un túmulo de antiguas osamentas. Silas Bishop, de la rama no degradada de los Bishop, aseguró que había visto al chico de los Whateley subiendo a toda velocidad por la montaña delante de su madre justo una hora antes de verse las llamas y eso hizo correr todo tipo de rumores por el pueblo. Silas estaba buscando un ternero extraviado, pero casi se olvidó de la tarea que lo había llevado hasta allá al ver fugazmente, a la luz del farol que portaba, a las dos figuras que corrían montaña arriba. Madre e hijo se deslizaban sigilosamente por entre la maleza y Silas, que no cabía en sí de asombro, creyó ver que iban enteramente desnudos. Al tratar de recordarlo, posteriormente, no estaba del todo seguro en lo que respecta al niño pues era posible que llevase puesto una especie de cinturón con flecos y un calzón o unos pantalones cortos de color oscuro. Después de aquello, a Wilbur no se le volvió a ver, al menos vivo y en estado consciente, sin toda su ropa y ceñidamente abotonado, y cualquier desarreglo, real o supuesto, en su indumentaria parecía irritarle muchísimo. Contrastaba enormemente con el aspecto escuchimizado de su madre y de su abuelo, algo que para lo que hubo una explicación definitiva en 1928, el año en que el horror se abatió sobre Dunwich.

Para el mes de enero, el rumor que más corría por el pueblo hacía referencia a que el «mocoso negro de Lavinia» había comenzado a hablar precozmente, y eso que sólo tenía once meses de vida. Además, su lenguaje tenía algo de extraordinario, y no sólo porque carecía del acento que es normal en las gentes de esta región, también por la ausencia de cualquier clase de balbuceo infantil, que se puede apreciar en muchos niños de tres y cuatro años. No es que fuera especialmente parlanchín, pero cuando se ponía a hablar parecía expresar algo inaprensible y totalmente desconocido para los vecinos de Dunwich. Lo más raro de todo no radicaba en lo que decía, ni en los giros que usaba para expresarlo, sino en que parecía estar relacionado vagamente con el tono y con los órganos vocales productores de los sonidos silábicos.

También sus facciones llamaban la atención por una notable madurez, aunque tenía en común con su madre y con su abuelo el mentón escaso, la nariz firme y precozmente perfilada que, junto a unos ojos grandes, oscuros y de rasgos latinos, hacían que pareciese casi adulto y dotado de una inteligencia fuera de lo común. Pero, pese a su aparente brillantez era rematadamente feo, tenía algo de caprino o animal en sus carnosos labios, en su cara amarillenta y llena de poros, en su áspero y desgreñado pelo y en sus orejas curiosamente alargadas. No tardó en despertar cierta aversión en la gente, incluso más acusada de la que había hacia su madre y su abuelo, y todo cuanto sobre él se aventuraban a decir estaba salpicado de referencias al pasado brujo del viejo Whateley y a cómo retumbaron las montañas cuando gritó a pleno pulmón el espantoso nombre de Yog-Sothoth, en medio del círculo de piedras y con un gran libro abierto entre sus manos. La sola presencia del niño enrabietaba a los perros hasta el punto de que continuamente se veía obligado a defenderse de sus amenazadores ladridos.

3

Mientras, el viejo Whateley seguía comprando ganado sin que se viera incrementar las cabezas de su rebaño. También se dedicó a talar árboles y convertirlos en tablones para reparar partes de la casa que, hasta entonces, estaban sin utilizar. Era una construcción espaciosa con el tejado rematado en pico y la fachada posterior totalmente empotrada en la rocosa ladera de la montaña. Hasta entonces, las tres habitaciones en estado menos ruinoso de la planta baja habían bastado para su hija y él. El anciano debía de conservar aún reservas de fortaleza para poder realizar sin ayuda tan dura tarea, y aunque a veces se le oían murmullos que se salían de lo normal, su trabajo como carpintero demostraba que conservaba al menos el sano juicio. Nada más nacer Wilbur, comenzó la obra, aunque antes dedicó un día a poner en orden uno de los numerosos cobertizos donde se guardaban los aperos, entablarlo e instalar una nueva y resistente cerradura. Con las obras de restauración del abandonado piso superior, demostró seguir estando en posesión de excelentes facultades manuales. Puso especial esmero en tapar herméticamente con tablones todas las ventanas del ala restaurada, aunque a juicio de muchos el mero hecho de intentar repararla ya era una locura. Menos explicación tenía que hubiese acondicionado una habitación más en la planta baja para el nieto recién nacido, habitación que varios visitantes pudieron ver, si bien nadie logró jamás acceder a la planta superior tan herméticamente cerrada por gruesos tablones de madera. Revistió todo el dormitorio de su nieto con sólidas estanterías hasta el techo, sobre las cuales fue colocando, poco a poco y en orden aparentemente cuidadoso, los apolillados volúmenes y los fragmentos sueltos de libros que hasta entonces habían estado amontonados en los rincones más insólitos rincones de la casa de mala manera.

—A mí me fueron muy útiles —decía Whateley mientras trataba de pegar una página suelta de caracteres góticos con una cola preparada sobre el herrumbroso horno de la cocina—, pero estoy seguro de que el chico sabrá sacar más provecho de ellos. Quiero que estén en las mejores condiciones, pues todos van a servir para su educación.

A la edad de un año y siete meses, es decir, en septiembre de 1914, la estatura de Wilbur y, en general, las cosas que hacía se salían por completo de lo normal. Tenía ya la altura de un niño de cuatro años, hablaba con total fluidez y demostraba estar dotado de una inteligencia bien despierta. Ya recorría solo los campos y las empinadas laderas, y acompañaba a su madre en sus correrías por la montaña. Cuando estaba en casa, se dedicaba a escudriñar los grabados y mapas que ilustraban los libros de su abuelo, mientras el viejo Whateley le instruía y catequizaba en medio del silencio reinante de muchas largas e interminables tardes. Para entonces la obra de la casa estaba terminada y quienes tuvieron ocasión de verla se preguntaban por qué habría transformado el viejo Whateley una de las ventanas del piso superior en una maciza puerta entablada. Se trataba de la última ventana, abuhardillada en la fachada posterior, orientada a poniente, pegada a la ladera montañosa. Para subir hasta ella, había construido una sólida rampa de madera para la que tampoco nadie encontró una explicación lógica. Cuando las obras estaban a punto de terminar, la gente advirtió que el viejo cobertizo de los aperos volvía a quedar abandonado, aunque desde el nacimiento de Wilbur estaba herméticamente cerrado y con las ventanas cubiertas por tablones. Como la puerta estaba siempre abierta de par en par, Earl Sawyer entró en su interior un día, con ocasión de una visita que había hecho al viejo Whateley relacionada con la venta de ganado, y se extrañó enormemente del apestoso olor que se respiraba en el cobertizo; un hedor, según contaría después, que no guardaba parecido con nada conocido, salvo con el olor que se percibía en las inmediaciones de los círculos indios de la montaña, y que no podía provenir de nada sano ni de esta tierra. Pero no es menos cierto que las casas y cobertizos de los vecinos de Dunwich, en general, nunca se han caracterizado precisamente por sus buenos olores.

Nada digno de destacar ocurrió en los meses que siguieron, salvo que todo el pueblo juraba que los misteriosos ruidos que surgían de la montaña se percibían con un leve pero constante aumento. En la víspera del primero de mayo de 1915, se sintieron tales temblores de tierra que hasta los vecinos de Aylesbury pudieron percibirlos, y unos meses después, en la víspera de Todos los Santos, se produjo un fragor subterráneo asombrosamente sincronizado con una serie de llamaradas en la cima de Sentinal Hill que los vecinos atribuyeron, una vez más a «los Whateley con sus brujerías». Wilbur seguía creciendo a un ritmo prodigioso, hasta el punto de que al cumplir cuatro años parecía que tuviera ya diez. Era un lector ávido, para lo que no necesitaba ayuda alguna, pero se había vuelto mucho más reservado. Su semblante denotaba un aspecto taciturno y, por vez primera, la gente comenzó a hacer comentarios sobre el incipiente aspecto demoníaco de sus facciones de chivo. A veces se ponía a musitar en una jerga totalmente desconocida y a cantar extrañas melodías que hacían estremecer a quienes las escuchaban, que se sentían invadidos de un indecible terror. El odio que le mostraban los perros era también objeto de frecuentes murmuraciones, porque era tan extremo que se vio obligado a llevar una pistola encima para evitar ser atacado en sus correrías a través del campo. Por supuesto, el uso del arma en diversas ocasiones no contribuyó en absoluto a granjearle la simpatía de los dueños de perros guardianes.

Las pocas visitas que acudían a la casa de los Whateley encontraban con frecuencia a Lavinia sola en la planta baja, mientras se oían extraños gritos y pisadas sobre el entablado del piso superior. Lavinia jamás explicó qué estaban haciendo su padre y el muchacho allá arriba, aunque en cierta ocasión en que un jovial pescadero intentó abrir la atrancada puerta que daba a la escalera, empalideció y un pánico cerval se dibujó en su rostro. El pescadero contó luego en la tienda de Dunwich que le pareció oír como el pataleo de un caballo en el piso superior. Los clientes que en aquel momento se encontraban en la tienda no pudieron evitar pensar en la puerta y en la rampa y en el ganado que a tanta velocidad desaparecía, estremeciéndose al recordar las historias de la juventud del viejo Whateley y los extraños gritos que surgen de la tierra cuando se sacrifica un animal en el momento propicio a ciertos dioses paganos. Con el tiempo, se percibió también que los perros temían y detestaban la finca de los Whateley con la misma rabia que siempre habían demostrado hacia Wilbur.

En 1917 estalló la guerra, y el juez de paz Sawyer Whateley, en su condición de presidente de la junta de reclutamiento local, tuvo grandes dificultades para lograr constituir la leva de jóvenes físicamente aptos de Dunwich que habrían de acudir al campamento de instrucción. El gobierno, alarmado ante los aparentes síntomas de decadencia de los habitantes de la comarca, envió varios funcionarios y especialistas médicos para que investigaran las causas, realizando una encuesta que aún recuerdan los lectores de los diarios de Nueva Inglaterra. La publicidad que se dio en torno a esta investigación puso a algunos periodistas sobre la pista de los Whateley, y llevó a las ediciones dominicales del Boston Globe y del Arkham Advertiser a publicar artículos sensacionalistas sobre la precocidad de Wilbur, la magia negra del viejo Whateley, las estanterías repletas de extraños volúmenes, el segundo piso herméticamente cerrado de la antigua granja, el misterio que rodeaba a la comarca entera y los ruidos que se oían en la montaña. Wilbur tenía por entonces cuatro años y medio, pero tenía todo el aspecto de un muchacho de quince. Su labio superior y sus mejillas estaban ya cubiertas de un vello áspero y oscuro, y su voz había comenzado ya a adoptar un tono ronco.

Un día, Earl Sawyer apareció en la finca de los Whateley con un grupo de periodistas y fotógrafos, a los que puso en la pista de la extraña fetidez que salía de la planta superior. Según les explicó, era exactamente igual que el olor reinante en el abandonado cobertizo donde se guardaron los aperos una vez finalizadas las obras de restauración, y muy semejante a los débiles olores que a veces se pueden percibir en las proximidades del círculo de piedra de la montaña. Los vecinos de Dunwich leyeron las historias sobre los Whateley publicadas en los periódicos, pero, ante los crasos errores que contenían aquellas historias, no pudieron menos que sonreírse. Se preguntaban, por ejemplo, por qué los periodistas daban tanta importancia al hecho de que el viejo Whateley pagase siempre el ganado con antiquísimas monedas de oro. Los Whateley recibieron a sus visitantes con mal disimulado disgusto, si bien no se atrevieron a ofrecer resistencia ni a negarse a contestar sus preguntas, por miedo a que su caso alcanzara una mayor publicidad.

4

Durante toda una década la historia de los Whateley se mezcló inextricablemente con el día a día general de una comunidad enfermiza, acostumbrada a su conducta estrafalaria y que se había asumido sus celebraciones orgiásticas, celebraciones de la víspera del Primero de Mayo y de Todos los Santos. Dos veces al año los Whateley encendían hogueras en la cima de Sentinel Hill, y en tales fechas el fragor de la montaña se reproducía con una violencia cada vez más salvaje, aparte de que también fue habitual que, en cualquier otra fecha, portentosos sucesos ocurrieran en su solitaria granja. Con el tiempo, los que iban de visita aseguraban que se oían ruidos tras la puerta cerrada de la planta alta, incluso en momentos en que todos los miembros de la familia se encontraban abajo, y se suscitaba la pregunta de a qué ritmo solían sacrificar los Whateley una vaca o un ternero. Se hablaba incluso de denunciar el caso a la Sociedad Protectora de Animales, pero al final nada se hizo pues a los vecinos de Dunwich no les gusta que el mundo exterior se fije en ellos.

En 1923, siendo Wilbur un muchacho de diez años, con inteligencia, voz, estatura y barba que le otorgaba el aspecto de una persona ya totalmente madura, se inició una segunda etapa de obras de carpintería en la vieja finca de los Whateley. Los trabajos tuvieron lugar en la planta superior y, por los trozos de madera sobrante que se veían por el suelo, la gente dedujo que el joven y el abuelo habían tirado todos los tabiques y hasta levantado la tarima del piso, dejando sólo un gran espacio abierto entre la planta baja y el tejado rematado en pico. Habían derruido también la gran chimenea central e instalado, en el espacio herrumbroso que quedo descubierto, un débil tubo de hojalata con salida al exterior.

En la primavera siguiente a las obras, el viejo Whateley advirtió que el número de chotacabras que, procedentes del barranco de Cold Spring, acudían por las noches a chillar bajo su ventana había crecido. Whateley atribuyó un significado especial a la presencia de tantos pájaros y un día dijo en la tienda de Osborn que creía que su fin estaba cercano.

—Ahora graznan al ritmo de mi respiración —dijo—, así que deben estar ya al acecho para lanzarse sobre mi alma. Saben que pronto va a abandonarme y no quieren dejarla escapar. Cuando haya muerto sabréis si lo consiguieron o no. Si lo consiguieran, no cesarán de graznar ni de proferir risotadas hasta el amanecer; de lo contrario, se callarán. Los espero a ellos y a las almas que atrapan, pues si quieren la mía, les va a costar lo suyo.

En la noche de la fiesta de la Recolección de la Cosecha de 1924, el doctor Houghton, de Aylesbury, recibió un aviso urgente de Wilbur Whateley, que se había lanzado a todo galope a través de la espesa oscuridad, en el único caballo que aún les quedaba a los Whateley, con el fin de llegar lo antes posible al pueblo y telefonear desde la tienda de Osborn. El doctor Houghton se encontró con el viejo Whateley ya agonizando, con estertores de muerte y un ritmo cardíaco y una respiración que presagiaban su inminente final. La deforme hija albina y el nieto adolescente, pero barbudo, permanecían junto al lecho mortuorio, mientras que del tenebroso espacio que se abría por encima de sus cabezas llegaba la desagradable sensación de una especie de chapoteo rítmico, algo así como el eco de las olas en una playa de aguas tranquilas. Lo que más le molestaba al doctor, sin embargo, era el ensordecedor griterío que armaban las aves nocturnas que revoloteaban en torno a la casa: una verdadera legión de chotacabras que graznaba un monótono mensaje endemoniado, sincronizado con los estertores entrecortados del agonizante anciano. Era decididamente siniestro y monstruoso, pensó el doctor Houghton, que al igual que el resto de los vecinos de la comarca, había acudido de muy mala gana a la casa de los Whateley a atender la llamada urgente.

Hacia la una de la madrugada, al tiempo que cesaron los estertores, el viejo Whateley recobró la conciencia para balbucear algunas palabras sueltas a su nieto.

—Más espacio, Willy, necesita más espacio y cuanto antes. Tú creces, pero eso aún crece más deprisa. Pronto te servirá, hijo. Abre las puertas de par en par a Yog-Sothoth salmodiando el largo canto que encontrarás en la página 751 de la edición completa, y luego préndele fuego a la prisión. El fuego de la tierra no puede quemarlo.

No cabía duda de que el viejo Whateley estaba loco de remate. Hizo una pausa jadeante durante la cual la bandada de chotacabras que había fuera sincronizó sus graznidos al nuevo ritmo sofocado de la respiración del anciano y desde algún lugar remoto en las montañas llegaron extraños ruidos. El viejo aún tuvo fuerzas para pronunciar una o dos frases más.

—No dejes de alimentarlo, Willy, y ten presente la cantidad en todo momento. Pero no dejes que crezca demasiado deprisa para el lugar, pues si revienta en pedazos o sale antes de que abras a Yog-Sothoth, no habrán servido de nada todos los esfuerzos. Sólo los que vienen del más allá pueden hacer que se reproduzca y surta efecto... Sólo ellos, los ancianos que quieren volver...

Las palabras volvieron a dejar paso a los estertores y Lavinia lanzó un pavoroso grito al ver cómo el griterío que armaban los chotacabras cambiaba para adaptarse de nuevo al ritmo de la respiración. Ya no hubo cambio alguno en la siguiente hora, al cabo de la cual la garganta del moribundo emitió un sonido gutural. El doctor Houghton cerró los arrugados párpados sobre los resplandecientes ojos grises del anciano, mientras la barahúnda que armaban los pájaros fue remitiendo por momentos hasta cesar del todo. Lavinia no paraba de sollozar, en tanto que Wilbur se echó a reír calladamente mientras llegaba hasta ellos el débil fragor de la montaña.

—No han conseguido atrapar su alma —susurró con su potente voz de bajo.

Para entonces, Wilbur era ya un sabio de impresionante erudición, aunque de la única materia que le interesaba, y empezaba a ser conocido por la correspondencia que mantenía con numerosos bibliotecarios de remotos lugares en donde se guardaban libros raros y misteriosos de épocas pasadas. Al mismo tiempo, cada vez era más odiado y temido en la comarca de Dunwich, ya que algunos jóvenes habían desparecido y todas las conjeturas parecían llevar, de forma algo difusa, hasta el umbral de su casa. Pero siempre se las arregló para acallar las investigaciones, ya fuese mediante el recurso a la intimidación o echando mano del caudal de antiguas monedas de oro que, al igual que en tiempos de su abuelo, salían de forma periódica y en cantidades crecientes para la compra de cabezas de ganado. Daba toda la impresión de ser una persona madura, y su estatura, una vez alcanzado el límite normal de la edad adulta, parecía que fuese a seguir aumentando sin límite: en 1925 ya medía sus buenos seis pies y tres cuartos.

Con el paso de los años, Wilbur fue tratando a su deforme madre con mayor desprecio cada vez, hasta llegar a prohibirle que fuese con él a las montañas en las fechas de la Víspera de Mayo y de Todos los Santos. En 1926, la infortunada madre le dijo a Mamie Bishop que su hijo le inspiraba miedo.

—Sé más cosas acerca de él de lo que me gustaría poder contar, Mamie —le dijo un día—, pero, últimamente, hasta yo ignoro lo que está sucediendo. Juro por Dios que ni sé lo que quiere mi hijo ni lo que trata de hacer.

En la víspera de Todos los Santos de aquel año, los ruidos de la montaña resonaron con un inusitado furor, y al igual que todos los años pudo verse el resplandor de las llamaradas en la cima de Sentinel Hill. Pero la gente prestó más atención a los rítmicos graznidos de una enorme bandada de chotacabras —extrañamente retrasados para la época del año en que se encontraban— que se congregó en las inmediaciones de la granja de los Whateley. Pasada la medianoche, sus estridentes notas estallaron en una especie de infernal barahúnda que pudo oírse por toda la comarca, y hasta el amanecer no cesaron en su ensordecedor griterío. Después, desaparecieron, dirigiéndose apresuradamente hacia el sur, adonde llegaron mucho más tarde de lo que era normal. Nadie supo con certeza el significado de tamaño estruendo hasta pasado mucho tiempo. En principio, aquella noche no murió nadie en toda la comarca... Aunque jamás se volvió a ver a la deforme albina Lavinia Whateley, infortunada madre de Wilbur.

En el verano de 1927, Wilbur reparó dos cobertizos que había en el corral y comenzó a trasladar a ellos sus libros y efectos personales. Al poco de empezar, Earl Sawyer contó en la tienda de Osborn que en la granja de los Whateley estaban otra vez haciendo obras de carpintería. Wilbur se aprestó a tapar todas las puertas y ventanas de la planta baja, y daba la impresión de que estuviese tirando todos los tabiques, tal como su abuelo y él hicieran en la planta superior cuatro años atrás. Se había instalado en uno de los cobertizos, y según Sawyer tenía un aspecto más preocupado y temeroso que de costumbre. La gente de la localidad sospechaba que estaba implicado en la desaparición de su madre, pero eran muy pocos los que se atrevían a rondar por las inmediaciones de la granja de los Whateley. Por entonces, Wilbur ya sobrepasaba los siete pies de altura[19] y nada indicaba que fuese a dejar de crecer.

5

Aquel invierno sucedió un acontecimiento reseñable: Wilbur viajó por primera vez fuera de la comarca de Dunwich. Había mantenido una larga correspondencia con la biblioteca de Widener, de Harvard; la Biblioteca Nacional, de París; el Museo Británico; la Universidad de Buenos Aires y la biblioteca de la Universidad de Miskatonic, en Arkham, pero ninguno de sus intentos por hacerse con un libro que necesitaba desesperadamente habían dado resultado. En vista del escaso éxito, no le quedó más remedio que moverse él, en persona (andrajoso, mugriento, con la barba sin cortar y aquel nada pulido dialecto que hablaba) a consultar el ejemplar que se conservaba en Miskatonic, la biblioteca más próxima a Dunwich. Con casi ocho pies de altura y con una maleta recién comprada de ocasión en la tienda de Osborn, aquel espantajo de tez trigueña y rostro de chivo se presentó un día

[19] Un pie se corresponde con 30,48 centímetros. Siete pies son, por tanto, dos metros trece centímetros. No lo he reseñado antes porque es a partir de ahora cuando la estatura de Wilbur Whateley empieza a superar lo extraordinario. Un poco más adelante dirá que mide casi ocho pies, es decir, unos dos metros cuarenta centímetros. *(N. del T.)*

en Arkham en busca del temible volumen guardado bajo siete llaves en la biblioteca de la Universidad de Miskatonic: el pavoroso *Necronomicón,* del enloquecido árabe Abdul Alhazred, en versión latina de Olaus Wormius, impreso en España en el siglo XVII. Wilbur nunca había visto una ciudad hasta entonces, pero su único interés en Arkham se redujo a encontrar el camino que llevaba al campus universitario. Una vez allí, pasó sin inmutarse por delante del gran perro guardián de la entrada que se echó a ladrar mostrándole sus blancos colmillos con inusitado furor al tiempo que tiraba con violencia de la gruesa cadena a la que estaba atado.

Wilbur llevaba consigo el inestimable, pero incompleto, ejemplar de la versión inglesa del *Necronomicón* del doctor Dee que su abuelo le había legado, y nada más le permitieron acceder al ejemplar en latín, se puso a cotejar los dos textos con el propósito de descubrir cierto pasaje que, de no hallarse en condiciones defectuosas, habría debido encontrarse en la página 751 del volumen de su propiedad. Por más que lo intentó no pudo refrenarse y, por pura cortesía, se lo contó al bibliotecario, Henry Armitage, un hombre muy erudito, licenciado en Miskatonic, doctor por la Universidad de Princeton y por la John Hopkins, al que conocía de cierta ocasión en que había acudido a visitarle a la granja de Dunwich y que ahora, con muy buenos modos, le estaba acribillando a preguntas. Wilbur acabó por contarle que lo que buscaba era una especie de conjuro o fórmula mágica que contenía el horroroso nombre de Yog-Sothoth, pero las discrepancias, repeticiones y ambigüedades existentes complicaban la tarea de su localización, sumiéndole en un mar de dudas. Mientras copiaba la fórmula por la que finalmente se decidió, el doctor Armitage miró involuntariamente por encima del hombro de Wilbur a las páginas por las que estaba abierto el libro: la que se veía a la izquierda, en la versión latina del *Necronomicón,* contenía unas estremecedoras amenazas contra la paz y el bienestar del mundo. El texto, que Armitage fue traduciendo simultáneamente del latín, decía:

«Tampoco debe pensarse que el hombre es el más antiguo o el último de los dueños de la tierra, ni que semejante combinación de cuerpo y alma se pasea sola por el universo. Los Ancianos eran, los Ancianos son y los Ancianos serán. No en los espacios que conocemos, sino *en-*

tre ellos. Se pasean serenos y primigenios en esencia, sin dimensiones e invisibles a nuestra vista. *Yog-Sothoth* conoce la puerta. *Yog-Sothoth* es la puerta. *Yog-Sothoth* es la llave y el guardián de la puerta. Pasado, presente y futuro, todo es uno en *Yog-Sothoth*. Él sabe por dónde entraron los Ancianos en el pasado y por dónde volverán a hacerlo cuando llegue la ocasión. Él sabe qué regiones de la tierra pisaron, dónde siguen hoy hollando y por qué nadie puede verlos en su avance. Los hombres perciben a veces su presencia por el olor que despiden, pero ningún ser humano puede ver su semblante, *salvo únicamente a través de las facciones de los hombres engendrados por ellos,* y son de las más diversas especies, difiriendo en apariencia desde la mismísima imagen del hombre hasta esas figuras invisibles o sin sustancia que son *Ellos*. Se pasean inadvertidos y pestilentes por los solitarios lugares donde se pronunciaron las Palabras y se profirieron los Rituales en su debido momento. Sus voces hacen tremolar el viento y sus conciencias, murmurar la tierra. Doblegan bosques enteros y aplastan ciudades, pero jamás bosque o ciudad alguna ha visto la mano destructora. Kadath los ha conocido en los páramos helados, pero ¿quién conoce a Kadath? En el glacial desierto del sur y en las sumergidas islas del océano se levantan piedras en las que se ve grabado su sello, pero ¿quién ha visto la helada ciudad hundida o la torre secularmente cerrada y recubierta de algas y moluscos? El Gran Cthulhu es su primo, pero solo difusamente puede reconocerlos. *¡Iä! ¡Shub-Niggurath!* Por su insano olor los conoceréis. Su mano os aprieta la garganta, pero ni aun así los veis y su morada es una misma con el umbral que guardáis. *Yog-Sothoth* es la llave que abre la puerta, por donde las esferas se encuentran. El hombre rige ahora donde antes regían *Ellos,* pero pronto regirán Ellos donde ahora rige el hombre. Tras el verano el invierno, y tras el invierno el verano. Aguardan, pacientes y confiados, pues saben que volverán a reinar sobre la tierra».

Al asociar Armitage lo que leía con lo que había oído decir sobre Dunwich y de sus misteriosas apariciones, la lúgubre y horrible aureola que rodeaba a Wilbur Whateley y que iba desde un nacimiento en circunstancias más que extrañas hasta una fundada sospecha de haber matado a su madre, fue sacudido por una onda tangible de temor como si fuera la corriente de aire frío y pegajoso emanada de una tumba. Se le antojó que aquel gigante con cara de cabra, enfrascado en la lectura de aquel libro, había sido engendrado en otro planeta o dimensión, que sólo era humano a medias y que procedía de los tenebrosos abismos de una esencia y una entidad que se extendía, como un espectro titánico, más allá de las esferas de la fuerza y la materia, del espacio y el tiempo. En ese momento, Wilbur levantó la cabeza y comenzó a hablar con una voz dotada de una resonancia que hacía pensar en unos órganos vocales distintos a los del común de los mortales.

—Señor Armitage —dijo—, me temo que tengo que llevarme el libro a casa. En él se habla de cosas que debo experimentar bajo unas condiciones que aquí no reúno. Sería una verdadera faena no permitírmelo alegando cualquier absurda norma burocrática. Se lo ruego, señor, déjeme llevármelo a casa y le juro que nadie advertirá su falta. Ni que decirle tengo que lo trataré con todo cuidado. Lo necesito para poner mi versión de Dee en la forma en que...

Pero, al ver la resuelta expresión negativa dibujada en la cara del bibliotecario, interrumpió su ruego y al punto sus facciones de chivo adquirieron un aire de astucia. Armitage estaba ya a punto de decirle que podía sacar copia de cuanto le fuera necesario, pero pensó de pronto en las posibles consecuencias de semejante permiso y se contuvo. Era una responsabilidad demasiado grande entregar a aquella monstruosa criatura la llave de acceso a tan tenebrosas esferas de lo exterior. Whateley, se dio cuenta del cariz que tomaban las cosas y trató de poner la mejor cara posible.

—¡Bueno! ¡Qué remedio! ¡Si se pone usted así! Iré a Harvard, donde seguro que no son tan picajosos, y allá habrá más suerte.

Y sin decir una sola palabra más se levantó y salió de la biblioteca, agachando la cabeza en cada puerta que atravesaba.

Armitage pudo oír el tremendo aullido del perro de la entrada y, a través de la ventana, observó las zancadas de gorila de Whateley mientras cruzaba el pequeño trozo de campus que podía divisarse desde la biblioteca. Volvió a recordar las espantosas historias que había oído y lo que se decía en las ediciones dominicales del Advertiser, así como de las impresiones que había podido recoger entre los campesinos y vecinos de Dunwich durante su visita a la localidad. Horribles y hediondos seres invisibles que no eran de la tierra —o, al menos, no de la tierra tridimensional que conocemos— corrían por los barrancos de Nueva Inglaterra y acechaban impúdicamente desde las montañosas cumbres. Hacía tiempo que estaba convencido de ello, pero ahora creía experimentar la inminente y terrible presencia de un horror extraterrestre y vislumbrar un prodigioso avance en los tenebrosos dominios de tan antigua y, hasta entonces, aletargada pesadilla. Estremecido y con una honda sensación de repugnancia, encerró el *Necronomicón* en su sitio, pero un atroz e inidentificable hedor seguía llenando toda la estancia. «Por su insano olor los conoceréis», citó. Sí, no cabía duda, aquel fétido olor era el mismo que hacía menos de tres años le provocó náuseas en la granja de Whateley. Pensó en Wilbur, en sus siniestras facciones de chivo, y soltó una irónica risotada al recordar los rumores que corrían por el pueblo sobre su paternidad.

—¿Hijo del incesto? —Armitage murmuró casi en voz alta para sus adentros—. ¡Dios mío! Pero, ¡serán simplones! Dales a leer *El Gran Dios Pan,* de Arthur Machen, y creerán que se trata de un escándalo normal y corriente, como los de Dunwich. Pero ¿qué deforme y maldita criatura, salida o no de esta tierra tridimensional, era el padre de Wilbur Whateley? Nació el día de la Candelaria, nueve meses después de la víspera del primero de mayo de 1912, fecha en que los rumores sobre extraños ruidos en el interior de la tierra llegaron hasta Arkham. ¿Qué pasaba en las montañas aquella noche de mayo? ¿Qué horror engendrado el día de la Invención de la Cruz se había abatido sobre el mundo en forma de carne y hueso semihumanos?

Durante las siguientes semanas, Armitage se dedicó a recoger toda la información que pudo encontrar sobre Wilbur Whateley y aquellos misteriosos seres que poblaban la comarca de Dunwich. Se puso en contacto con el doctor Houghton, de Aylesbury, que había asistido al viejo Whateley en su agonía y estuvo meditando detenidamente sobre las últimas palabras que pronunció, tal como las recordaba el médico. Realizó una nueva visita a Dunwich que apenas le aportó fruto alguno, pero, sin embargo, un detenido examen del *Necronomicón,* en concreto, de las páginas que con tanta avidez había buscado Wilbur, le proporcionó nuevas y terribles pistas sobre la naturaleza, métodos y apetitos del maligno ser cuya amenaza se cernía difusamente sobre la tierra. Sostuvo varias conversaciones en Boston con estudiosos de saberes arcanos y mantuvo correspondencia con muchos otros eruditos de los más diversos lugares, que no hicieron

sino alimentar la perplejidad de Armitage, quien, tras pasar gradualmente por varias fases de alarma, acabó sumido en un intenso estado
de temor espiritual. A medida que se acercaba el verano estaba más
convencido de que algo debía hacerse para interrumpir la escalada de
terror que asolaba los valles regados por el curso superior del Miskatonic e indagar en quién era el monstruoso ser conocido entre los
humanos con el nombre de Wilbur Whateley.

6

El verdadero horror de Dunwich tuvo lugar entre el primero de
agosto, la fiesta de la cosecha, y el equinoccio de 1928. El doctor
Armitage fue uno de los testigos presenciales de su abominable prólogo. Le habían contado el grotesco viaje que Whateley había hecho a
Cambridge y de sus desesperados intentos por llevarse a casa el ejemplar del *Necronomicón* que se conserva en la biblioteca Widener, de la
Universidad de Harvard. Todos sus esfuerzos fueron vanos, entre otras
cosas porque Armitage había puesto en alerta a todos los bibliotecarios
que tenían a su cargo la custodia de un ejemplar del arcano volumen.
Wilbur se había mostrado asombrosamente nervioso en Cambridge;
estaba ansioso por conseguir el libro y no menos por regresar a casa,
como si temiera que algo pudiera pasar después de una larga ausencia.

A primeros de agosto se produjo el casi esperado acontecimiento.
En la madrugada del tercer día del mes, los desgarradores y feroces ladridos del imponente perro guardián que había a la entrada del recinto
universitario despertaron bruscamente al doctor Armitage. Aquellos
estridentes y terribles gruñidos se alternaban con desgarradores aullidos y ladridos, como si la rabia se hubiera apoderado del perro; los
ruidos fueron gradualmente en aumento, pero entrecortados, dejando
entre sí pausas terriblemente significativas. Al poco, se oyó un pavoroso grito de una garganta totalmente desconocida, un alarido que
despertó al menos a la mitad de los que dormían a aquellas horas
en Arkham y que, en lo sucesivo, les asaltaría continuamente en sus
sueños porque no era posible que procediera de la garganta de un ser
nacido en la tierra.

Armitage se puso rápidamente algo de ropa por encima y echó a correr por los paseos y jardines hasta llegar a los edificios universitarios, donde comprobó que otros se le habían adelantado. Aún se oía el retumbar del eco de la alarma antirrobo de la biblioteca. La luz de la luna mostraba las abismales tinieblas de una ventana abierta de par en par. Quienquiera que hubiese intentado entrar había logrado su propósito, pues los ladridos y gritos, confundidos con una sorda mezcla de aullidos y gemidos, procedían indudablemente del interior del edificio. Un sexto sentido le hizo entrever a Armitage que cuanto allí sucedía no era algo que pudieran contemplar ojos sensibles y, con gesto autoritario, mandó retroceder a la gente que allí se congregaba, mientras abría la puerta del vestíbulo. Allí reunidos estaban el profesor Warren Rice y el doctor Francis Morgan, a quienes tiempo atrás había hecho partícipes de algunas de sus conjeturas y temores, a los que hizo una señal para que le siguiesen al interior. Los sonidos del interior habían remitido casi por completo, salvo un monótono gruñido canino; pero Armitage dio un brusco respingo al advertir entre la maleza un ruidoso coro de chotacabras que había comenzado a entonar sus endiabladamente rítmicos graznidos, como si marchasen al unísono con los últimos estertores de un ser agonizante.

Un insoportable hedor, que al doctor no le resultaba desconocido, reinaba en todo el edificio. Armitage, en compañía de los dos profesores, salió corriendo por el vestíbulo hasta llegar a la salita de lectura de temas genealógicos de donde salían los sordos gemidos. Por espacio de unos segundos, nadie se atrevió a encender la luz, hasta que el propio Armitage, armado de valor, apretó el interruptor. Uno de los tres hombres (no se sabe cuál) lanzó un estridente alarido ante lo que se veía tendido en el suelo, entre un revoltijo de mesas y sillas volcadas. El profesor Rice afirma que perdió el sentido durante unos segundos, aunque, si bien sus piernas flaquearon, no llegó a caerse al suelo.

En el piso, sobre un fétido charco de un líquido purulento, entre amarillento y verdoso y viscoso como el alquitrán, yacía medio recostado un ser de casi nueve pies de estatura, al que el perro había desgarrado toda la ropa y algunos trozos de la piel. No estaba muerto. Se retorcía en medio de silenciosos espasmos, al tiempo que su pecho jadeaba al abominable compás de los estridentes graznidos de las chotacabras que, expectantes, oteaban desde fuera de la sala. Esparcidos por toda la estancia podían verse trozos de zapato y jirones de ropa, y junto a la ventana yacía una mochila de lona vacía que debió arrojar allí aquel gigantesco ser. Había un revólver en el suelo, junto al pupitre central, con una bala abollada que posteriormente serviría para explicar por qué no había sido disparada. El ser que yacía en el suelo eclipsaba en ese momento cualquier otra imagen que pudiera haber en la estancia. Sería casi un tópico, y no del todo cierto, decir que ninguna pluma humana podría describirlo; sería menos erróneo decir que nadie, cuyas ideas acerca de la fisonomía y el perfil estuviesen demasiado apegadas a las formas de vida existentes en nuestro planeta y a las tres dimensiones conocidas, podría imaginarla. Era parcialmente humana, no cabía duda, con manos y cabeza de hombre, en tanto su rostro caprino y sin mentón llevaba el inconfundible sello de los Whateley. Pero el torso y las extremidades inferiores tenían una forma teratológicamente monstruosa. Sólo gracias a una holgada vestimenta podía aquel ser caminar sobre la tierra sin ser erradicado de su superficie.

Por encima de la cintura era un ser cuasiantropomórfico, aunque el pecho, en el que el perro aún posaba sus desgarradoras patas, tenía el correoso y reticulado pellejo de un cocodrilo o un reptil. La espalda tenía un color moteado, entre amarillo y negro, y recordaba vagamente la escamosa piel de ciertas especies de serpientes. Pero, con diferencia, lo más monstruoso de todo el cuerpo era el cuadro inferior. A partir de la cintura desaparecía toda semejanza con el cuerpo humano y comenzaba la más desenfrenada fantasía que puede imaginarse. Toda la piel estaba cubierta de un frondoso y áspero pelaje negro, y del abdomen brotaban un montón de largos tentáculos, entre grises y verdosos, de los que sobresalían fláccidamente unas ventosas rojas que parecían bocas succionadoras. Su disposición era de lo más extraño y parecía seguir las simetrías de una geometría cósmica desconocida en la tierra e, incluso, en el sistema solar. En cada cadera, hundido en una especie de órbita rosácea dotada de cilios, se alojaba lo que parecía ser un rudimentario ojo, mientras que del lugar donde suele estar la cola, le colgaba algo que tenía todo el aspecto de una trompa o tentáculo, con marcas anulares violetas, y múltiples muestras de tratarse de otra boca o garganta sin desarrollar. Las piernas, salvo por el pelaje negro que las cubría, guardaban cierto parecido con las extremidades de los dinosaurios que poblaron la tierra en los tiempos prehistóricos, y terminaban en unas carnosidades surcadas de venas que no eran pezuñas ni garras. Cuando respiraba, el rabo y los tentáculos mudaban rítmicamente de color, como si obedecieran a alguna causa circulatoria característica de su verdosa sangre no humana, mientras que el rabo tenía un color amarillento que alternaba con otro blanco grisáceo, de aspecto asqueroso, en los espacios que quedaban entre los anillos de color morado. De sangre no había ni rastro, sólo el fétido y purulento líquido verdoso amarillento que corría por el piso más allá del pringoso círculo, dejando tras de sí una curiosa y descolorida mancha.

La presencia de los tres profesores despertó al moribundo ser allí postrado, que comenzó a balbucir sin siquiera levantar la cabeza. Armitage no recogió por escrito los sonidos que profería, pero afirma categóricamente que no pronunció ni una sola palabra en inglés. Al principio las sílabas desafiaban toda comparación posible con alguna lengua conocida de la tierra, pero ya hacia el final articuló unos incoherentes fragmentos que, evidentemente, procedían del *Necronomicón,* el abominable libro cuyo robo iba a costarle la vida. Los fragmentos, como los recuerda Armitage, rezaban así:

N'gai, n'gha' ghaa, bugg-shoggog, y'hah; YogSothoth, Yog-Sothoth...

Después, su voz se desvaneció en el aire, mientras los chotacabras graznaban *in crescendo,* al ritmo de una insana espera.

Finalmente, los jadeos cesaron y el perro alzó la cabeza, emitiendo un prolongado y lúgubre aullido. La faz amarillenta y caprina de aquel ser postrado sufrió un cambio, al tiempo que sus grandes ojos negros se hundieron pasmosamente en sus cavidades. Al otro lado de la ventana, el griterío que armaban los pájaros paró de una vez y por encima de los murmullos de la muchedumbre allí congregada, se oyó un frenético zumbido y revoloteo. Recortadas contra el trasfondo de la luna podían verse grandes nubes de alados vigías expectantes que alzaban el vuelo y huían de la vista, espantados sólo de ver la presa sobre la que se disponían a lanzarse.

De pronto, el perro lanzó un aterrador ladrido y, de un brusco respingo, se arrojó precipitadamente por la ventana por la que había entrado. Un alarido surgió de la expectante multitud, mientras Armitage decía a gritos a los hombres que aguardaban fuera que, en tanto llegase la policía o el forense, nadie debía entrar en la sala. Afortunadamente, las ventanas eran lo suficientemente altas como para que alguien pudiera asomarse, aunque, para estar seguros, Armitage echó las oscuras cortinas con sumo cuidado. Entretanto, llegaron dos policías, pero el doctor Morgan, que salió a su encuentro en el vestíbulo, les aconsejó que, por su propio bien, aguardasen fuera de la hedionda sala de lectura hasta que llegara el forense y pudiera cubrirse el cuerpo del ser allí postrado.

Mientras esto ocurría, la gigantesca criatura sufrió unos cambios espantosos. No se precisa describir la clase y proporción de encogimiento y desintegración que tenía lugar ante los mismos ojos de Armitage y Rice, pero puede decirse que, aparte de la apariencia externa de cara y manos, el elemento auténticamente humano de Wilbur Whateley era mínimo. Cuando llegó el forense, sólo quedaba una masa blancuzca y viscosa sobre el entarimado suelo, en tanto que el fétido olor casi había desaparecido por completo. Por lo visto, Whateley no tenía ni cráneo ni esqueleto, al menos tal como los entendemos. En algo había de parecerse a su desconocido progenitor.

7

Este hecho no fue sino el prólogo del verdadero horror de Dunwich. Las autoridades oficiales, desconcertadas, llevaron a cabo todas las formalidades debidas, silenciando acertadamente los detalles más morbosos para que no llegasen a oídos de la prensa y al público en general. Mientras, unos funcionarios se personaron en Dunwich y Aylesbury para levantar acta de las propiedades del difunto Wilbur Whateley y notificarlas, en su caso, a quienes pudieran ser sus legítimos herederos. A su llegada, encontraron a la gente de la comarca presa de una gran agitación, tanto por el fragor creciente que llegaba de las abovedadas montañas como por el insoportable olor y los ruidos, una especie de oleaje o chapoteo, que salían cada vez con mayor intensidad de aquella especie de gran estructura vacía que era la granja herméticamente entablada de los Whateley. Earl Sawyer, que se había hecho cargo del caballo y del ganado en ausencia de Wilbur, había sufrido una aguda crisis de nervios. Los funcionarios inventaron rápidamente excusas para que nadie entrase en el hediondo y cerrado edificio, limitándose a girar una rápida inspección a los aposentos que habitaba el difunto, es decir, al cobertizo que Wilbur había acondicionado en fecha reciente. Redactaron un voluminoso informe que elevaron al juzgado de Aylesbury y, según parece, los pleitos sobre el destino de la herencia siguen aún sin resolverse entre los innumerables Whateley, tanto de la rama degradada como de la no degradada, que viven en el valle regado por el curso superior del Miskatonic.

Sobre el viejo escritorio que hacía las veces de mesa de trabajo de Wilbur, los funcionarios hallaron un casi interminable manuscrito, redactado en un extraño alfabeto en un libro aún mayor que, por las separaciones y las variaciones de tinta y de caligrafía, tenía el aspecto de ser una especie de diario que les causó un gran desconcierto. Tras una semana de discusiones, se decidió enviarlo a la Universidad de Miskatonic, junto con la colección de libros sobre saberes arcanos del difunto, para su estudio y eventual traducción. Pero al poco tiempo hasta los mejores lingüistas comprendieron que no iba a ser tarea fácil descifrarlo. No se encontró, en cambio, ni la menor pista de las monedas de oro antiguas con que Wilbur y el viejo Whateley solían pagar sus deudas.

Pero el verdadero horror se desató en el transcurso de la noche del 9 de septiembre. Los ruidos de la montaña habían sido muy intensos aquella tarde y los perros ladraron con fenomenal frenesí durante toda la noche. Quienes madrugaron el día 10 advirtieron un peculiar hedor en la atmósfera. Hacia las siete de la mañana, Luther Brown, el mozo de la granja de George Corey, situada entre el barranco de Cold Spring y el pueblo, bajó corriendo del prado de diez acres donde había llevado al ganado, presa de una gran agitación. Estaba aterrado de espanto cuando entró a trompicones en la cocina de la granja, mientras las vacas, que habían bajado tras él igualmente despavoridas durante todo el camino, se ponían a patalear y mugir con tono lastimero en el redil exterior. Sin cesar de jadear, Luther trató de balbucir lo que había visto a la señora Corey.

—Arriba, en el camino que hay por encima del barranco, señora Corey... ¡algo pasa allí! Es como si hubiese caído un rayo. Todos los matorrales y arbolillos del camino han sido segados como si una casa les hubiera pasado por encima. Y eso no es lo peor, ¡quia! Hay huellas en el camino, señora Corey... Tremendas huellas circulares tan grandes como la tapa de un tonel, y muy hundidas en la tierra, como si hubiese pasado un elefante por allí, ¡solo que las huellas tendrán más de cuatro pies! Miré de cerca una o dos antes de salir corriendo y pude ver que todas estaban cubiertas por unas líneas que salían del mismo lugar, en abanico, como si fuesen grandes hojas de palmera, aunque dos o tres veces más grandes, incrustadas en el camino. Y el olor era inaguantable, igual que el que se respira cerca de la vieja casa de Whateley...

El muchacho titubeó como si el miedo que le había hecho recorrer todo el camino corriendo se apoderase de él de nuevo. La señora Corey, viendo que no podía sonsacarle más detalles, se puso a telefonear a los vecinos, con lo que empezó a cundir el pánico, anticipo de nuevos y mayores horrores, por toda la comarca. Cuando llamó a Sally Sawyer, el ama de llaves de la granja de Seth Bishop, la finca más próxima a la de los Whateley, le tocó escuchar en lugar de hablar, pues su hijo Chauncey, que no podía dormir, había subido por la ladera en dirección a la casa de los Whateley y bajó corriendo a toda prisa aterrado, tras echar una mirada a la granja y al prado por donde habían pasado la noche antes las vacas de los Bishop.

—Sí, señora Corey —dijo Sally con voz trémula desde el otro lado del hilo telefónico—. Chauncey acaba de volver despavorido. Casi no podía ni hablar del miedo que traía. Dice que la casa del viejo Whateley ha volado completamente por los aires y que sólo queda un montón de restos de madera desperdigados, como si la hubieren reventado con una carga de dinamita desde dentro. Sólo ha quedado el piso de la planta baja, pero está totalmente cubierto por una sustancia viscosa que apesta terriblemente y que se extiende por el suelo hasta donde están los trozos de madera desparramados. Y en el corral hay unas huellas espantosas, unas tremendas huellas de forma circular, más grandes que la tapa de un tonel, y todo está lleno de esa sustancia pegajosa que se ve en la casa destruida. Chauncey dice que el reguero llega hasta el prado, donde hay una franja de tierra mucho más grande que un establo totalmente aplastada y que por todos los sitios se ven vallas de piedra caídas por el suelo.

»Chauncey dice, señora Corey, que se quedó aterrado a la vista de las vacas de Seth. Las encontró en los prados altos, muy cerca de Devil's Hop Yard, pero daba pena verlas. La mitad están muertas y a casi el resto de las que quedan les habían chupado la sangre, y tenían unas llagas igualitas que las que le salieron al ganado de Whateley a partir del día en que nació el niño negro de Lavinia. Seth ha salido a ver cómo están las vacas, aunque dudo mucho que se acerque a la granja del brujo Whateley. Chauncey no se paró a mirar qué dirección seguía el gran sendero aplastado una vez pasado el prado, pero cree que se dirigía hacia el camino del barranco que lleva al pueblo.

»Créame lo que le digo, señora Corey, hay algo suelto por ahí que no me sugiere nada bueno, y pienso que ese negro de Wilbur Whateley, que tuvo el horrendo fin que merecía, está detrás de todo. No era un ser enteramente humano, y conste que no es la primera vez que lo digo. El viejo Whateley debía estar criando algo aún menos humano que él en esa casa toda tapiada con clavos. Siempre ha habido seres invisibles merodeando en torno a Dunwich, seres invisibles que no tienen nada de humano ni presagian nada bueno.

»La tierra estuvo hablando anoche, y hacia el amanecer Chauncey oyó a los chotacabras armar tal griterío en el barranco de Cold Spring que no le dejaron dormir nada. Luego le pareció oír otro ruido débil hacia donde está la granja del brujo Whateley, una especie de rotura o crujido de madera, como si alguien abriese a lo lejos una gran caja o embalaje de madera. Entre unas cosas y otras no ha podido dormir lo más mínimo hasta bien entrado el día, y no mucho antes se levantó esta mañana. Hoy ha dicho que va a volver a la finca de los Whateley a ver qué pasa por allí. Pero ya ha visto más que suficiente, se lo digo yo, señora Corey. Sea lo que sea, no presagia nada bueno. Los hombres deberían organizarse e intentar hacer algo. Todo esto es horrible, y me da la impresión de que se acerca mi hora. Sólo Dios sabe qué va a pasar.

»¿Le ha dicho algo Luther de la dirección que seguían las huellas? ¿No? Pues bien, señora Corey, si estaban en este lado del camino del barranco y todavía no se han dejado ver por su casa, supongo que deben haber ido hacia el fondo del barranco, ¿dónde si no podrían estar? Siempre he dicho que el barranco de Cold Spring no es un lugar sano y no me inspira la menor confianza. Los chotacabras y las luciérnagas que hay en sus entrañas no parecen criaturas de Dios, y hay quienes dicen que pueden oírse extraños ruidos y murmullos allá abajo si uno se pone a escuchar desde el lugar apropiado, entre la cascada y la Guarida del Oso.

Durante toda la mañana, tres cuartas partes de los hombres y jóvenes de Dunwich salieron a batir los caminos y prados que había entre las ruinas de lo que fue la granja de los Whateley y el barranco de Cold Spring, comprobando aterrados con sus propios ojos la existencia de aquellas monstruosas huellas, las agonizantes vacas de Bishop, toda la misteriosa y apestosa desolación que reinaba sobre el lugar y la vegetación aplastada y pulverizada por los campos y a orillas de la carretera. Fuese cual fuese el mal que se había desatado sobre la comarca, era seguro que se encontraba en el fondo de aquel enorme y tenebroso barranco, pues todos los árboles de las laderas estaban vencidos y se había abierto una gran senda a través de la maleza que crecía en el precipicio. Era como si una avalancha hubiese arrasado una casa entera, arrastrándola por la enmarañada vegetación de la vertiente casi cortada a pico. No se oía ruido alguno que procediera del fondo del barranco, pero sí se percibía un lejano e indefinible hedor. No fue para nada extraño, por tanto, que los hombres prefirieran quedarse al borde del precipicio a discutir, en lugar de bajar y meterse de lleno en el cubil de aquel desconocido y monstruoso horror. Al grupo lo acompañaban tres perros que se lanzaron a ladrar rabiosamente en un primer momento, pero que, una vez al borde del barranco, callaron amedrentados e intranquilos. Alguien había llamado por teléfono al Aylesbury Transcript para contar la noticia, pero el director, acostumbrado a oír las más estrafalarias historias procedentes de Dunwich, se limitó a redactar un artículo humorístico sobre el tema, artículo que posteriormente sería reproducido por la Associated Press.

Aquella noche los vecinos de Dunwich y comarca se metieron en sus casas y no quedó granja o establo cuya puerta no quedara bloqueada lo más sólidamente posible. Por supuesto, ni una sola cabeza de ganado pasó la noche en los prados. Hacia las dos de la mañana un irrespirable hedor y los furiosos ladridos de los perros despertaron a la familia de Elmer Frye, cuya granja se hallaba situada al extremo este del barranco de Cold Spring, y todos coincidieron en decir haber oído afuera una especie de chapoteo o golpe seco. La señora Frye quiso telefonear inmediatamente a los vecinos, pero cuando su marido estaba a punto de hacerlo, un ruido como de madera astillándose vino a interrumpir sus deliberaciones. Al parecer, el ruido procedía del establo y fue inmediatamente seguido por mugidos escalofriantes y pataleos de las vacas. Los perros se pusieron a echar espumarajos por la boca, pero, atenazados de terror, corrieron a agazaparse a los pies de los miembros de la familia. Frye, movido por la costumbre, encendió un farol, pero sabía bien que salir al oscuro corral significaba la muerte. Los niños y las mujeres lloriqueaban sin hacer un ruido obedeciendo a un atávico instinto de supervivencia que les dictaba que sus vidas dependían de que guardasen absoluto silencio. Finalmente, el ruido del ganado remitió para convertirse en un lastimero mugido, seguido de una serie de chasquidos, crujidos y fragores impresionantes. Los Frye, apiñados en el salón, no se atrevieron a moverse hasta que no se desvanecieron los últimos ecos ya muy en el interior del barranco de Cold Spring. Luego, entre los débiles mugidos que seguían saliendo del establo y los endiablados graznidos de los últimos chotacabras aún despiertos en el fondo del barranco, Selina Frye se acercó tambaleándose al teléfono y difundió a los cuatro vientos cuanto sabía sobre la segunda fase del horror.

Al día siguiente, toda la comarca era presa de un pánico atroz. Un trasiego interminable de atemorizados y silenciosos grupos de gente que se acercaba al lugar donde se había producido el horripilante acontecimiento nocturno. Dos impresionantes franjas de destrucción se extendían desde el barranco hasta la granja de Frye, en tanto unas monstruosas huellas cubrían la tierra desprovista de toda vegetación y uno de los lados del viejo establo pintado de rojo estaba completamente derrumbado. De los animales, sólo se logró encontrar e identificar a la cuarta parte. Algunas de las vacas estaban pulverizadas en pequeños fragmentos y a las que sobrevivieron no hubo más remedio que sacrificarlas. Earl Sawyer propuso ir en busca de ayuda a Arkham o Aylesbury, pero muchos rechazaron su propuesta porque la consideraban inútil. El viejo Zebulón Whateley, de una rama de la familia a caballo entre el sano juicio y la degradación, se atrevió a proponer, lo que resultó harto increíble, que lo mejor sería celebrar rituales en las cumbres montañosas. Aseguró que su familia siempre había observado escrupulosamente las tradiciones y que sus recuerdos de los ritos en los grandes círculos de piedra no tenían nada que ver con lo que pudieran haber hecho Wilbur y su abuelo.

Para cuando la noche volvió a caer sobre la consternada comarca de Dunwich, esta aún no había logrado poner en marcha una defensa eficaz contra la amenaza que se cernía sobre ella. Algunas familias con estrechos vínculos se cobijaron bajo un mismo techo para estar ojo avizor en medio de la cerrada oscuridad nocturna, pero, por lo general, volvieron a repetirse las escenas de levantamiento de barricadas de la noche precedente y los fútiles e ineficaces gestos de cargar los herrumbrosos mosquetes y tener las horcas al alcance de la mano. Sin embargo, aquella noche nada nuevo sucedió, salvo algún que otro ruido intermitente en la montaña, y al despuntar el día muchos confiaban que el nuevo horror hubiese desaparecido con la misma rapidez con que se había presentado. Incluso hubo algunos que, dotados de un espíritu temerario, propusieron lanzar una expedición de castigo al fondo del barranco, si bien no se atrevieron a ponerlo en práctica ante una mayoría que, en principio, no parecía dispuesta a seguirles.

Cuando la noche cayó de nuevo, se repitieron las escenas de barricadas, aunque fueron menos las familias que se agruparon bajo un mismo techo. A la mañana siguiente, tanto los familiares de Frye como los de Seth Bishop contaron que habían advertido cierta agitación entre los perros e indefinidos sonidos y fétidos olores en la lejanía, mientras que los expedicionarios más madrugadores se horrorizaron al ver, una vez más, huellas monstruosas y recientes en el camino que orillaba Sentinel Hill. Al igual que en ocasiones anteriores, los bordes del camino estaban aplastados, indicio de que por allí había pasado el imponente y monstruoso horror infernal que asolaba la comarca. En esta ocasión, la disposición de las huellas parecía sugerir que había marchado en ambas direcciones, como si una montaña movediza hubiese salido del barranco de Cold Spring para regresar posteriormente por la misma senda. Por la parte más abrupta del pie de la montaña podía observarse una franja de unos treinta pies de anchura, de matorrales y arbolillos aplastados, pero lo más asombroso para quienes veían aquello era comprobar que ni siquiera las más empinadas pendientes hacían torcer la trayectoria del inexorable sendero. Fuese lo que fuese, aquel horror podía escalar paredes de roca desnuda y cortadas a pico. Los expedicionarios, que optaron por subir a la cima por una ruta más segura, se encontraron una vez arriba con que las huellas terminaban allí o, mejor dicho, allí daban la vuelta.

Era precisamente en la cumbre de Sentinel Hill donde los Whateley acostumbraban a encender sus diabólicas hogueras y celebrar sus no menos infernales rituales ante la piedra con forma de mesa, en las vísperas del Primero de Mayo y de Todos los Santos. Ahora, la piedra constituía el centro de una amplia extensión de terreno arrasado por el horror de la montaña, mientras que encima de su superficie ligeramente cóncava podía verse una masa espesa y fétida de la misma sustancia alquitranada que había en el piso de la derruida granja de los Whateley cuando el horror se alejó de allí. Los hombres se miraron unos a otros y empezaron a murmurar. Después, dirigieron la mirada hacia abajo para comprobar que el horror había descendido por el mismo sendero por el que había ascendido. Toda especulación sobraba. La razón, la lógica y las ideas normales que pudieran ocurrírseles se hallaban sumidas en el más completo marasmo. Sólo el anciano Zebulón, que no iba acompañando al grupo, habría sabido apreciar en su justo término la situación o darle una explicación plausible.

La noche del jueves comenzó igual que casi todas las anteriores, pero acabó bastante peor. Los chotacabras del barranco no pararon de graznar ni un momento, armando tal estrépito que fueron muchos los vecinos de Dunwich que no lograron conciliar el sueño, pero a eso las tres de la madrugada todos los teléfonos de la localidad se pusieron a sonar trémulamente. Quienes descolgaron el auricular oyeron a una aterrada voz proferir en un tono desgarrador «¡Socorro! ¡Dios mío!...», y algunos aseguraron haber escuchado un estruendoso ruido, tras lo cual la voz se cortó. No se oyó ni un sonido más. Pero nadie se atrevió a salir y hasta la mañana siguiente no se supo de dónde procedía la llamada. Todos cuantos la escucharon se llamaron por teléfono entre sí, advirtiendo que únicamente no contestaban en casa de los Frye. Lo sucedido se descubrió al cabo de una hora cuando un grupo de hombres armados se juntó a toda prisa, para dirigirse a la granja de los Frye, que estaba en la boca misma del barranco. Lo que allí vieron fue espantoso, pero en modo alguno constituía una sorpresa. Había nuevas franjas aplastadas y monstruosas huellas. La casa de los Frye se había hundido como si del cascarón de un huevo se tratase, y entre las ruinas no pudo encontrarse resto alguno vivo o muerto. Sólo un insoportable hedor y una viscosidad alquitranada. La familia Frye había sido por completo borrada de la faz de Dunwich.

8

Mientras tanto, otra fase del horror, más apacible, pero no menos estimulante desde el punto de vista espiritual, se desarrollaba en Arkham, tras la puerta cerrada de una sala repleta de estanterías de la Universidad de Miskatonic, donde el extraño manuscrito o diario de Wilbur Whateley estaba siendo sometido a estudio. Su correcta traducción había sido la causa de muchos quebraderos de cabeza y no pocas muestras de desconcierto entre los especialistas en lenguas antiguas y modernas del claustro. El mismo alfabeto, a pesar del parecido que, a primera vista, guardaba con una variante degradada de la escritura arábiga usada en Mesopotamia, resultaba totalmente desconocido a las autoridades en la materia. La conclusión de los lingüistas fue que el texto representaba un alfabeto artificial, probablemente criptogramas, aunque ninguno de los métodos criptográficos usados asiduamente para descifrar pudo aportar la menor pista para su significado, a pesar de que se aplicó en función de las lenguas que se suponía que dominaba el autor de aquellas páginas. Con respecto a los libros antiguos encontrados en el domicilio de los Whateley, si bien presentaban un gran interés y en varios casos prometían abrir nuevas y tenebrosas vías de investigación entre los filósofos y hombres de ciencia, no ayudaron en nada a resolver el enigma. Había entre ellos, un pesado volumen con un cierre metálico que estaba escrito en otro alfabeto igualmente desconocido, si bien sus caracteres eran muy diferentes y guardaba cierta semejanza con el sánscrito. Finalmente, el enorme manuscrito cayó en manos del doctor Armitage, y no sólo por el especial interés que había demostrado en el caso Whateley sino también por sus vastos conocimientos lingüísticos y su experiencia en las fórmulas místicas de la Antigüedad y de la Edad Media.

Armitage partió de la idea de que el alfabeto estaba siendo utilizado con fines esotéricos para ciertos cultos arcanos procedentes de épocas pasadas y que habían adoptado numerosos rituales y tradiciones de los zahoríes del mundo sarraceno. Ahora bien, aquello no pasaba de tener una importancia secundaria, pues no era necesario conocer el origen de los símbolos si, tal y como sospechaba, eran usados a modo de criptogramas pero dentro de una lengua moderna. Estaba persuadido de que, habida cuenta de la voluminosa cantidad de texto que contenía, el autor difícilmente se habría tomado la molestia de utilizar otra lengua que no fuera la suya, salvo a la hora de expresar ciertas fórmulas mágicas o conjuros especiales. En consecuencia, se dispuso a atacar el libro partiendo de la hipótesis de que, en su mayor parte, estaba escrito en inglés.

Tras los fracasos repetidos de sus colegas, el doctor Armitage era consciente de que el enigma al que se enfrentaba con aquel texto resultaría difícil de desentrañar y que sería una tarea ardua, por lo que había que desechar cualquier intento de aplicar métodos sencillos de investigación. La última decena de agosto la dedicó a recopilar todos los tratados de criptografía que pudo encontrar, echando mano de la copiosa bibliografía con que contaba la biblioteca y adentrándose, noche tras noche, en los saberes arcanos que se ocultan tras textos como la *Poligraphia,* de Tritomio; el *De furtivis literarum notis,* de Giambattista Porta; el *Traité des chiffres,* de De Vigenere; el *Cryptomenysis patefacta,* de Falconer; los tratados del siglo XVIII de Davys y Thicknesse y otros de autoridades en la materia tan recientes como Blair, Von Marten, además de los escritos de Klüber. Con el tiempo acabó por convencerse de que se enfrentaba a uno de esos criptogramas especialmente sutiles e ingeniosos, en los que hay que disponer muchas listas de letras separadas, y que se corresponden entre sí, como si fueran las tablas de multiplicar, construyendo un mensaje aleatorio a partir de palabras sólo usadas por iniciados en la materia. Las autoridades de mayor antigüedad fueron una ayuda bastante más valiosa que las de épocas más recientes, de lo que Armitage dedujo que el código del manuscrito debía de tener una gran antigüedad y que se había transmitido, sin duda, a través de toda una larga cadena de ensayistas místicos. Varias veces pareció estar a punto de dar con la clave esclarecedora, pero, de repente, algún obstáculo imprevisto le hacía retroceder en la marcha de la investigación. Hasta que, ya prácticamente en septiembre, las nubes empezaron a clarear. Ciertas letras, tal como estaban utilizadas en determinados pasajes del manuscrito, fueron identificadas definitiva e inequívocamente, poniéndose de manifiesto que, como sospechaba, el texto se hallaba escrito en inglés.

En la tarde del 2 de septiembre, el doctor Armitage hizo, por fin, caer la última barrera importante que se interponía a la inteligibilidad del texto, pudo recoger el fruto de su esfuerzo al leer por primera vez un pasaje entero de los anales de Wilbur Whateley. En realidad se trataba de un diario, como suponía, y estaba redactado en un estilo que mostraba claramente una mezcla de profunda erudición en el campo de las ciencias ocultas y de una ignorancia absoluta en cultura general por parte del extraño ser que lo escribió. Ya el primer pasaje extenso que logró descifrar Armitage (una anotación fechada el 26 de noviembre de 1916) resultó asombroso e intranquilizador. Recordó que el autor de aquellas líneas era un niño de tres años y medio por entonces, si bien aparentaba ser un adolescente de doce o trece.

«Hoy aprendí el Aklo para el Sabaoth», decía, «pero no me gustó pues podía responderse desde la montaña y no desde el aire. Lo del piso de arriba me aventaja más de lo que pensaba y no parece que tenga mucho cerebro terrestre. Maté de un tiro a Jack, el perro pastor escocés de Elam Hutchins, que venía a morderme y Elam me dijo que me mataría, si se atreviera. Confío en que no lo haga. Anoche el abuelo me hizo pronunciar la fórmula mágica Dho y me pareció ver la ciudad secreta en los dos polos magnéticos. Una vez arrasada la tierra iré a esos polos, si es que no logro comprender la fórmula Dho-Hna cuando la aprenda. Los del aire me dijeron en el Sabat que la tarea de arrasar la tierra me llevará muchos años; para entonces supongo que ya habrá muerto el abuelo, así que voy a tener que aprender la posición de todos los ángulos de las superficies planas y todas las fórmulas mágicas que hay entre Yr y Nhhngr. Los del exterior me ayudarán, pero para cobrar forma corpórea requieren sangre humana. Parece que lo de arriba tendrá buen aspecto. Puedo vislumbrarlo cuando hago la señal Voorish o soplo los polvos de Ibu Ghazi, y se parece mucho a ellos el día de la Víspera de Mayo en la Montaña. Encuentro la otra cara algo borrosa. Me pregunto qué aspecto tendré cuando la tierra haya sido arrasada y no quede ni un sólo ser sobre ella. El que vino con el Aklo Sabaoth dijo que podría transfigurarme para parecer menos del exterior y seguir haciendo cosas».

El mañana encontró al doctor Armitage sudoroso y aterrado, totalmente enfrascado en su lectura. No había levantado los ojos del manuscrito en toda la noche. Sentado en su escritorio, a la luz de una lámpara eléctrica, fue pasando página tras página con temblorosa mano a medida que iba descifrando el texto. Había telefoneado a su mujer, en medio de aquel estado de agitación, para avisar de que no iría a dormir aquella noche, y cuando, a la mañana siguiente, ella tuvo la deferencia de llevarle el desayuno a la biblioteca, él apenas probó bocado. No dejó de leer ni por un instante en todo el día, aunque de vez en cuando se tenía que detener, exasperado, para revisar y volver a aplicar la enrevesada clave. La comida y la cena también le fueron llevadas al despacho, pero apenas las probó. Al día siguiente, ya bien entrada la noche, se quedó adormecido sobre la silla, pero no tardaría en despertarse asaltado por terribles pesadillas, casi tan horribles como la amenaza que se cernía sobre la humanidad entera y que él acababa de descubrir.

La mañana del 4 de septiembre, el profesor Rice y el doctor Morgan insistieron en ver a Armitage aunque sólo fuera un momento, pero salieron de la entrevista temblorosos y con el semblante demudado. Al anochecer, Armitage se fue a la cama, aunque pudo conciliar el sueño sólo a ratos. Al día siguiente, miércoles, volvió a enfrascarse en la lectura del manuscrito y tomó infinidad de notas, tanto de los pasajes que iba leyendo como de los ya descifrados. En la madrugada se quedó dormido unos momentos en un sillón del despacho, pero antes de que amaneciese ya estaba de nuevo con los ojos fijos sobre el libro. Aún no habían dado las doce cuando su médico, el doctor Hartwell, fue a verle para insistirle que, por su propio bien, dejase de trabajar, pero Armitage se negó a seguir los consejos del médico, alegando que para él era de vital importancia acabar de leer el diario, al tiempo que le prometía una explicación más detallada en su debido momento. Aquella tarde, justo en el momento en que empezaba a oscurecer, acabó su alucinante y agotadora lectura y se dejó caer sobre la silla totalmente exhausto. Su mujer, que acudió a llevarle la cena, lo encontró tendido en estado casi comatoso, pero Armitage aún conservaba la conciencia suficiente como para echarla de un fenomenal grito, que la hizo retroceder, antes de que sus ojos se posaran en las notas que había tomado. Levántandose a duras penas de la silla, recogió las hojas garabateadas que había sobre la mesa y las metió en un gran sobre que guardó en el bolsillo interior del abrigo. Todavía le quedaban fuerzas para regresar a casa por su propio pie, pero era tan evidente que necesitaba ayuda médica que hubo que llamar urgentemente al doctor Hartwell. Al irse a la cama, siguiendo las indicaciones del médico, no cesaba de repetir una y otra vez «*Pero ¿qué hacer, Dios mío? ¿Qué hacer?*».

Armitage durmió toda la noche, pero al día siguiente a ratos deliraba. No dio ninguna explicación al doctor Hartwell, pero en sus momentos de lucidez hablaba de la imperiosa necesidad de mantener una larga reunión con Rice y Morgan. Sus desvaríos eran descabellados e incluían desesperados llamamientos para que se destruyera algo que decía se encontraba en una casa herméticamente cerrada con tablones, al tiempo que hacía increíbles alusiones a un plan para eliminar de la faz de la tierra a toda la especie humana, y a toda la vida vegetal y animal, que se proponía llevar a cabo una terrible y antiquísima raza de seres procedentes de otras dimensiones siderales. No dejaba de gritar que el mundo estaba en peligro, pues los Seres Ancianos se habían propuesto desmantelarlo y barrerlo del sistema solar y del cosmos de la materia para sumirlo en otro nivel, o fase incorpórea, del que ellos mismos habían surgido hacía billones de eones. En otros momentos pedía que le trajeran el temible *Necronomicón* y el *Daemonolatreia*, de Remigio, volúmenes en los que estaba seguro de encontrar la fórmula mágica con la que conjurar el peligro.

—¡Hay que detenerlos! ¡Hay que detenerlos como sea! —se lanzaba a gritar desesperadamente—. Los Whateley se proponen abrirles el paso y lo peor de todo aún está por llegar. Digan a Rice y a Morgan que hay que hacer algo. Es un asunto en el que vamos a ciegas, pero yo sé cómo fabricar los polvos... No ha recibido ningún alimento desde el 2 de agosto, el día en que Wilbur vino a morir aquí, y a estas alturas...

A pesar de su edad, Armitage tenía setenta y tres años, estaba dotado de una buena constitución y de una naturaleza resistente y el trastorno que, además, no vino acompañado de fiebres, se le pasó en el curso de una noche. El viernes se levantó ya avanzado el día, con la cabeza despejada, aunque con la cara seria por el miedo que le roía las entrañas y por la tremenda responsabilidad que ahora pesaba sobre él. El sábado por la tarde se sintió con fuerzas para volver a la biblioteca y mantener una reunión con Rice y Morgan; los tres hombres estuvieron el resto del día dándole vueltas a las más increíbles especulaciones y los más alucinantes debates. Sacaron libros y más libros de las estanterías, y de otros sitios en los que estaban cerrados y a buen recaudo, para consultar saberes antiguos. Estuvieron copiando esquemas y fórmulas mágicas con febril premura y en cantidades ingentes. No cabía la menor duda al respecto: los tres habían visto el agonizante cuerpo de Wilbur Whateley postrado en una estancia de aquel mismo edificio, por lo que a ninguno de ellos se le ocurrió siquiera sugerir que el diario era el resultado de los delirios de un loco.

En lo referido a si resultaba conveniente o no avisar a la policía de Masachusetts, las opiniones estaban encontradas, aunque acabo imponiéndose la tesis negativa. Había cosas en todo aquel asunto que resultaban muy difíciles de creer, por no decir imposibles, para quienes no estuvieran al tanto de todo lo que sucedía, como bien se vería después, tras varias investigaciones realizadas con posterioridad a los hechos. Ya entrada la noche, levantaron la sesión, sin tener muy claro cuál iba a ser el plan definitivo, pero durante todo el domingo Armitage estuvo ocupado cotejando fórmulas mágicas y haciendo combinaciones de productos químicos sacados del laboratorio de la universidad. Cuanto más pensaba en el infernal diario, más dudas albergaba sobre la eficacia de cualquier agente material para destruir al ser que Wilbur Whateley había dejado tras de sí... Aquel amenazador ser, aún desconocido para él, que unas horas después habría de abatirse sobre la localidad y acabaría siendo trágicamente conocido por el Horror de Dunwich.

El lunes fue para el doctor Armitage una repetición del domingo. La tarea en que estaba embarcado requería continuas búsquedas y experimentos, aunque las sucesivas consultas al diario de aquel monstruoso ser trajeron como consecuencia una serie de cambios en el plan originalmente trazado, y, a pesar de todo, contaba con que al final seguiría adoleciendo de grandes fallos y no pocos riesgos. El martes ya había esbozado una línea precisa de actuación y creía que, en menos de una semana, estaría en condiciones de trasladarse a Dunwich. Pero, entonces, el miércoles llegó la gran conmoción: casi inadvertido, en una esquina del Arkham Advertiser, podía leerse un despacho pequeño de la agencia Associated Press en el que, con tono jocoso, se contaba que el wiski de contrabando había producido en Dunwich un monstruo que batía todos los récords. Armitage, sobrecogido ante la noticia, telefoneó al instante a Rice y a Morgan. Estuvieron debatiendo un plan a seguir hasta bien entrada la noche y al día siguiente se apresuraron a hacer los preparativos para el viaje. Armitage sabía muy bien que iban a tener que vérselas con pavorosas fuerzas, sin embargo, comprendía nítidamente que no habría otra manera de acabar con aquel maléfico embrollo que otros, antes que él, habían venido a complicar y agravar.

<h1 style="text-align:center">9</h1>

El viernes por la mañana Armitage, Rice y Morgan salieron en automóvil hacia Dunwich, donde llegaron sobre la una de la tarde. Hacía un día espléndido, pero hasta en el fuerte sol reinante parecía presagiarse una inquietante calma, como si algo espantoso se cerniese sobre aquellas montañas extrañamente rematadas en forma de bóveda y sobre los profundos y sombríos barrancos de la asolada región. En la cumbre de las montañas se vislumbraba de vez en cuando, recortado contra el cielo, un lúgubre círculo de piedras. En la tienda de Orborn, por la atmósfera de tensa calma que se respiraba, los tres investigadores comprendieron que algo horrible había sucedido ya, y fue allí donde se enteraron de la desaparición de la casa y de la familia entera de Elmer Frye. Durante toda la tarde estuvieron recorriendo los alrededores de Dunwich, preguntando a la gente qué había sucedido y viendo con sus propios ojos, en medio de un creciente horror, las pavorosas ruinas de la casa de los Frye, con los persistentes restos de aquella sustancia alquitranada, las monstruosas huellas dejadas en el corral, el ganado malherido de Seth Bishop y las impresionantes franjas de vegetación arrasada que había por doquier. El sendero dejado a todo lo largo de Sentinel Hill le pareció a Armitage de una significación casi devastadora, y durante un buen rato se quedó mirando la siniestra piedra en forma de altar que se divisaba en la cima.

Finalmente, los visitantes, informados de que aquella misma mañana habían llegado unos policías de Aylesbury en respuesta a las primeras llamadas telefónicas que dieron cuenta de la tragedia acaecida a los Frye, resolvieron ir en busca de los agentes y contrastar con ellos sus impresiones sobre la situación. Sin embargo, comprobaron que una cosa era decirlo y otra hacerlo: no se veía a los policías por ninguna parte. Habían venido cinco en un coche que se encontró abandonado en un lugar próximo a las ruinas del corral de Elmer Frye. Los lugareños, que hacía tan sólo un rato habían estado hablando con los policías, estaban tan perplejos como Armitage y sus compañeros. Fue entonces cuando al viejo Sam Hutchins le vino a la cabeza una idea y, lívido, dio un codazo a Fred Farr al tiempo que señalaba hacia el profundo y rezumante abismo que se abría frente a ellos.

—¡Dios mío! —dijo jadeando—. ¡Les advertí de que no bajasen al barranco! Jamás pensé que fuera a meterse nadie ahí con esas huellas y ese olor y con los chotacabras armando tal griterío a plena luz del día...

Al oír las palabras del viejo Hutchins, granjeros y visitantes sintieron un escalofrío e, instintivamente, aguzaron el oído. Armitage, ahora que se encontraba por vez primera frente al horror y su destructiva labor, no pudo evitar sentir el peso de la responsabilidad que había asumido. Pronto caería la noche sobre la comarca, las horas en que la gigantesca monstruosidad saldría de su escondite para proseguir sus pavorosas incursiones. *Negotium perambulans in tenebris*[20]... El anciano bibliotecario repitió la fórmula mágica que había aprendido de memoria, mientras estrujaba con la mano el papel que contenía la fórmula alternativa que no había memorizado. Seguidamente, comprobó que su linterna se encontrara en perfecto estado. Rice, que estaba a su lado, sacó de un maletín un pulverizador de esos que se utilizan para combatir los insectos, mientras Morgan desenfundaba el rifle de caza en el que seguía confiando pese a las advertencias de sus compañeros de que, probablemente, las armas no serían útiles frente a tan monstruoso ser.

Armitage había leído el espantoso diario de Wilbur y sabía muy bien qué clase de materialización cabía esperar, pero no quiso atemorizar más a los vecinos de Dunwich con nuevas insinuaciones. Esperaba poder librar al mundo de aquel horror sin que nadie se enterase de la amenaza que se cernía sobre la humanidad entera. A medida que la oscuridad fue haciéndose más densa, los vecinos de Dunwich fueron dispersándose de regreso a casa, ansiosos por encerrarse en su interior pese a la evidencia de que no había cerrojo que pudiese resistir los embates de un ser de tal descomunal fuerza que podía tronchar árboles y triturar casas a su antojo. Negaron con la cabeza al enterarse de que

---

[20]   Cita bíblica del libro de los Salmos, capítulo 91, versículo 6: «La pestilencia que vaga en las tinieblas», es, además, el título de un relato del escritor inglés E.F. Benson (1867-1940), a quien Lovecraft admiraba. *(N. del T.)*

el plan que tenían los investigadores era permanecer de guardia en las ruinas de la granja de Frye, tan próxima al barranco. Al despedirse de ellos, no albergaban esperanzas de volver a verlos con vida a la mañana siguiente.

Aquella noche el fragor que llegaba de las montañas fue enorme y los chotacabras graznaron con endiablado estrépito. El viento que, de rato en rato, subía del fondo del barranco de Cold Spring sumaba un hedor insoportable a la ya cargada atmósfera nocturna, una pestilencia como la que aquellos tres hombres ya habían percibido en una ocasión anterior, frente a aquella moribunda criatura que durante quince años y medio había pasado por ser humana. Pero la esperada monstruosidad no se dejó ver en toda la noche. No cabía duda, lo que había en el fondo del barranco aguardaba el momento propicio, y Armitage dijo a sus compañeros que sería suicida intentar atacarlo en medio de la oscuridad nocturna.

Al amanecer, pararon los ruidos. El día se levantó gris, desapacible y con ocasionales ráfagas de lluvia, mientras oscuros nubarrones se acumulaban al otro lado de la montaña en dirección noroeste. Los tres científicos de Arkham no sabían qué hacer. Cuando la lluvia comenzó a arreciar, se refugiaron bajo una de las pocas construcciones de la granja de los Frye que aún quedaba en pie, y allí discutieron sobre la conveniencia de seguir esperando o arriesgarse a bajar al fondo del barranco a la caza de la monstruosa y abominable presa. El aguacero era más fuerte por momentos y en la lejanía se oía el retumbar de los truenos, al tiempo que el cielo entero se iluminaba con los relámpagos que lo cruzaban. Muy cerca de donde ellos estaban, vieron caer un rayo como si directamente les señalara el barranco maldito. El cielo se oscureció totalmente, y los tres científicos esperaban que la tormenta pasara rápidamente, a pesar de su violencia, y escampara.

Pero no había pasado una hora, y aún seguía el firmamento cubierto de oscuros nubarrones, cuando llegó hasta ellos un auténtico babel de voces que se acercaba por el camino. Al poco, pudieron divisar a un grupo despavorido de hombres, formado por quizá una docena de personas, que llegaba corriendo hasta donde estaban ellos y que no cesaba de gritar y hasta sollozar histéricamente. Uno de los que iban en cabeza comenzó a hablar atropelladamente, provocando un pavoroso escalofrío en los investigadores de Arkham cuando sus palabras adquirieron coherencia.

—¡Oh, Dios mío! ¡Dios mío! —dijo la voz entrecortada—. ¡Vuelve de nuevo, y esta vez en pleno día! ¡Ha salido! ¡Ha salido y se está moviendo en estos momentos! ¡Que el Señor nos proteja!

El hombre jadeó pesadamente y se sumió en el silencio, pero otro de los hombres retomó su hilo:

—Hace casi una hora, Zeb Whateley oyó sonar el teléfono. Quien llamaba era la señora Corey, la mujer de George, que viven abajo en el cruce. Dijo que Luther, su criado, había salido en busca de las vacas al ver el tremendo rayo que había caído, cuando observó que los árboles se doblaban en la boca del barranco —del otro lado de la vertiente— y notó la misma peste que se respiraba en las inmediaciones de las grandes huellas el lunes por la mañana. Y según ella, Luther dijo haber oído una especie de crujido o chapoteo, un ruido mucho más fuerte que el producido por los árboles o arbustos al doblarse, y de repente los árboles que había a orillas del camino se inclinaron hacia un lado y se oyó un horrible ruido de pisadas y un chapoteo en el barro. Pero, aparte de los árboles y la maleza doblados, Luther no vio nada.

»Luego, más allá de donde el arroyo Bishop pasa por debajo del camino, pudo oír unos espantosos crujidos y chasquidos en el puente, y dijo que parecía como si fuese madera que estuviese resquebrajándose. Pero, aparte de los árboles y los matorrales doblados, no vio nada en absoluto. Y cuando los crujidos se perdieron a lo lejos, en el camino que lleva a la granja del brujo Whateley y a la cumbre de Sentinel Hill, Luther tuvo el valor de acercarse al lugar donde había escuchado los primeros ruidos y se puso a mirar al suelo. No vio más que agua y barro, el cielo estaba encapotado y la lluvia que caía empezaba a borrar las huellas, pero cerca de la boca del barranco, donde los árboles se hallaban caídos por el suelo, aún había unas horribles huellas tan gigantescas como las que vio el lunes pasado.

En este punto, el hombre que había hablado en primer lugar, retomó la historia.

—Pero eso no es lo peor; eso fue sólo el principio. Zeb convocó a la gente y todos estaban escuchando cuando se cortó una llamada telefónica que habían hecho desde la casa de Seth Bishop. Sally, la mujer de Seth, no paraba de hablar muy acaloradamente porque acababa de ver los árboles tronchados al borde del camino, y dijo que una especie de ruido acorchado, parecido al de las pisadas de un elefante, se dirigía hacia su casa. Luego, dijo que un olor espantoso se había metido de repente por todos los rincones de la casa y que su hijo Chauncey no paraba de gritar; que el olor era idéntico al que había en las ruinas de la granja de Whateley el lunes por la mañana. Y, a todo esto, los perros no paraban de lanzar horribles aullidos y ladridos.

»Entonces, Sally dio un grito terrible y dijo que el cobertizo que había junto al camino se había derrumbado como si la tormenta se lo hubiera llevado por delante, sólo que apenas corría viento como para que pasara algo así. Todos escuchábamos con atención y a través del hilo podía oírse el jadeo de multitud de gargantas pegadas al teléfono. De repente, Sally volvió a lanzar un espantoso grito y dijo que la cerca que había delante de la casa acababa de derrumbarse, aunque no había el menor indicio de quién podía haberlo hecho. Luego, todos los que estaban pegados al hilo oyeron chillar también a Chauncey y al viejo Seth Bishop, y Sally decía a gritos que algo enorme había caído encima de la casa, no un rayo ni nada por el estilo, sino algo descomunal que se abalanzaba contra la fachada y los embates eran constantes, aunque no se veía nada a través de las ventanas. Y luego... y luego...

El terror podía verse reflejado en los rostros, pero Armitage, aun cuando no estaba menos aterrado, tuvo el aplomo suficiente para incitar al que hablaba para que prosiguiera.

—Y luego... luego, Sally lanzó un grito estremecedor y dijo «¡Socorro! ¡La casa se viene abajo!»... Y desde el otro lado del hilo pudimos oír un fenomenal estruendo y un espantoso griterío... Igual que pasó con la granja de Elmer Frye, sólo que esta vez peor...

El hombre que hablaba se detuvo, pero otro de los que venía en el grupo prosiguió el relato en su lugar.

—Eso fue todo. No volvió a oírse ni un ruido ni un chillido más. Sólo el más absoluto silencio. Quienes lo escuchamos sacamos nuestros coches y furgonetas, y a continuación nos reunimos en casa de Corey todos los hombres sanos y robustos que pudimos encontrar, y hemos venido hasta aquí para que nos aconsejen qué hacer ahora. Es posible que todo sea un castigo del Señor por nuestros pecados, un castigo del que ningún mortal podrá escapar.

Armitage comprendió que había llegado el momento de actuar y, con aire resuelto, se dirigió al vacilante grupo de despavoridos campesinos.

—No queda más remedio que seguirlo, señores —dijo tratando de dar a su voz el tono más sereno posible—. Estoy convencido de que tenemos una posibilidad de acabar de una vez por todas con lo que quiera que sea ese monstruo. Todos ustedes conocen de sobra la fama de brujos de los Whateley, pues bien, este abominable ser tiene mucho de brujería, y para acabar con él hay que recurrir a los mismos procedimientos que usaban ellos. He leído el diario de Wilbur Whateley y examinado algunos de los extraños y antiguos libros que acostumbraba a leer, y creo conocer el conjuro que debe pronunciarse para que desaparezca para siempre. Naturalmente, no hay una seguridad total, pero debemos intentarlo. Tal y como me imaginaba, es invisible, pero este pulverizador de largo alcance contiene unos polvos que lo harán visible por unos instantes. Dentro de un rato podremos verlo. Será realmente un ser pavoroso, pero aún hubiese sido mucho peor si Wilbur siguiera con vida. Nunca llegará a saberse bien de cuánto se libró la humanidad con su muerte. Ahora sólo tenemos un monstruo contra el que luchar, pero sabemos que no puede multiplicarse. Es posible que cause aún mucho daño, pero aun así no hemos de vacilar a la hora de librar al pueblo de él.

»Hay que seguirlo, pues, y la forma de hacerlo es ir a la granja que acaba de destruir. Necesitamos que alguien vaya delante, pues no conocemos bien estos caminos, pero supongo que debe haber una especie de atajo. ¿Están de acuerdo?

Durante un momento, los hombres se movieron de un lado a otro sin tomar una decisión, hasta que Earl Sawyer, apuntando con un dedo tiznado por entre la cortina de lluvia que amainaba por momentos, dijo con voz suave:

—Supongo que el camino más rápido para llegar a la granja de Seth Bishop es atravesar el prado que se ve ahí abajo y vadear el arroyo por donde es menos profundo, para subir luego por las rastrojeras de Carrier y los bosques que hay a continuación. Al final se llega al camino alto que pasa a orillas de la granja de Seth, que está del otro lado.

Armitage, Rice y Morgan comenzaron a caminar en la dirección indicada, mientras la mayoría de los lugareños marcharon lentamente tras ellos. El cielo empezaba a clarear y todo parecía indicar que la tormenta había pasado. Cuando Armitage se equivocaba de dirección, Joe Osborn se lo advertía y caminaba delante para mostrar el camino. El valor y la confianza de los hombres del grupo crecían por momentos, aunque la luz crepuscular de la frondosa ladera casi cortada a pico que había al final del atajo, por entre cuyos fantásticos y viejos árboles hubieron de trepar como si se tratase de una escalera, puso seriamente esas cualidades a prueba.

Llegaron a un camino lleno de barro justo al mismo tiempo que salía el sol. Se hallaban algo más allá de la finca de Seth Bishop, pero los árboles tronchados y las inequívocas y horribles huellas eran buena prueba de que ya había pasado por allí el monstruo. Apenas se detuvieron unos instantes para contemplar las ruinas que habían quedado en torno al gran hoyo. Era exactamente lo mismo que había sucedido con los Frye, y nada vivo ni muerto podía verse entre los restos de lo que en otro tiempo fuera la granja y el establo de los Bishop. Nadie quiso permanecer allí mucho tiempo, entre el insoportable hedor y el alquitrán viscoso, e instintivamente volvieron al sendero de espantosas huellas que se dirigían hacia la granja en ruinas de los Whateley y las laderas coronadas en forma de altar de Sentinel Hill.

Al pasar por delante de lo que fuera la morada de Wilbur Whateley, los integrantes del grupo se estremecieron visiblemente y sus ánimos comenzaron a flaquear. No tenía nada de divertido seguir la pista de algo tan grande como una casa sin poder verlo, más cuando su malvada presencia infernal podía notarse en el ambiente. Al pie de Sentinel Hill, las huellas dejaban el camino y podía apreciarse aún fresca la vegetación aplastada y tronchada a lo largo de la ancha franja que marcaba el camino seguido por el monstruo en su anterior subida y descenso de la montaña.

Armitage tenía un potente catalejo con el que se puso a escrutar la verde ladera del Sentinel Hill. Después se lo pasó a Morgan, que tenía una vista más aguda. Tras mirar unos instantes por el aparato, Morgan lanzó un pavoroso grito, pasándoselo seguidamente a Earl Sawyer a la vez que le señalaba con el dedo un punto determinado de la ladera. Sawyer, tan desmañado como la mayoría de quienes no están acostumbrados a utilizar instrumentos ópticos, estuvo dándole vueltas unos segundos hasta que, finalmente, y gracias a la ayuda de

Armitage, logró centrar el objetivo. Al localizar el punto, su grito aún fue más estridente que el de Morgan.

—¡Dios Todopoderoso! ¡La hierba y los matorrales se mueven! Está subiendo... lentamente... Como si trepara... Ahora está llegando a la cima. ¡Sólo Dios sabe lo cerca que está!

El germen del pánico pareció cundir entre los expedicionarios. Una cosa era salir a la caza del monstruoso ser y otra muy distinta toparse con él. Era posible que los conjuros funcionaran, pero ¿y si fallaban? Varias voces se levantaron para formular a Armitage todo tipo de preguntas acerca del monstruo, pero ninguna de las respuestas parecía satisfacerles. Todos tenían la impresión de hallarse muy próximos a fases de la naturaleza y de la vida absolutamente extraordinarias y radicalmente ajenas a la existencia misma de la humanidad.

10

Al final, los tres hombres llegados de Arkham —el doctor Armitage, de canosa barba, el rechoncho profesor Rice, de cabellos plateados, y el doctor Morgan, delgado y de aspecto juvenil— ascendieron solos a la montaña. Enseñaron con gran paciencia a los lugareños sobre el manejo del catalejo y se lo dejaron al asustado grupo que se quedó en el camino. A medida que subían aquellos tres hombres, los aldeanos fueron pasándoselo de mano en mano para poder verlos de cerca. La subida era ardua, y en más de una ocasión tuvieron que echar una mano a Armitage. Muy por encima del esforzado grupo, el descomunal sendero abierto en la montaña retumbaba como si su infernal causante volviera a pasar por él lentamente y con alevosía. Así que parecía claro que los perseguidores iban ganando terreno.

Curtis Whateley, de la rama no degenerada de los Whateley, era quien miraba por el catalejo cuando los investigadores de Arkham se desviaron del sendero. Curtis dijo al resto del grupo que, sin duda, los tres hombres trataban de llegar a un pico inferior desde el que se podía dominar la franja, desde un lugar considerablemente más avanzado por encima de donde se estaba aplastando la vegetación en aquellos momentos. En efecto, esa fue la maniobra que emprendieron los expedicionarios que alcanzaron la pequeña elevación al poco de que el invisible monstruo hubiera pasado por allí. Después, Wesley Corey, que miraba en ese momento por el catalejo, anunció con todas sus fuerzas que Armitage se había puesto a ajustar el pulverizador que llevaba Rice y que todo indicaba que algo estaba a punto de ocurrir. El terror se apoderó del grupo que observaba desde el camino pues, según les habían anunciado, el pulverizador haría visible por unos instantes al desconocido horror. Dos o tres hombres eligieron cerrar los ojos, en tanto que Curtis Whateley arrebató el catalejo a Wesley y lo dirigió hacia el punto más cercano al monstruo. Pudo ver que Rice, desde el lugar de observación en que se encontraban los expedicionarios, justo por encima y detrás del monstruoso ser, tenía una excelente oportunidad para intentar rociarlo con los potentes polvos de prodigiosos efectos. El resto de los que estaban en el camino sólo pudieron ver el fugaz resplandor de una nube grisácea —una nube del tamaño de un edificio relativamente alto— próxima a la cima de la montaña. Curtis, que era quien en ese momento miraba por el catalejo, lanzó un grito aterrador al tiempo que lo dejó caer súbitamente sobre el barro que les cubría hasta los tobillos, se tambaleó y habría caído al suelo de no ser porque dos o tres de los presentes lo agarraron y sostuvieron en pie. Un casi inaudible gemido era lo único que salía de sus labios.

—¡Oh, oh, Dios Todopoderoso!... Eso... Eso...

Luego se organizó un auténtico pandemónium, pues todos querían preguntar a la vez, y sólo Henry Wheeler se ocupó de recoger el catalejo caído en el barro y de limpiarle el cristal. Curtis seguía diciendo incoherencias y ni siquiera conseguía dar respuestas aisladas.

—Es mayor que un establo... Todo hecho de cuerdas retorcidas... Tiene una forma parecida a un huevo de gallina, pero enorme, con una docena de patas como grandes toneles medio cerrados que se echaran a rodar... No se ve que tenga nada sólido... Es como gelatina y está hecho de cuerdas sueltas y retorcidas, como si se las hubieran pegado... Tiene infinidad de enormes ojos saltones... Diez o veinte bocas o trompas que le salen por todos los lados, grandes como los tubos de una estufa, que se revuelven todo el rato, abriéndose y cerrándose... Es gris, pero tiene una especie de anillos azules o violetas... ¡Dios del cielo! ¡Y ese rostro semihumano encima...!

Fuera lo que fuese aquello, su visión resultó demasiado fuerte para el pobre Curtis, que perdió el sentido antes de poder articular una sola palabra más. Fred Farr y Will Hutchins lo llevaron a un lado del camino y lo dejaron tendido sobre la hierba húmeda. Sin dejar de temblar, Henry Wheeler, agarró el catalejo y lo enfocó hacia la montaña en un intento de ver qué pasaba. A través del objetivo podían divisarse tres pequeñas figuras que ascendían hacia la cumbre con la rapidez con que se lo permitía la abrupta pendiente. Eso era todo cuanto veía, ni más ni menos. Luego, todos percibieron un raro e intempestivo ruido que procedía del fondo del valle a sus espaldas, e incluso salía de la misma maleza de Sentinel Hill. Era el griterío que armaba una legión de chotacabras y en su estridente coro parecía latir una tensa y maligna espera.

Seguidamente, Earl Sawyer cogió el catalejo y dijo que se veía a los tres hombres de pie en la cumbre más alta, prácticamente al mismo nivel del altar de piedra, pero aún a una distancia considerable del mismo. Uno de los hombres, contó Earl Sawyer, parecía estar alzando los brazos por encima de su cabeza a intervalos rítmicos, y al decir esto los demás creyeron oír un tenue sonido cuasi musical a lo lejos, como si una ruidosa salmodia acompañara a sus gestos. Sobre aquel lejano pico, la misteriosa silueta daba la impresión de un espectáculo grotesco, pero ninguno de los presentes estaba de humor para hacer consideraciones estéticas.

—Imagino que ahora están entonando el conjuro —dijo Wheeler en voz baja al tiempo que arrebataba el catalejo de manos de Sawyer. Mientras, los chotacabras graznaban con una estridencia singular, pero a un ritmo curiosamente irregular, que no guardaba ningún parecido con las modulaciones del ritual. De pronto, el sol pareció disminuir su brillo sin que, a primera vista, hubiera alguna nube que lo velara, como si se tratara de un raro fenómeno atmosférico. En el interior de las montañas se estaba gestando un estrepitoso fragor, extrañamente acorde con otro ruido retumbante que parecía bajar del cielo. Un relámpago rasgó el aire y los asombrados hombres buscaron en vano algún síntoma de tormenta. La salmodia que entonaban los investigadores de Arkham llegaba ahora nítidamente hasta ellos, y Wheeler vio a través del catalejo que levantaban los brazos al compás de las palabras del conjuro. De una granja lejana les llegaban, además, el furioso ladrido de unos perros.

La luz del sol fue cambiando más rápidamente sus tonalidades y los hombres apiñados en el camino seguían mirando perplejos al horizonte. Unas tinieblas de color morado, nacidas como consecuencia de un espectral oscurecimiento del azul celeste, se cernían sobre las montañas. Otro relámpago, más deslumbrante que el anterior, rasgó el cielo y todos creyeron ver como si una especie de nebulosa se levantara en torno al altar de piedra en la lejana cumbre. No obstante, en esos momentos nadie estaba mirando por el catalejo. Los chotacabras seguían emitiendo sus irregulares graznidos, en tanto los hombres de Dunwich se preparaban, en medio de una gran tensión, para enfrentarse con la inconmensurable amenaza que hacía que la atmósfera se sintiera sobrecargada.

De pronto, inesperadamente, unos sonidos vocales sordos, cascados y roncos que jamás olvidarían los integrantes del despavorido grupo se dejaron oír. Eran unos ruidos que no podían proceder de garganta humana, pues los órganos vocales del hombre no son capaces de producir semejantes atrocidades acústicas. Más bien se diría que habían salido del mismo infierno, si no fuese harto evidente que su origen se encontraba en el altar de piedra de Sentinell Hill. Era hasta un error llamar a semejantes atrocidades sonidos, por cuanto su timbre, horrible a la par que extremadamente bajo, estaba más dirigido hacia focos oscuros de la conciencia y de terror que al oído; pero uno debe calificarlos de tal, pues su forma recordaba, aunque sólo de una manera vaga, a una especie de palabras semiarticuladas. Eran unos sonidos estruendosos —igual que los fragores de la montaña o los truenos, aunque sonaban por encima de estos fenómenos— pero no procedían de ser visible alguno. Y como la imaginación es capaz de sugerir las conjeturas más estrafalarias en cuanto a seres invisibles se refiere, los hombres agrupados al pie de la montaña se echaron hacia atrás, agrupándose aún más si cabe, como si temiesen que fuera a alcanzarles un golpe fortuito.

—*Ygnaiih... ygnaiih... thflthkh'ngha... Yog-Sothoth...* —sonaba el horripilante graznido procedente del espacio—. *Y'bthnk... h'ehye... n'grkdl'lh...*

Una especie de pavorosa contienda psíquica parecía tener lugar en ese momento. Quienquiera que fuese el que emitía aquellas palabras pareció titubear, como si tuviera una lucha espiritual en su interior.

Henry Wheeler volvió a enfocar el catalejo, pero tan sólo divisó las tres figuras humanas grotescamente recortadas en la cima de Sentinel Hill, que no paraban de agitar los brazos a un ritmo frenético y de hacer extraños gestos como si la ceremonia del conjuro estuviese próxima a su culminación. ¿De qué lóbregos avernos de terror propios del doloroso Aqueronte[21], de qué inasumibles abismos de la conciencia, más allá del cosmos, de qué oscura y secularmente latente estirpe infrahumana procedían aquellos sonidos semiarticulados, medio graznidos medio truenos? De repente, volvían a oírse con renovado ímpetu y coherencia al acercarse a un frenesí final más elevado y desgarrador.

—*Eh-ya-ya-ya-yahaah-e'yayayayaaaa... ngh'aaaaa... ngh'aaa h'yuh...* ¡Socorro! ¡Socorro!... *pp-pp-pp-*¡Padre! ¡Padre! ¡Yog-Sothoth!

Ese fue el final. Los aldeanos, exangües, esperaban en el camino sin salir de su estupor ante las palabras indiscutiblemente inglesas que habían resonado, profusa y atronadoramente, en el enfurecido y vacío espacio que había junto a la asombrosa piedra altar, pero no volverían a oírlas. En su lugar, una violenta deflagración, que les hizo dar un violento respingo, pareció desgarrar la montaña; fue un estruendo ensordecedor e imponente, cuyo origen —ya fuese el interior de la tierra o los cielos— ninguno de los presentes supo localizar. Un único rayo cayó desde el cénit violáceo sobre la piedra altar y una gigantesca ola pestilente de irrefrenable fuerza bajó desde la montaña para impregnar la comarca entera. Árboles, maleza y hierbas fueron arrasados por la furiosa acometida y el aterrado grupo de aldeanos que se encontraba al pie de la montaña, debilitados por el mortal hedor que casi llegaba a asfixiarles, estuvieron a punto de caer rodando. En la lejanía se oía a los perros ladrando rabiosos, en tanto que los prados y el follaje en general se marchitaron cobrando una extraña y enfermiza tonalidad gris-amarillenta, y los campos y los bosques quedaron sembrados de chotacabras muertos.

A pesar de que la pestilencia desapareció al poco tiempo, la vegetación de la comarca no volvió a brotar con normalidad. Incluso hoy sigue percibiéndose una extraña y nauseabunda sensación ante las plantas que crecen en las inmediaciones de aquella montaña de infausto recuerdo. Curtis Whateley comenzó a volver en sí cuando

---

[21]   El Aqueronte, o río del dolor, es uno de los cinco ríos del infierno en la mitología griega. *(N. del T.)*

ya se veía a los tres hombres de Arkham descendiendo cansadamente por la vertiente de la montaña, bajo los rayos de un sol cada vez más resplandeciente e inmaculado. Su semblante era serio pero calmado, y parecían absorbidos por la consternación de lo que acababan de presenciar, reflexiones de una naturaleza mucho más angustiosa que las que habían reducido al grupo de aldeanos a un estado de postración y acobardamiento. En respuesta a la lluvia de preguntas que cayó sobre ellos, los tres investigadores se limitaron a negar con la cabeza, insistiendo sólo en un hecho que era de vital importancia:

—El monstruoso ser ha desaparecido para siempre —dijo Armitage—. Ha vuelto al seno de lo que era en un principio y ya no puede volver a existir. Era una monstruosidad en un mundo normal. Sólo en una mínima parte estaba compuesto de materia, en cualquiera de las acepciones de la palabra. Era igual que su padre, y una gran parte de su ser ha vuelto a fundirse con él en alguna dimensión desconocida más allá de nuestro universo material, algún profundo abismo del que sólo los más endiablados ritos fruto de la maldad humana le permitieron salir.

Un breve silencio se apoderó de la situación, durante el cual los sentidos dispersos del infortunado Curtis Whateley volvieron a entretejerse, poco a poco, hasta formar una especie de continuidad, y llevándose las manos a la cabeza soltó un sordo gemido. La memoria le devolvió al momento en que le había abandonado la consciencia y volvió a invadirle la horrorosa visión que le había hecho desfallecer.

—¡Oh, oh, Dios mío! ¡Aquel rostro semihumano...! ¡Aquel rostro semihumano!... ¡Aquel rostro de ojos rojos y albino pelo ensortijado, y sin mentón! Era igual que los Whateley... Era un pulpo, un ciempiés, una especie de araña, pero tenía una cara de forma semihumana encima de todo, y se parecía al brujo Whateley, sólo que medía yardas y yardas.

Exhausto, enmudeció, mientras el grupo entero de aldeanos se le quedaba mirando fijamente con una perplejidad aún no cristalizada en renovado terror. Sólo entonces el viejo Zebulón Whateley, a quien solían venirle a la cabeza antiguos recuerdos pero que no había abierto la boca hasta el momento, dijo en voz alta:

—Hace quince años —se puso a divagar—, oí decir al viejo Whateley que un día oiríamos al hijo de Lavinia pronunciar el nombre de su padre en la cumbre de Sentinel Hill...

Pero Joe Osborn le interrumpió para volver a preguntar a los hombres de Arkham:

—Pero ¿qué era, después de todo, y cómo logró el joven brujo Whateley llamarle para que acudiera de los espacios?

Armitage contestó eligiendo muy bien las palabras.

—Era... bueno, era sobre todo una fuerza que no pertenece a la parte que habitamos del espacio sideral, una fuerza que crece, actúa y obedece a otras leyes distintas de las que rigen nuestra Naturaleza. A ninguno de nosotros se nos ocurre invocar a tales seres del exterior, sólo lo intentan las gentes y cultos más abominables. Y algo de ello puede decirse de Wilbur Whateley, algo que basta para hacer de él un ser demoníaco y un monstruo precoz, y para hacer de su muerte una escena de diabólico patetismo. Lo primero que pienso hacer es quemar ese maldito diario, y si quieren obrar ustedes como hombres prudentes, les aconsejo que dinamiten cuanto antes la piedra altar que hay en esa cima y echen abajo todos los círculos de monolitos que se levantan en las restantes montañas. Son esas cosas las que, a la postre, abren la puerta a seres como este de los que tanto gustaban los Whateley, unos seres a los que iban a dar forma terrestre para que borraran de la faz de la tierra a la especie humana y arrastraran a nuestro planeta al fondo de algún lugar execrable para alguna finalidad de naturaleza igualmente execrable.

»Pero en cuanto se refiere al ser que acabamos de devolver a su lugar de origen, los Whateley lo criaron para que desempeñara un terrible papel en los monstruosos hechos que iban a acontecer. Creció deprisa y se hizo muy grande por los mismos motivos por los que lo hizo Wilbur, aunque este le superaba porque contaba con un componente mayor de exterioridad. Y es innecesario preguntar por qué Wilbur lo llamó para que viniera del espacio... No lo llamó: eran hermanos gemelos, pero se parecía más a su padre que él.

ÍNDICE